连续"杀人鬼"青蛙男
KAERU OTOKO RETURNS

噩梦再临

SHICHIRI NAKAYAMA
[日] 中山七里 ◎著

刘哈 ◎译

SPM 南方传媒　花城出版社

中国·广州

图书在版编目（CIP）数据

连续"杀人鬼"青蛙男. 噩梦再临 /（日）中山七里著；刘晗译. -- 广州：花城出版社，2023.7
ISBN 978-7-5360-9968-5

Ⅰ.①连… Ⅱ.①中… ②刘… Ⅲ.①推理小说—日本—现代 Ⅳ.①I313.45

中国国家版本馆CIP数据核字（2023）第077037号

合同版权登记号：图字 19-2022-107

連続殺人鬼 カエル男ふたたび
by 中山七里

Copyright © 2011 by SHICHIRI NAKAYAMA
Original Japanese edition published by Takarajimasha, Inc.
Simplified Chinese translation rights arranged with Takarajimasha, Inc.,through Shanghai To-Asia Culture Co., Ltd.
Simplified Chinese translation rights © 2023 by Beijing Mediatime Books CO.,LTD

出 版 人：张 懿
责任编辑：郑秋清
责任校对：梁秋华
特约编辑：刘 平　何丽娜
技术编辑：林佳莹
装帧设计：许晋维

书　　名	连续"杀人鬼"青蛙男. 噩梦再临 LIANXU "SHARENGUI" QINGWANAN. EMENG ZAILIN
出版发行	花城出版社 （广州市环市东路水荫路11号）
经　　销	全国新华书店
印　　刷	北京盛通印刷股份有限公司 （北京市北京经济技术开发区经海三路18号）
开　　本	880毫米×1230毫米　32开
印　　张	10
字　　数	240,000字
版　　次	2023年7月第1版　2023年7月第1次印刷
定　　价	56.00元

如发现印装质量问题，请直接与印刷厂联系调换。
购书热线：020-37604658　37602954
花城出版社网站：http://www.fcph.com.cn

目录

◎ 卷一 ◎　　001

◎ 卷二 ◎　　069

◎ 卷三 ◎　　133

◎ 卷四 ◎　　199

◎ 卷五 ◎　　257

◎ 卷一 ◎

1

JR 常磐线，开往土浦方向的快速列车。

电车抵达三河岛站后，原先坐在身旁的一群女中学生，齐刷刷地朝车出口走去。当真胜雄慌忙后退躲闪，避免发生肢体接触。他自小学时代起，就很不擅长和女孩子打交道。

"下一站是南千住，南千住。"

胜雄不认识汉字，他只能通过电车报站广播，一站一站地进行确认，不然很可能会坐过站，错过目的地。

胜雄把手伸进连帽外套口袋摸索，掏出数张纸条，一一展开。纸条上是他自己再熟悉不过的笔记。其中一张令他感到安心：没错，就是这张。

晚上八点三十分，虽说已经过了下班高峰期，但路上依然站着许多工薪阶层，抓着电车扶手，沉浸在各自的思绪中，消磨着时间。坐在座位上的人，要么塞着耳机听音乐，要么摆弄着手里的手机，谁也没去注意胜雄。

胜雄不喜欢人多的地方，因为人一多，会让他感到心烦意乱，所以确定了没有人看自己，他感到了些许心安。他告诉自己：还有两站，忍忍就到了。

胜雄不禁想，才过了短短十个月，世界却变了好多。饭能市内，建起了新的高楼，修了新的路，而这些景色的改变，显然没

◎ 连续"杀人鬼"青蛙男.噩梦再临 ◎

有为他的归来而欢欣雀跃的意思。胜雄想起以前读过的《浦岛太郎①》的故事,觉得自己仿佛成了故事里的主人公。

他本来早就该出院,只可惜计划被打乱了。被那个警察射伤的地方,过了两个星期就取了绷带,坏就坏在打斗的时候把对方打得太惨,好像说自己犯了什么罪,导致比一般人的住院时间长了很多。虽然不太理解具体是什么意思,不过似乎是一个叫法院的地方决定的。

胜雄需要定期接受检查,也可以进行适度的运动。但即便身体恢复了从前的状态,他依然被告知,只要主治医生不同意,就不能出院。胜雄实在太渴望回到外面的世界了,毕竟自己还有必须要完成的事情。然而没办法,他只能在床上反复描摹着自己要做的事,一遍又一遍努力地进行预演:要怎么实施,要挑选怎样的工具,要如何抵达对方所在地。

两天前,在住处附近的大型生活超市,他购买了锤子和尼龙绳。因为老师曾经教导过,无论采取什么方式,这两件工具都是必需的。而且这两件物品还是青蛙男的身份证明。

"下一站是松户,松户。"

青蛙男——去年年末,在埼玉县饭能市犯下连环杀人案,让所有市民心惊胆战的罪犯,因为在现场留下"抓住了青蛙哦"的幼稚纸条,从媒体那里得了这个绰号。

对胜雄来说,青蛙男既是英雄,又是另一个自己。名为当真胜雄的人极其渺小,小到没有他人的帮助便什么也做不了。但青蛙男不同,是任谁听到名字都会战栗不止的恐惧之王。

---

① 日本古代传说故事中的主人公,因救了一只海龟,得到了龙王女儿的报答。

003

胜雄讨厌自己。所有和自己接触的人，要么嘲笑自己，要么施舍、同情自己，反正永远以高高在上的姿态，俯瞰着自己。这让胜雄难以忍受。胜雄有着被压迫的人特有的敏感，他敏锐地感知到了人们的恶意。忌讳、厌恶、优越感，所有人的眼神都写满了阴暗的感情。一群浑蛋，把自己当猴耍。自己还不如让人们吓得发抖的、驾驭了恐惧的青蛙男有魅力。

"松户，松户到了。"

就是这里了。

胜雄宛如训练有素的士兵一般走下电车。刚出车门，十一月夜晚的寒气便扑面而来。雨还没落下来，但空气里已经充满水分，变得湿且重。

他此行的目的地，是千叶县松户市白河町 3-1-1。被记录在视网膜上的信息，至今仍然鲜明。此外，事前调查也足够充分。毕竟是不熟悉的地方，没有识字能力的他一不小心就可能迷路。所以三天前天色还亮的时候，他特意来过一次。

收集关于目的地白河町 3-1-1 的信息时，饭能市中央图书馆帮了大忙。馆内资料室里，存放着千叶县境内所有住宅的地图。胜雄拜托图书管理员帮忙，对方尽管不太乐意，还是翻到了目的地所在那页给他看。住宅区地图上，详细记载着从番地①到门牌的信息，所以他立刻找到了 3-1-1 的位置。哪怕不认识名字，有门牌号码也足够了。

对胜雄而言很幸运的是，白河町距离松户站并不远。从车站过去两公里多一点。这样一来，胜雄走也能走过去。

---

① 类似于住宅区的一片区域。

出东口，往东南方向前行。来来往往的行人里，也有人和胜雄一样穿着连帽外套，但没人戴帽子，这让胜雄多少有些犹疑，不知道是不是该在到达目的地前一直遮住脸。

思考了一会儿后，他决定不戴帽子了。老师曾经说过，要想不引人注目，需要和其他人行动一致。毕竟他也清楚，自己外形原本也不惹眼。

住宅地图上显示的抵达目的地的路线已经烙印在他的视网膜上，因此无须浪费时间反复翻看复印件进行确认。在影像记录的保存与播放方面，头脑的一部分宛如硬盘，是胜雄的武器，虽然当事人毫无察觉。

空气依然凝重，且越发冰冷。随着越来越接近目的地，店铺和霓虹灯渐渐稀疏，橙色灯光的间隔也越来越大。胜雄的双脚向着光源更加稀薄的方向走去。人行道上，几乎没有从反方向过来的行人踪影。潜藏在胜雄心中的野兽，也慢慢抬起头来。这只被他豢养在他内心深处多年的兽类，是夜行生物。夜色越深，阴暗越浓，它眼里的光就越强。

经过已经关门的西装店，在三岔路左拐，沿着一条仅能容纳一辆车经过的道路走一段，不久便抵达了目的地。

信箱上也记载着地址信息。

白河町 3-1-1 御前崎。

胜雄按响了信箱旁的门铃。对讲机上出现一张脸。

御前崎宗孝看到胜雄的瞬间，脸上写满惊诧。

"竟然是胜雄君呀。好久不见。这么晚过来，是有什么事吗？"

***

松户市白河町三丁目的居民被突如其来的爆炸声惊醒，是在十一月十六日凌晨一点十五分。

鹿岛耕治以为附近遭受了雷击，于是一跃而起。走出房门后，他瞠目结舌。只见邻居御前崎家窗户碎裂，升腾着滚滚黑烟。

中央消防署的消防队接到鹿岛急匆匆的报警电话赶到现场时，御前崎家的黑烟已经散去。考虑到有瓦斯泄漏的风险，消防员们小心谨慎地走进火场，随后被眼前的景象吓得腿都软了。

受爆炸影响，眼前看上去像是客厅房间内的家具、地板以及天花板，都被破坏得七零八碎。没有一样东西还保留着原来的样子，连墙壁局部都被开了个大洞。可是，让消防队员们吓得不轻的原因，并不在此。

真正的原因，是房间的四面八方，都布满了散乱的肉片和血。

面对这骇人的景象，一名消防员下意识地往后退了一步，却感觉到有水滴落在肩膀上。消防员心想"分明还没开始灭火"，感觉很奇怪，于是用手抹了一把水滴，随后便发出一阵撕心裂肺的尖叫。那滴落的液体，实际上来自布满天花板的红色黏液。

细碎的肉片和飞散的体液。

要不是还残留着一些衣物碎片，大概都没法辨认出这些东西属于人类。还好消防员们都戴着口罩，否则除了火药和燃烧的臭味，肯定还会被其他可怕的气味熏到。

* * *

翌日，古手川和也开着便衣警车前往爆炸现场。

又不是合作调查，就这么闯进千叶县警察管辖范围，还不知道会被说些什么——

虽然脑海里涌现出这样的担忧，但他随即将其抛之脑后，专注地踩着油门，一往无前，直奔目标。此刻的他已经无暇顾及会被说些什么。古手川心想：哪怕是发生在新几内亚，这也是自己的案子。

见此，正在副驾驶座上咬牙切齿的渡濑头也不回地说道：

"丑话说在前头，你可千万别觉得这是你的案子。我们不过是去提供信息而已。"

古手川不禁腹诽，这人到底是在哪儿学的读心术，还是自己太好懂了？无论如何，既然连这都被看穿了，也就彻底没有反驳的必要了。于是古手川老老实实地点了点头。不过听到御前崎家发生爆炸的消息后，第一个坐不住的，其实正是渡濑本人。

御前崎教授作为去年年末发生在饭能市的五十音顺序连环杀人案相关人员，和该案负责人古手川有着不浅的交集。

提供信息，这个理由听上去，的确存在一定程度上的合理性。不过古手川心里清楚，渡濑既然站了出来，现场主导权就必定会转到他手里。当然，有些信息只有他们二人才知道那是不争的事实，参与现场调查一事，也有着超越古手川个人私情的正当性。

"御前崎家爆炸的事……您觉得是人为作案吗？"

"媒体报道说，御前崎教授的遗体都不是七零八碎，而是炸成粉末了。我觉得单单是意外的话，尸体不至于损伤成那样。而且我还听说了另外一个不好的消息。"

"什么？"

"当真胜雄十月末出院了。"

惊慌之下，古手川差点没来得及打方向盘。

"您说胜雄？这么说，这事就是他干的？"

"别先入为主。这不是还什么都没搞清楚吗？"

城北大学名誉教授御前崎宗孝和当真胜雄，二人之间的关系，曾经是最理想的主治医生和患者的关系。如果胜雄和这起事件有关的话，那么事件的性质会发生翻天覆地的变化。这很难让人不先入为主。

突然，古手川感觉左脚的旧伤隐隐作痛起来。那起案子让古手川身受重伤，满身疮痍。虽然他靠着令医生吃惊的恢复能力，勉强回到了工作岗位，但当初被粉碎得失去形状的左脚，如今依然会不时疼痛。

仔细回想起来，伴随着案件的解决，他的确收获了很多，但失去得更多。得到的，是属于警察的矜持和觉悟；失去的，则是对女性的爱意与信赖感，以及对人类的希望。他也因此才不情不愿地明白：成为一名合格的警察，也就意味着要背负起相应的对人的不信任与绝望。

"……难道，那件事还有后续？"

"我来，就是想证明不是那件事的后续。"

渡濑如是说。古手川却无法赶走脑子里把这起爆炸案视作那桩案子重启信号的想法。古手川此时还停留在预感阶段，但渡濑肯定已经预测到了事态下一步的发展。

二人抵达现场时，案发地周围聚集起了多达十几二十层的围观群众，警察和消防队员在人群中勉强挤出了一条出入御前崎家的路。从外面看，建筑的中心部位奇妙地扭曲着，这也足以让人联想到内部的惨状。

负责现场人，是松户署一名姓带刀的警部。面对突然到访的渡濑二人，带刀起初有些惊讶和疑惑，随后听着渡濑的介绍，他的脸上渐渐失去了血色。

"什么?!御前崎教授,竟然和那个五十音顺序杀人案有关?!"

"没错。所以很抱歉我们擅自过来,给您添麻烦了。就想着或许和本次案件也有关系。不知您是否方便让我们看看现场?"

几乎没人能拒绝渡濑一脸严肃的请求。加上渡濑提供新信息的理由与松户署利害相关,带刀二话不说便把二人带进了现场。

"啊,请问二位吃过饭了吗?"

"还没有呢。"

"那刚好。毕竟这现场可不适合饭后观看。"

双脚踏入现场的瞬间,古手川便明白了带刀的意思。

古手川不知道该不该用遗体来形容眼前的物体。因为别说是人类,它们甚至失去了动物的形状。要说是怎样的光景——就像把人类捣碎作为颜料,然后在房间里乱涂乱画。

恶臭十分浓烈。动物性蛋白燃烧的异臭再加上腐臭味,以及火药燃烧的气味混合在一起,光是吸上一口气,就感觉鼻子像是被外力扭弯了似的。胃液都似乎要从空空荡荡的胃里逆流而上。

"听您说和饭能的案子有关,我才终于反应过来。其实我们在现场,找到了这么个东西。"

带刀把一个塑料袋递给渡濑。里面装着一张四个角都被烧焦了的纸片。

看完纸上的内容,古手川是真的要吐出来了。

今天我买来了爆竹哦。

响声大大的,什么都能炸烂哦。

真厉害呀。

所以我把它装到青蛙肚子里，点燃了火。

青蛙像烟花一样炸开啦。

字条可怕的即视感令他想吐。无论是文风还是笔迹，都和之前见过的犯罪声明十分相似。渡濑一脸愤怒表情的原因也不言自明。这无疑是此次爆炸事件属于先前连环杀人案后续的明确证据。

"御前崎教授是独居状态，但厨房的洗碗槽里，放着两只咖啡杯。看样子昨晚应该有客人来过。"

看来御前崎本来准备招待来客，不料对方却突然变脸，袭击了他。也就是说，凶手是御前崎的熟人。

"不过，能算得上嫌疑人留下的证据的，也只有那个咖啡杯和这张纸条了……毕竟，作为最重要线索的尸体，已经这副模样了。"

带刀满是愤懑地摇着头。比方说有刺伤的话，能从创口角度推测出凶手的惯用手，而尸斑和胃部残留物，则可以帮助警方判定死亡时间，这些都能够帮助办案人员锁定嫌疑人。换句话说，最能指证凶手的，非尸体莫属。

可是这位"证人"已经变得稀碎，自然无从说出证词。古手川不禁同情起负责本案的法医。

"有昨晚见过来访者的目击证人吗？"

"还没有。我们正在周边进行走访调查，但目前为止还没得到目击信息。毕竟这里远离主干道，一旦过了十点，居民区基本就没什么人了。再加上天气寒冷，家家户户都关紧了窗。可以说集齐了各种不利条件。"

"炸弹的情况呢？"

"技术人员正在调查，不过……爆炸装置碎片和肉片，还有其他人体组织缠在一起，光是剥离作业就要消耗大量时间。"

带刀用手指弹了弹装着纸条的塑料袋。

"您刚才所说，埼玉县警保存着四张相似的纸条，对吧？看起来像是马上能派上用场的信息。"

闻言，渡濑凑到带刀身边轻声说：

"关于这张令人不适的字条，我建议您最好先下一道封口令。"

"为什么？"

"饭能发生的案件中，姓氏从'ア'到'エ'开头的，都有人遇害。加上本次受害者御前崎的'オ'，'ア'行的假名算是从头到尾走完一遍了。"

"您是说，这会是最后一次犯罪？"

"正好相反，是会继续从其他行开始。"

带刀像是不敢相信自己听到的话，一直半张着嘴。

"事情到底会不会走向'アカサタナ'顺序杀人，只有凶手本人知道。但如果把五十音顺序杀人案还在继续的事公之于众，至少姓氏以'カ'开头的人会陷入恐慌。"

古手川回想起当初饭能市民的反应。当时受害者仅限于饭能市民，每每出现新的杀人案，相应姓氏的人就无比恐慌。

"这次最棘手的，是这里而非饭能市。"

"这是……什么意思？"

"之前的案子仅限于饭能市，所以饭能市民的不安感尤其强烈，但换个角度看，其他地区的人因为是旁观状态，所以没什么压力。可这次不一样，虽然都是'ア'行，但已经没了地域限制。

011

所以恐怖程度降低的同时，影响范围也变大了。"

带刀脸色不停地变化着。万一恐惧传播开，外界给侦查本部施加的压力也会增大。这么一来，处在风口浪尖的，必定是负责现场工作的自己。

"渡濑警部，看来您对本次案件很有兴趣。"

带刀似乎在试探渡濑，观察着他的表情。

"您不介意的话，不如一起跟进案情，及时交换意见，您看怎么样？如果凶手是在模仿先前的案子，那负责那起案件的您的信息就非常重要了。"

"我倒是无所谓。"

听着二人对话，一旁的古手川目瞪口呆。渡濑这人可真是太能说会道了。一般来讲，介入调查都是会被拒绝的，现在竟然被他引导成对方主动邀请协助的局面。

古手川跟随渡濑两年来，学到了很多关于犯罪调查的知识，唯独这份老奸巨猾，是一丁点儿也学不来。话说回来，古手川自身的性格也注定，他根本不可能学会这门技术。

"关于昨天晚上到访的人，我有点儿思路。埼玉县警那边保存着信息，等咖啡杯上提取到指纹，就进行一下比对吧。"

"……那就拜托了。"

听到带刀的话，渡濑轻轻点头示意。明明才认识几分钟，就早早建立起了上下级般的关系，这也是渡濑的能力之一。

渡濑再次环顾现场。看上去他似乎是在看某些肉眼不可见的东西，嗅着不可闻的气味，以及听着听不到的声音。

不一会儿，像是吃到什么难以下咽的东西似的，渡濑不耐烦地转身往外走。

坐进便衣警车，古手川立刻开始连环提问。

"是有什么东西触发了班长的感应器吗？"

"颜色都一样。"

"颜色？"

"不把人当人的尸体处理方式以及符号化。这次的凶手也在试图隐藏自己的情绪。从精准摹写了之前案件的情况来看，算是个及格的模仿犯。"

听到模仿犯一词，古手川立刻想起了胜雄。的确，如果胜雄是凶手，一切都顺理成章。胜雄虽然没有独创性，但能模仿他人的行为，并且是一丝不苟、严丝合缝，不带个人感情地模仿。

接着，御前崎的脸以及那充满知性的气质和平静的眼神浮现在他脑海中。御前崎的女儿和外孙女曾经被不良少年夺走生命，不讲道理的法律和恶毒的律师却使得凶手免受刑罚。即便如此，他也总戴着温和的面具，将翻滚的情绪掩藏得严严实实，永远一副绅士姿态。

"班长。"

"嗯？"

"那真是御前崎教授的尸体吗？"

"你觉得是伪装？"

"我实在没法想象，那个强悍的教授，会这么轻易地被杀死。"

"他的确是一个智商指数比年龄还大得多的人，但毕竟也上了年纪，根本扛不住暴力，更别说炸弹了。"

渡濑的话很有道理。不管头脑再怎么聪明，年老体衰的人在和强悍的人对峙时，还是会瞬间被打败，更不用说对手是胜雄。古手川自己也曾和胜雄肉搏过，结果被打得体无完肤，毫无还手之力。对手是教授的话,胜雄无疑能秒杀。

古手川暂且把尸体是伪装的这一怀疑按了下去。反正科学调查研究所的工作人员肯定正在分析肉块,结论迟早会出来。

另外,如果御前崎真的是被炸死的,倒也是挺符合他的人物形象。正所谓聪明反被聪明误,像他那么老谋深算的人,被和他性情完全相反的人谋杀,也算合情合理。

"话说回来,炸弹还真是挺意外的……如果凶手真是胜雄,他又是怎么搞到炸弹的呢?"

"又不是摆在便利店卖的东西,也没听说哪个购物网站有卖一整套产品的,所以只有自己组装啰。"

虽然古手川腹诽"制造炸弹莫非还分批量生产和手工定制不成",但他并未说出口。要是说出来,对方可是渡濑,他一定会滔滔不绝地从外行制造的炸弹开始,事无巨细地讲到恐怖分子们专属的专业样式。

"您觉得他的智力足够制造炸弹?"

面对这个问题,渡濑盯着远方,开口道:

"你小子,见过炸弹设计图纸吗?不管什么级别的。"

"我哪儿见过那种东西。"

"爆炸的原理说到底,就是点燃药剂,加快燃烧速度的简单操作。根据不同的效果,启动方式有点不同,分成定时和即时而已。简单讲,就是引爆炸弹的人离爆炸物越远,回路就越复杂。也就是说,如果只需要点燃硝酸甘油炸药引线的话,定时器和导线都不是必需的。"

"可是,哪怕制造不复杂,硝酸甘油炸药本身也不是在生活超市就能随便买到的东西吧。"

"你不记得当真胜雄原来在哪里工作了？"

古手川怎么可能忘记！胜雄之前被市内一家饱受好评的牙科医院雇用过，而自己正是在胜雄工作地方的宿舍，和他大战了一场。

"牙科治疗会用到的药剂里，可有相当了不得的东西，其中之一就是次氯酸钠。本来是用来杀灭口腔内细菌的，干燥过后就会生成氯酸。而氯酸，就是火药的原料。当真胜雄也不是不可能在牙科医院了解到这些知识，然后悄悄把次氯酸钠藏起来。"

"可就算这样，提取工序也很复杂吧。"

"只要把药剂沉淀，然后放一边自然干燥就行，再简单不过了，小孩子都能干。但如果把整个药瓶扔进燃烧炉，只要剂量足够，炉子都能被炸裂。"

以前这种时候，古手川都忍不住好奇，渡濑到底是从哪儿学到这些知识的。但如今，他早已没了追问的欲望。最关键的是，眼下还有比这更让他在意的事。

那就是胜雄的去向。

虽然胜雄还没正式被列为嫌疑人，但现场残留的纸条让人无法不想到他。倒不是对患者的偏见，可毕竟有精神病无法治愈的说法。这种观点认为，精神疾病最多是能缓解，但会复发。所以尽管已经出院，但根本没人能保证胜雄不会对他人施加暴力。

而且如果胜雄就是凶手，不赶紧计划并实施抓捕行动，那么将会非常危险。关于这一点，御前崎本人过去的形容最为贴切：

幼儿除非是玩腻了或者被责骂，否则根本不会放弃喜欢的游戏。

"县警本部有当真胜雄的脸部照片，带刀警部应该也会积极利用起来。如果问你，当真胜雄可能选择的潜伏地点，你最先想到的是哪里？"

"……最熟悉的，饭能市？"

"别忘了他是个很少对人敞开心扉的人，能去的地方应该很少。"

"您是说，我们去找？"

"你不想去？"

"我想说的是，做到那种程度的话，就不只是信息交换，而是纯粹介入调查了呀。"

"你不想去？"

再次重复的话语，有着让人无法说不的威严。这个男人一向最重视对现场的彻底调查。渡濑虽然是在煽动古手川，但他真实的想法，其实是他自己想去追凶。

"……松户署那边，您打算怎么去说？"

"通过咱们的课长，向里中本部长提交协助调查申请。只要能成功抓住当真胜雄，并交给松户署，埼玉县警就能卖千叶县警一个人情。两县的警部长在从业经验上来讲是同期，对这种人情买卖相当敏感。即便没能成功抓到人，说到底是咱们主动提出的协助申请，而且只是调查员层面的事，埼玉县警压根儿不存在什么损失。"

也就是说，他断定这个低风险高回报的诱饵，绝对能让课长和本部长一群人上钩。

"话说很久以前开始，就有件让我特别在意的事。"

"什么事？"

"栗栖课长，看上去好像有点儿排斥班长您。不过想想被人摸得这么透，换谁估计都摆不出好脸色。"

"没想到事到如今，你还讲这种正经话呢。利用上司可是警察长寿的秘诀。你小子该认真学习学习了。"

不过古手川确信，自己永远不可能有利用渡濑的那天。

翌日一早，古手川就收到了带刀的报告。

鉴定科将从御前崎研究室采集到的指纹和毛发，同爆炸现场遗留下来的东西进行比较后，确认二者来自同一个人。

并且，由于城北大学附属医院会定期对医生及职员进行体检，御前崎的血液样本也被保存了下来。将御前崎的血液样本和现场飞溅的血液进行 DNA 比对的结果表明，二者也属于同一人。

另外，咖啡杯上指纹的检测结果也出来了。两只咖啡杯上附着的指纹，毫无疑问属于御前崎和胜雄。因此可以得出结论：案发当晚，御前崎接待的客人，就是胜雄。

就这样，古手川关于诈死的猜想，才过了一个晚上就被击碎了。不过这没有让古手川意志消沉。只是面对抱有执念的老教授的死，他不禁感慨世事无常。

2

"千叶县警方面已经正式递交了协助调查申请。"

坐在副驾驶座上的渡濑小声嘟囔。

"也就是说,千叶县警也认为胜雄是凶手?"

"那种状况,谁看了都得这么想。再加上嫌疑人行动范围有限,一般人都会觉得案件刚发生不久,要抓住凶手很容易。"

科搜研的报告显示,炸死御前崎所用的火药里含有氯酸。这无疑又证实了渡濑的假说,同时也加深了胜雄的嫌疑。

胜雄的居住地仍在饭能市,而向埼玉县警提出协助要求的原因,必定是认定胜雄即凶手。胜雄有精神障碍,行动范围无疑会被限制。毕竟只认识数字和假名的他,很难自由行动。由此可以得出结论,抓捕他只需要沿着犯罪现场和他现在的居所,布下抓捕阵线就够了。

在之前的案子里,胜雄曾被逮捕,并被短暂拘留过,但后来经过调查,证实了他的清白。他还在住院时,原先工作的牙科医院就火速将他解聘,而御前崎家的事,就发生在这期间。

"班长,胜雄现在住的宿舍,是派了别动队去监视,对吧。为什么不让我去呢?"

正是古手川去年在宿舍抓住了胜雄。所以古手川不太放心让其他人员去把守那个地方。

"你小子还真是不长记性。去年那场抓捕，你差点被弄死好吧。放心，那边安排了最强悍的人。"

古手川的小心思被揭穿，只能保持沉默。他压制住内心不满的情绪，紧紧地握住方向盘。

不过无须多言他也能明白渡濑的考量。这位上司根本不认为胜雄会在犯罪后回到原来的住处，否则也没必要让自己来开车，安排自己参与和其他调查人员完全不同的行动。

"那班长您是觉得，胜雄就藏在我们接下来要去的地方？"

"不是觉得，是要去确认。"

"有什么需要确认的东西？"

"光靠科搜研的报告还不够。"

二人前行的目的地，是在原先案子里失去了家人或恋人的遗属家。

如果不是御前崎，先前的青蛙男案就不会发生。因此，遗属们仇恨的矛头对准御前崎也不足为奇。另外，他们也有足够的理由藏匿凶手胜雄。

不过，知道御前崎和那起案件有关的人寥寥无几。如果真有人帮胜雄躲了起来，那么那个人是如何了解到事情真相的呢？

事情充满疑点。对此，只能采取最传统的方式：将各个可能性逐一验证。

没过多时，汽车载着二人经过西武铁道池袋线饭能站，驶入了299号道路。

饭能市荻谷町3-2-5，绿色花园饭能202号房。这里住着桂木祯一——去年案子中第一位受害女性的恋人。

案发当时，柔柔弱弱的桂木是个会让人联想到食草动物的青年。恋人被杀害，困惑又无处纾解自身愤怒的他，让人心生怜惜。

案发之后，古手川对桂木产生了亲近感。因为他们拥有一个共同点，那就是都失去了亲近的人。比起和凶手战斗所受的伤，那份源自失落的伤痛更为深刻。肉体能靠年轻加速恢复，精神的创伤却无法得到缓解。现在，哪怕是肉体创伤已经痊愈，古手川被撕碎的心脏的裂痕，依然没能修复，这或许会成为他一生都无法愈合的伤痛。

那么桂木的伤是否已经痊愈，是否已经回归平静的生活了呢？虽然不是自己该管的事，古手川还是十分在意。

二人来到了嵌着"桂木"字样铭牌的房门口。今天是周六，运气好的话，桂木应该在家。按过门铃，屋内很快传来年轻女性应门的声音。

"女人？"

没记错的话，桂木应该是独居才对。

难道说是新女友？桂木看上去可不像会那么快就忘了前女友的人啊！

看到开门人的一刹那，古手川差点叫出声。而前来开门的女性看到古手川的瞬间，也是同样的反应。

女性是指宿梢。

青蛙男案第二位受害人的孙女。

"小梢？"

"您是，那位警察先生？"

二人相对无言，看了彼此好一会儿后，桂木出现在梢的身后。

"啊，这不是古手川先生嘛。"

"桂木先生，她怎么在这里？"

"那个，嗯，嗯……不好意思，要不，进来再聊？"

古手川回头征求渡濑意见，只见他点了点头，示意进门。

跟随主人走进客厅后，古手川打量了一下四周，各种室内用品井井有条。看惯了自己乱七八糟的房间的古手川，完全无法想象这房子的主人也独居。只见梢十分自然地忙前忙后，看得出来，她打理这里已经有一段时间了。

桂木和梢并排坐在渡濑二人面前。梢始终低着头，自然只能让桂木来提起话题。

"其实……那次事件的第三个被害人，有动真人君对吧？"

听到这个名字的瞬间，古手川仿佛被撕裂了胸膛。那个被残忍杀害的可怜的少年，遇害时还是一名小学生。正是他的死，击碎了古手川的心。

"当时，我看到新闻报道就去了真人君的葬礼。因为礼子也被同一个凶手夺去了生命，所以我感同身受，想向真人君的母亲表达一下哀悼之意，就去了接待亲戚的房间。然后在那里，遇到了她。"

"我也和祯一一样。想到那么小的孩子被那么残忍地杀害，我坐立难安，就决定去见见有动小姐。"

"所以我们就在那里偶然相遇了。您看，我们不是都有相似的遭遇嘛，所以之后就经常安慰对方，也接受对方的安慰，不知不觉就这样了……"

桂木有点害羞地挠了挠头。原来梢一直低着头是因为这个。

"现在还是半同居状态，不过我们打算最近就结婚。是吧？"

梢轻轻点了点头。

被打了个措手不及的古手川只能傻乎乎地回了句"这样啊"。

而渡濑,则始终板着脸。

"不过,我觉得挺好的。"

或许是感觉古手川二人反应太冷淡,桂木慌忙辩解道:

"我也好,梢也好,我们都失去了重要的人,像是心里被开了个洞。不仅冷,还不断有冷风呼呼吹过那个空洞。正是梢填补了我内心的那个洞。要是没有她,我现在一定过着人不人、鬼不鬼的生活。所以呀,古手川先生,我在想,人类可真是软弱的生物,独自生存非常不容易。"

看到坐在一旁的梢无数次颔首,古手川感到一种奇妙的安心。

那是桩即使真相被揭露,也不能让任何人得到救赎的案子。无论是被杀害的人、留下来的人,还是加害者,所有人都背负着悲剧,甚至还留下了祸根。连古手川自己,也陷入了极其深刻的、无法信任他人的状态。

在这种背景下,这二人相遇并填补对方内心的空洞,还准备一起踏进新的人生,完全可以算是照进黯淡绝望里的一缕光。

"我完全没有责怪二位的意思。"

古手川的话里没有半分虚假。

"虽然我这话也算不上安慰什么的,但逝去的二人,啊不,三个人肯定会为你们的相遇感到高兴。"

虽然连古手川自己都觉得这话很羞耻,但也觉得大概还在可允许的范围内。

不过坐在一旁情绪不佳的上司,彻底摧毁了这份温馨。

"抱歉打扰二位和谐的气氛。不过二位知道前天,也就是十六号,松户发生的爆炸案吗?一位大学教授在自己家被炸得粉碎,现场还留下了一张纸条,是犯罪声明,犹如小孩子的笔迹一般稚拙。"

听完渡濑的话，眼前的二人怔住了，嘴巴微微张着，脸上写满了难以置信。

"刑警先生，您说的犯罪声明，莫非是青蛙如何如何的那个？"

考虑到有关御前崎案件的报道可能招来模仿犯，千叶县警尚未公开有关犯罪声明的信息。但对原先案子的相关人员，只须稍微透露一点点信息，他们立刻就能反应过来。

"可那起案子不是已经结束了吗？"

梢的肩膀轻轻颤抖，桂木抱住了她。

"我倒是看新闻的时候，知道有位大学教授被杀了……警部先生，被杀害的教授莫非姓……"

"没错，就是以'才'开头的。虽然还不知道凶手是谁，但作为案子来讲，按五十音顺序，是和先前的那起连着的。"

"凶手另有其人？"

"这个还在调查中。喂，照片拿来。"

古手川听从吩咐，把胜雄的照片递给二人辨认。

"你们认识这名青年吗？"

桂木和梢看了看彼此，摇了摇头。二人应该没和当真胜雄见过面，所以这反应倒是很自然。

"他就是嫌疑人吗？"

"不是。不过案发那晚之后，他就不见了，我们正在找他。有什么印象吗？"

"没有。"

"十五号晚上，准确说是十六号深夜一点左右吧，二位在

023

哪里？"

"那个时间的话，我们都在睡觉。嗯……一起睡在这个房子里……"

"有二位之外的人能证明吗？"

"您是在怀疑我们吗？怀疑身为遗属的我们？"

"只不过是走过场的询问罢了。都是标准流程，不得不完成，不然没法进行深入谈话。"

"我们两个人一起住，也只能互相作证了。毕竟也没怎么和邻居打照面。"

"那是自然，日常生活嘛。话说回来，您还在电脑软件公司工作？"

"是，还和以前一样。有什么问题吗？"

"没什么，只是单纯的确认而已，请不必在意。"

古手川明白渡濑提问的原因。此次杀人所用的火药，是普通人接触不到的，他想通过问话，确认对方是否能接触到火药。

"小姐您呢？"

"我不是在自己家，就是在这里做家务……"

古手川试图想象午后在厨房全身心制作炸弹的梢——但想象不出来，实在有点离谱。

桂木二人的眼神里写满了狐疑，然而渡濑却一副全然不在意的样子，始终保持平静。厚脸皮也是渡濑的长处，但古手川暂时还学不来，尤其是和这案子相关的时候，古手川完全无法企及他的高度。

"那最近二位遇到过什么怪事吗？比如被人尾随，或者被不认识的人搭话之类的。"

梢的头摇得像拨浪鼓，一脸哀切地看向渡濑。

"那个……那种案子还会继续出现吗？"

"我们的工作，正是不让它继续出现。不过普通民众也需要提高警惕，一旦有任何可疑迹象，还请马上报警，明白了吗？不要有任何犹豫和客气，务必立刻报警。"

梢的脸色肉眼可见地苍白下去，直到渡濑二人离开，也没有好转。

"班长，您话是不是说得太重，吓着人家了。"

一坐进车里，古手川就委婉地表达了抗议。虽然他很清楚，自己的抗议对这个男人不会有丝毫作用，但还是觉得没必要把话说得那么狠，吓到那个姑娘。

"您这么煽风点火，没准儿桂木又要焦虑，又搞起外行侦探游戏来。"

"侦探游戏倒不至于，但戒备是必要的。"

"为什么？"

"你还没注意到吗？'オ'的后面就是'カ'啊。"

终于反应过来的古手川差点叫出声。他抬起头，看了看刚刚辞别的房间。

梢正透过窗户，不安地盯着他们。

"喂，该去下一家了。"

听到"下一家"，古手川迟疑了。按照顺序来讲，接下来该轮到第三名受害人真人的遗属家了。但现在能见到的，只有住在别处的真人父亲，有动真一。古手川心情很沉重。

"这才哪儿到哪儿，就泄气了？有动的父亲住在别的县，所以留到后面。接下来要去的地方，还是饭能市内。我们去见见第

025

四个死者卫藤律师的遗属。"

渡濑的语气仿佛看穿了一切。不过古手川的确被他看穿了心事，所以也没心情多问什么。

"班长您真相信受害者遗属因为太恨御前崎，把胜雄藏起来的假说？按道理讲，真相只有我和班长您，还有凶手，这有限的几个人知道，不是吗？"

"这不好说，毕竟也可能是凶手本人泄露出去的，况且现在我们能做的，就是一个个去证实各种可能性。不过我倒的确有相信的东西。"

"是什么？"

"所谓的复仇心。"

渡濑说话时，始终保持着凝视前方的姿势。

"你小子也明白吧？被夺走无可替代的人的心情。刚才桂木不也说吗，像是心上开了洞，灌进洞里的，只有怒气和怨念。那些在心里养着恶鬼的人，会慢慢成为复仇心的俘虏。你先前看到那对情侣的时候，是不是觉得长舒了一口气？因为你已经通过切身体会，认识到复仇心有多可怕，又会把人带往什么地方。"

一如既往的心理分析，不给古手川任何辩驳的余地。

"班长您怀疑他们俩？"

"你理解力可真够烂的。我不是说了吗，现在还没到讨论怀不怀疑的阶段。"

"另外，桂木本人还有可能被盯上？"

"不是没可能。不管这次的事是不是那个案子的后续，留在现场的碍眼的字条，已经明确向我们宣告五十音顺序规则被继续采用了。叮嘱姓氏以'力'开头的相关人员小心，总不是件坏事。"

难怪渡濑最后那么郑重地叮咛。

想到这里，古手川不禁汗毛倒竖。

渡濑明确表示，不让那样的案件再次发生就是警察的工作，反过来也就是说，他确信案件还会再次发生。

难以置信。

一股熟悉的恶寒，蹿上古手川的脊背。

过去整个城市被阴冷的恶意和恐惧覆盖时，无论是走在路上，还是身在警署，裹挟着整座城市的疯狂，都无一例外地将善良的市民变成了恶鬼。

这世界上有着法律无法审判的罪行。而对这种不合理感到愤怒的人一手导演的复仇，又超越当事人的构想，创造出一座限定了地域范围的地狱。

仍未痊愈的心底的伤，再次隐隐作痛。古手川再也不想经历那种事。

"请告诉我地点。"

"饭能1-4-4-0。应该在埼玉饭能医院附近。"

踩紧油门，一路开往的是最后一名受害者遗属家，也是成为一切起点的人的家。

古手川强忍着不明确的恐惧，牢牢地握住方向盘。渡濑似乎在思考什么，但眼下古手川能做的，只有一件事，那就是驾驶车子不断前行。

饭能市内七成面积都被山地占据。因此，离开市区后，田园风情和低矮的山便进入了视线。

第四名受害者卫藤和义律师，是在生病疗养期间，被凶手连轮椅带人烧死的。曾被重要报刊冠以"为拥护人权燃烧生命的新

027

锐律师"头衔的卫藤，最后倒真是字面意义地燃烧起来了。

卫藤的遗属，有如今已成年的儿子和妻子。由于儿子在九州读大学，家里只剩下妻子一人。那位名叫佳惠的夫人所居住的公寓，位于山脚一处稍有高度的小丘，睥睨着下方的普通住宅群。

佳惠招待渡濑二人进屋后，首先对杀害丈夫的凶手没有受到制裁表示了抗议。

"是叫刑法第三十九条，对吧？被判定不具备行为责任能力的人，哪怕干了坏事也不会受到惩罚。这种法律实在是太过分了！"

佳惠像是无处释放愤懑般抱怨起来。似乎根本没想过眼前的渡濑本人，也因为第三十九条吃尽了苦头。

"我丈夫作为一名人权派律师，是站在弱势群体的立场上，守护他们利益的、充满正义感的人。杀害这样的正义之士的凶手，竟然不仅被判决无罪，甚至还被税金养得好好的，可真是没道理。"

"夫人，您的话一点儿没错。"

面对渡濑的安抚，对方大概是太需要找人抒发情绪，仍旧半点不肯停歇。

"可不只是这样！我拜托过丈夫的朋友，如果刑事诉讼没用，那就提起民事诉讼。可他说，就因为这个原因，哪怕提起控告也没胜算。"

关于这点，古手川曾听渡濑讲过，所以略知一二。其实就是所谓监管责任的问题。

民法第七百一十二条和第七百一十三条，对不具备责任能力的人的治疗费用和赔偿问题做出了如下规定：无须承担损害赔偿责任。不过第七百一十四条第一项也规定，负有对无责任能力者进行监管义务的亲属，要承担相应的赔偿责任。

也就是说，如果能证实罪犯患有精神疾病，不具备责任能力，那么根据民法上的赔偿责任条款，责任人就变成了对罪犯负有监管责任的亲属。但青蛙男一案中，凶手和配偶常年分居，加上精神疾病发作是突发性的，所以又适用以下条款：

民法第七百一十四条第一项，作为负有监管义务的一方，若能证明履行了自身的全部义务，则无须承担相应责任。

简单来说，就是刑法不予审判，民法也一毛钱都不判。站在遗属角度看，的确是难以接受的结果。

古手川也不禁对遗属们感到同情，但面对卫藤的遗属，情况就不太一样了。毕竟卫藤生前，是一个拿刑法第三十九条做挡箭牌，让多名被告人免受刑罚的人权派律师。不过是他一直使用的传家宝刀砍到自己头上了而已，说是自作自受也不为过。

然而他的遗属完全不把这些道理放在眼里。佳惠对着渡濑一口气说了十来分钟，全程只顾着自己撒气抱怨。她肯定没想过亡夫成功的背后，无数人和她流下过一样的眼泪。

"反正我就是非常愤怒，愤怒极了，可就是没有办法。我想直接找律师协会反映一下，希望他们能推动废除刑法第三十九条。"

卫藤要是听到这番话，会作何感受呢？话说回来，改变法律的也不是律师。律师做的，是找出法律漏洞的事。

古手川越听越来气。的确，卫藤是案件的受害人，但同时，他也是播撒下罪恶种子的元凶。拉拢精神鉴定医生，滥用刑法第三十九条，让罪孽深重的人逃脱刑罚。作为律师或许是优秀的，但站在受害人遗属和警方相关人员的立场来看，他甚至比凶手更为卑劣。古手川深知，这不是警察该有的想法，但他依然觉得卫藤被杀无可厚非。

而拼命为那种人辩护的佳惠，在古手川眼里则显得格外滑稽。

"夫人您刚才所说的，说不定真是一件很有意义的事呢。话说我们有点儿和那桩案子相关的信息想告诉您，眼下可能出现了模仿犯。"

"模仿犯？"

"您对这个人有印象吗？"

佳惠看了看胜雄的照片，随即摇了摇头。

"这是警方正在追踪的重要人物，还请您多加小心。毕竟夫人您独居，对吧？"

"是啊。"

"十五号的晚上到十六号期间，您也是一个人吗？"

"十五号……是的，我一直一个人在家。"

古手川注意到，渡濑一边听着对方的回答，一边仔细地打量着房间的每个角落。

"您儿子经常回家吗？"

"那个年纪的男孩子都一样，只会在盂兰盆节和正月露露脸。"

如果她所言非虚，那么这个房间应该只有佳惠的物品。古手川也跟渡濑一样，看了看室内状况，没有找到任何佳惠和他人同居的痕迹。

理论上该问的都问了，该看的也都看了，渡濑留下一句让佳惠务必多加提防的叮嘱后，准备起身离开。

看着渡濑的背影，佳惠略有些失望地问道：

"可是，我可是受害人家属啊。凭什么还要被盯上呢？我完全无法理解。"

面对这句毫无自觉性的话，古手川忍无可忍：

"这可不好说。"

余光瞥见渡濑翻了个白眼，但他已经无法克制自己。

"什么意思？"

"您的丈夫，作为律师想必是非常优秀吧？"

"那当然。"

"那您知道在法庭上打了多少胜仗，也就意味着招了多少恨吗？当然，这里面有些不讲道理的恨，不过也有理所当然的。既然当事人已经离世，那仇恨的矛头当然会指向遗属。"

佳惠瞬间脸色大变。

"浑蛋，你威胁可能成为警方保护对象的人，是想干什么？"

刚坐到车上，渡濑就爆炸般怒骂起来。

"还以为通过合作调查、跟别人组队，能让你稍微长进点，结果还是老样子。"

"可是班长，这么一来，遗属会更小心谨慎，不是万事大吉吗？"

"这就是你的借口吗？那万一卫藤遗属和胜雄勾搭上了呢？你怎么就不想想可能会让他们提高戒备呢？"

"这……"

"那起案子的所有被害人遗属，都有杀害御前崎的动机。不管是男是女，是老是少。只要是一个能操纵胜雄的人，都有可能。"

渡濑坐在副驾驶座上，恶狠狠地瞪着古手川。

"你小子学学怎么控制自己的感情吧。难不成打算一辈子把自己当新人？"

古手川虽然表面服帖地耸了耸肩，但内心一点儿也不认可。其他案子另当别论，在和刑法第三十九条有关的案子上，拥护那些叫嚣着加害者人权的人，他实在做不到。

每当发生凶恶案件，律师们总喜欢把刑法第三十九条搬出来。一旦现场情况和物证不足以帮助罪犯逃脱有罪判决，他们就一定会要求进行精神鉴定。和检方用来判断是否进行起诉的起诉前鉴定不同，辩护方鉴定申请，明显都是为逃脱惩罚，更何况卫藤律师，正是靠这种手段扬名立万招揽客户的人。

就古手川主观感受而言，比起律师，这群人更像是欺诈师。

"你错了。"

渡濑突然说。

"嗯？"

"不是只有你一个人觉得刑法第三十九条莫名其妙。不过，关于精神病患者犯罪后是否应该被惩罚一事，自古以来东西方其实都不断在讨论。所以刑法第三十九条并非什么特别的糟糕法条。只不过，日本司法体系既然采用了责任主义，那把具备责任能力的人和不具备的人分开看待，这本身就是合理的。"

古手川被一种奇异的感觉击中了。他从没想过，会从眼前这个男人嘴里，听到拥护第三十九条的言论。

"应该是在八世纪初期吧，当时的大宝律令就已经有明文记载：老人、幼儿、残疾者犯罪，不处罚或减轻刑罚。针对精神病患者的相关规定，绝不是什么新鲜事。要说近代，还有麦克诺顿规则。"

意识到序幕已拉开的古手川做了做准备。虽然不知道渡濑到底在哪儿学的，但接下来又是上课时间了。

"麦克诺顿规则？"

"有个叫丹尼尔·麦克诺顿的年轻人，有政治方面的被害妄想症，试图暗杀时任英国首相未遂。当时的首席法官写下的文章，后来被称作麦克诺顿规则。简单来讲，就是无法正确认识自身行为的人，不承担法律责任。这条规则后来也被美国采用，并把适用范围扩大到了没有控制自身行为能力的人群，之后就一直被沿用，直到现在。"

"您是说，第三十九条有相当深远的历史背景，也被充分讨论过，所以就不算莫名其妙了？"

"条文本身的确是这样。我觉得它之所以会让人觉得莫名其妙、难以接受，实际上是因为体制的不健全。我想你应该也是同样的感觉。"

被正中红心的古手川失去了语言。

体制的不健全。

精神病患者出院后，会被完全放置不管，这就是事实。虽然不方便公开说，但大家都心知肚明。

这是有良知的人都刻意避开不谈的禁忌话题。可正因如此，才容易被不怀好意的人乘虚而入。

"每次发生残忍的案子，都会重燃重新审视关于精神疾病患者医疗观察法案的舆论风潮。可这不治本。要想彻底扭转局面，必须要面对更敏感复杂的问题。就这样，趁着立法机构拖拖拉拉，狡猾的人又提前做了预判。你肯定还记得吧，当真胜雄曾经也被诊断为自闭症，即便他真的作为杀害御前崎的犯罪嫌疑人被逮捕，也大概率不会被起诉。"

033

听着渡濑的说明,古手川的心越来越凉。

"就是这么回事。搞不好青蛙男事件会再次重演。我们在追的,或许是永远没法施加惩罚的人。"

3

渡濑指定的下一个目的地,在松户市。

"松户市内?除了御前崎家,还有什么需要去的地方?"

"你忘了?御前崎那个姓小比类的女婿,应该还住在松户市。"

被这么一提醒,古手川想起来了。

四年前的夏天,松户市内住宅区发生了一桩杀人案。一个午后,男主人小比类崇外出工作,只有女主人丽华和年幼的女儿美咲在家,当时年仅十七岁的古泽冬树伪装成水管工走进房间,将丽华勒死并奸尸,后又用钢管打死了哭喊的美咲。

古泽少年逃亡后被逮捕,但律师提出的精神鉴定结果显示,他在犯罪时处于综合失调状态,属于刑法第三十九条适用范围。一审做出无罪判决,最高法院也驳回上诉,因而少年最终被判无罪。当时,担任古泽少年辩护律师的,正是卫藤和义,而被害人丽华的亲生父亲,就是御前崎。

"妻子和女儿去世以后,岳父和女婿的关系也就不存在了。原本对于岳父来讲,女婿就跟小偷没差别,站在女婿的角度,岳父也不是什么有趣的人物。可这毕竟是命案,所以还是得去拜访一下女婿。"

就连和直系亲属也没什么交集的古手川,压根儿就不明白岳父和女婿的关系。不过也很容易理解，共同的家人被以那么残忍的方式杀害后，二人之间难免会衍生出一种新的联系，作为受害者遗属的联系。

小比类家离御前崎家所在的白河町仅数公里。这大概就是所谓"汤不会凉"的距离吧。不知道女婿小比类怎么想，但对御前崎来说，是一个随时都能去看女儿和孙女的地方。

目的地位于一片幽静的住宅区。每家每户都比较宽敞，所以虽然建满了房子，也不会给人太过密集的印象。

"这应该是比较新的区域了。"

渡濑小声说。

"您怎么知道的？"

"你看这路的宽度，超过六米了吧。建筑基本法规定的道路基本宽度，是四米以上。但两辆迎面行驶的车要想错开，四米就有点勉强了，所以行政方面认为，路最少得有六米宽，就指定了住宅区开发时要预先腾出六米的宽度来。"

也就是说，路面比较宽的住宅区大都比较新。

没想到法律讲座之后，接着来了个建筑基本法讲义。古手川不禁再次好奇，这位上司的脑袋里到底装了多少知识。最初古手川满心佩服，但在想通自己无论怎么努力也不可能做到那个地步后，就只剩瞠目结舌了。

二人很快找到了此次的目标——小比类家。那是一栋白色墙体还很新的二层水泥平瓦建筑，透过大门栅栏，能看到庭院里有一架很小的秋千。想到这应该是给被杀害的幼女使用的玩具，古手川不禁感到一阵心痛。

"班长，那桩案子里二人被杀害，就只剩丈夫一个人了，对吧?这个时间点,他会在家吗?"

渡濑摆出一脸这是什么愚蠢的问题的表情答道:

"男主人原本在一家平面设计公司工作,案发后因为出席了二十多次审判,就改成在家办公了。这里同时也成了他的办公地。"

按下门铃,果然小比类本人出来应声。过了不一会儿,玄关处走出一个身高很高,看上去很正经严肃的男人。

"请进。"

小比类压低声音说道。看样子他已判断出这不是适合在玄关门口进行的对话,只能说他已经太过习惯某些不好的事。

走入室内,玄关处装饰着似乎出自前卫画家之手的,镶着画框的海报,让人联想起小比类的设计师身份。通往客厅的走廊上,摆放着审美性绝佳的装饰,但古手川感受不到温暖。甚至可以说,这个家里毫无家庭的气息。

在这里,提问同样是渡濑的活儿,古手川只负责在一旁接话搭腔。

"今天早上,我去过松户署的现场了。"

"现场?"

"日本到底什么时候变成这么个到处都是恐怖分子的国家了?"

"恐怖分子?"

"听警官讲,岳父是被炸弹炸飞的。我过去现场的时候,那里的墙上都还粘着肉片。真是太疯狂了。除了恐怖分子谁能干出这种事。"

小比类像是回想起了现场,一副想吐的样子,用手捂住了嘴。对普通人来讲,这是再正常不过的反应。

"不过,您为什么会特意去现场呢?"

"警方让我确认一下有没有什么东西被偷。说实话,除了盂兰盆节以外,我也没怎么去过岳父家,并不很清楚,所以也没能提供什么证据。刚才二位说过,是来自埼玉县警的警官对吧?埼玉县警会参与进岳父的事吗?"

听这话的意思,小比类应该不知道御前崎和原来的案件有关。

"警视厅和县警,曾经多次请教过御前崎教授犯罪心理学方面的问题,我个人也一直承蒙教授指点,所以特地从埼玉过来参与协助调查。"

一半真实一半讽刺的话。能随机应变把这种话说得如此巧妙,也是这位上司的可怕之处。

"您和教授,很少往来吗?"

"不是,并不是因为关系不好什么的。不过是普通女婿岳父那种关系。碰上了闲聊几句,但不会频繁相约见面。大多数家庭应该都这样吧。"

"的确,我也觉得大多数家庭都是这样。不过话可能不太好听,但考虑到您二位亲人遇袭的悲剧,感觉或许这个规律不太适用。"

"什么意思?"

"因为所谓悲剧,有把相同遭遇的人强有力地联系起来的力量。而您和教授,同为受害者遗属。"

"这倒是也没错……"

"公开审判过程中,您的言行经常被新闻报道。另外,理所当然地,教授对公开审判的流程,以及一审判决结果也非常愤怒。"

"您和岳父见过?"

"是的。除了那名未成年罪犯,对于他的辩护律师,还有拥护刑法第三十九条的言论,教授情绪很是激烈。"

"能让岳父显露那种态度,看来他相当信任您了。"

小比类略带嘲讽地笑了笑。

"毕竟是有地位的人,他几乎不会在别人面前表露感情。哪怕是被下流的新闻记者把麦克风捅到脸上,他也只云淡风轻地,针对刑法三十九条的必要性侃侃而谈。说实话,这种圣人君子似的做派,也是我不太擅长对付的,所以之前也没深入交往过……"

"您用了过去时。"

"就像您讲的。很讽刺的是,丽华和美咲的案子成了转折点。那之后,我和岳父变得能互相理解了。一定是因为有共同的敌人吧。虽然在公众场合,他是不得不拥护刑法第三十九条的立场,但私底下,他也是受害人的父亲。就我们俩在的时候,总会一起控诉刑法三十九条的罪状。"

"三十九条的罪?"

"一旦确认患有精神疾病,当事人就会被严密保护起来,还会获得回归社会的支援。听起来很好对吧,可这也有不起作用的时候。比方说以前,不是有过一个男人,冲进小学杀死伤害了好几名儿童的事吗?那个男人明明之前就被诊断出了综合失调症,却一直被放任不管。要是司法机构或者医疗机构,能够对他进行人身限制,那悲剧就根本不会发生。"

小比类像是吃了极苦的东西,表情痛苦,不过他语气依然平静,毫无波澜起伏。他不时看向渡濑的目光里,也闪烁着理性的光。不知道他究竟是自制心太强,还是在他心中家人的悲剧某种程度已经风化的缘故。

"一旦被诊断出精神疾病,就不能说是普通人了。因为只要刑法第三十九条还在,哪怕杀了人,也绝对无法对其施加惩罚。"

虽然是会让人权委员会的人听了脸色大变的言论,但站在家人被杀害、凶手却因为刑法三十九条被判无罪的遗属角度,只能说这不过是心里话罢了。

"教授也是同样的观点吗?"

"虽然没有大肆表示赞同,不过他听我说的时候,也会默默点头。社会身份还真是个麻烦的东西啊。不管内心再怎么不认可,也要迫于自身立场,不得不表示认同。仔细想想,比起面对电视台的采访想怎么讲就怎么讲的我,强忍着把真实感受深埋内心的岳父,或许更痛苦也说不定。"

"可是,您也很痛苦吧?"

"最开始的时候的确是的。每次开庭,我都会狠狠地咒骂凶手和他的律师。判决出来之后,也会对法院表达不满。不过我的敌人,不仅仅是这些。"

"还有别的敌人?"

"有,就是所谓的大众媒体。自从我开始在电视上露脸,就不停收到诽谤中伤的信件,让我不要摆出一副受害人的姿态,说我不过是在通过苛责一个未成年的孩子获得快感,问我到底是多想出风头,到底想要多少赔偿金。还有人说,我假借正义的名目攻击日本司法体系,等等。因为电话本上有我的号码信息,这类骚扰电话和无声恶作剧电话也没停过。还有一些人,不知道通过什么手段,查到我所在公司的信息,还给公司打过电话。其实我之所以会变成在家办公,一来是要花很多时间去法院,二来也是因为公司那边觉得烦了，把我赶出了办公室。毕竟每隔三十分钟左右，就会有一通骚扰电话打进来，搞得大家完全没法正常办公。"

小比类的语调，依然波澜不惊，极其平静。不过在一旁默默听着的古手川，却差点代入了自己的感情。

时至今日，依然有人会对受害人遗属进行无端诽谤。不管什么类型的案件，都会招来这样的鬣狗。书信、传单、电话、网络——通过任何可能的手段，对受害人一方展开揶揄、嘲弄、贬低。知道他们正身在悲伤的谷底，且无力反驳，于是肆无忌惮地进行攻击。当然，这些利刃的攻击，都是以匿名为前提的。攻击者们总会让自己处在绝对安全的位置，然后偏执地重复着种种行径。

有时候，古手川甚至会想，这个世界上真正无比残暴的，与其说是那些亲自下手的罪犯，不如说是这些胡编乱造的匿名者。亲自动手的罪犯，迟早会被逮捕，通过审判接受相应的惩罚，然而却没有办法处罚那些带给受害者一方莫大伤害的匿名人渣们。站在这个角度来看，可以说匿名的人性质恶劣得多。

受害者遗属的心，会被杀死两次。第一次，是被罪犯本人；第二次，就是被这些匿名的人渣。

想到这里，古手川不禁觉得，或许小比类并不是因为自制力太强，而不过是彻底疲惫了。

"抱歉向您咨询个事儿。您对这个人有印象吗？"

渡濑拿出胜雄的照片递过去。然而认真盯着照片的小比类脸上没有任何神色变化。

"嗯……完全没见过。这个人做了什么吗？"

"这是眼下松户署正竭尽全力追踪的重要参考人。如果您看到他，还请务必联系警方。"

"他和岳父是什么关系？"

"曾经是主治医生和病人的关系。"

"病人？也就是说，他也有精神病？"

"没错。"

小比类脸沉了下来。

"……又来了。"

"又？"

"如果他就是凶手，那哪怕抓到了人，也不会被法律惩罚。和杀害丽华、美咲的少年一样。到底是什么孽缘啊。"

仿佛自嘲的口吻渐渐尖锐刻薄。而他之后说的话，更是让古手川心下一紧。

"真正应该被杀的，明明另有其人。"

大概是反应过来这话说得不合适，小比类慌忙道歉辩解。

"失礼了。毕竟这至少不是适合当着警界人士讲的话。"

"刚才的话我们就当没听到。不过想顺带问一下……您说的那个应该被杀的人，究竟是指谁呢？"

"当然是那个人。那个杀死我妻子和女儿的古泽冬树。"

即便是说出这个名字时，他依然十分冷静。

"是出于您先前提到过的，刑法三十九条不公的理由吗？"

"不是。虽然我觉得刑法三十九条这法律很没道理，但我之所以说他该被杀，有别的理由。因为他本就不该成为法律保护的对象。"

"您是说，不在刑法三十九条适用范围？"

"我在法庭上亲眼看到了。"

小比类重新直视着渡濑的脸，说道：

"一审判决，法官宣布无罪后，他回头看了坐在旁听席上的我一眼。我原本以为好歹到最后，他终于要表示一下谢罪的态度，结果却出乎我的意料。他很短促地笑了笑。没错，是那种胜利者的笑。当然，不过是很短的时间，所以除了我以外，没人注意到。但他的确嘲笑了我、丽华、美咲，以及全世界。"

"您是说，您觉得古泽的精神病是装的？"

"不只是我。岳父找来了他的精神鉴定结果。毕竟不是受害者家属能看到的东西，这是岳父动用了关系搞来的。岳父作为精神鉴定方面的先驱，仔细阅读过报告后的结论是：不能否认古泽的精神病存在伪装的可能。"

小比类言辞冷静，但房间的空气一下子紧张起来。

古手川突然觉得喉咙很干涩。

房内一直有加湿器运转的响动，所以应该不存在空气干燥的问题。然而他却觉得从口腔到喉咙都紧巴巴的。

而渡濑却面不改色。

"那时候，教授做了什么？"

"岳父试过向检方说明原委，把这点加入控诉理由。可即便是业界权威，作为受害人家属，讲的话还是会被怀疑，所以最后被委婉地拒绝了。况且，精神鉴定这件事，本身就存在受鉴定医生主观认知影响的可能，每个医生的鉴定结果也不会都相同。既然一审已经采用了提交出去的鉴定报告，大家也就不再认同采用其他医生的鉴定结果作为新证据了。岳父被拒绝后，也对我说过这是没办法的事。不过不管是之前还是之后，我都没见过那么愤怒的岳父。"

"那您是怎么认为的呢？"

"认为什么？"

"您也和教授一样，想着没办法，于是放弃了？"

这个问题多少有点尖刻，但小比类仍然平静地做出了回答。

"杀害了我妻子和女儿的少年，现在还被医疗机构好好地保护着。没错，不是冰冷的监狱，而是在空调很足的病房里，优哉游哉地过着日子。我所缴纳的税款的一部分，用在了养他身上，真的非常过分。只要他还活着，我就没办法放弃。"

古手川觉得小比类的眼睛仿佛玻璃。明明说着理应充满怒气、哭喊的话，他的双眼里却没有任何感情，就像是一双拒绝了一切感情流露和激昂情绪的眼睛。

"这世上有些人能在憎恨他人这件事上，找到生存的价值，所以我也不认为它毫无意义……不过这样也无法获得安宁吧。"

"你说安宁？从失去妻子女儿那天起，我就和它无缘了。"

古手川不禁想，这个男人获得安宁的日子，大概是他本人离开人世，或者古泽冬树迎来充满痛苦的死亡那天吧。

"话说回来，小比类先生，您之前说去现场确认过有没有什么物品失窃来着？那么据您了解，有什么疑似被盗的东西吗？"

"财务方面我完全不了解……不过在松户署的警官陪同下，在房子里逛了一圈后，有个东西我没能见着。不过现场爆炸那么惨烈，也不能排除是被炸烂不见了。"

"您说的物品是什么？"

"一个笔记本。B5尺寸的，普通的大学笔记本。"

小比类双手比画了一下大小。

"在这个大家都用上了笔记本电脑和手机的年代，可能显得有点复古。不过岳父一直用那个本子，记录熟人的联系方式和备忘事项。据他自己讲，重要的事情他基本上都会记在那个本子上，笔记本就相当于他自己的记忆。"

"原来如此。相当于记忆啊。"

渡濑垂下眼皮，抿成一条线的嘴巴向下撇了撇。

表情像是闻到不舒服的气味时的狗。

"御前崎的笔记本让您很在意？"

刚离开小比类家，古手川就开始提问。

"你难道不好奇本子上写了什么？"

"不是熟人的联系方式吗？"

"那如果那些熟人里，有四年前那起案子相关的人呢？凶手古泽冬树、给他做了患了精神病诊断的鉴定医生，还有做出无罪判决的法官们。"

听到这里，古手川差点踩下了刹车。

"班长，您是说……"

"有收容患有精神疾病的前被告人资质的医疗机构不多。就凭教授的地位，想拿到这种级别的信息，可以说轻而易举。鉴定医生信息就更简单了。别忘了教授教出来的学生遍地开花。"

"可御前崎不是被杀了吗？这么一来，那些信息也就没什么意义了吧。"

"御前崎是被杀了，但他的遗志完全可能被继承下去。"

"继承遗志？"

"你想想当真胜雄的特性。容易被暗示洗脑，哪怕是别人的指示，也能误认为是自己的意志。要是这种人，拿到满满都是怨恨并且目标联络信息写得清清楚楚的笔记本，你觉得他会想些什么？"

古手川脑海中浮现出杀死御前崎后发现笔记本，于是盯着上面记载的新受害人名单的胜雄——画面太有真实感，他慌忙打断了自己的想象。在上一起案件中，古手川和胜雄有过私人交往。光是想象一下熟知的人手拿着名单，在城市里徘徊寻找血腥的场景，就很令他不快了。令他不快的，倒不是说胜雄，而是那个擅自认定胜雄纯真无辜的愚蠢的自己。

"你看上去情绪不太好啊！"

"糟透了。"

"这可不是最糟的。"

渡濑一脸失望地说。

"还有远比你想象的更糟糕的可能。如果拿走教授笔记本的人真是当真胜雄，目标还只是教授憎恨的人。当然，这也够让人头疼的，但笔记本要是交到了别人手上，你想过会发生什么吗？"

"……难道说……不会吧……"

"如果四年前母女被杀案的相关人员一个个被杀害，任谁都会怀疑到受害者家属身上，但如果不只相关的，连毫不相干的人也被杀害呢？这么一来，调查肯定会被迷惑。毕竟负责案件的不是我们，而是松户署的人。尸体积攒得越多，嫌疑对象也就越多，每个参与调查的人员工作负荷也就越大，案件一旦朝长期化方向发展，调查本部的力气也会被消磨殆尽。"

古手川背上涌起一股寒气。这么一来，不就又完全是重演上一桩案子的剧情了吗？

渡濑的言语间，充满了对一个可疑人物的暗示。

"班长您是在怀疑小比类吗？"

"不是在怀疑他，而是也怀疑他。目前为止，没有一个人是完全没嫌疑的。"

"可是，从刚才的样子来看，小比类完全不像是打算复仇的样子啊。"

"你这么说的证据呢？"

"他不是一直很淡定嘛。哪怕是讲到凶手的处境，还有自身遭受的来自外界不讲理的攻击，他都没有半点感情波澜，简直跟个人偶一样。"

"人偶一样？没想到你还能观察对方讲话时的表情，算是进步了，虽然搞错了对象。要从那种人表情里读出感情，可不是一件简单的事。"

"什么叫那种人？"

"生气和激动，都是消耗体力的事。不管遇到多悲惨的事情，要是愤怒的感情持续上很多年，当事人的精神肯定会吃不消。所以基本上都会那样，平时把感情放到心底，藏得好好的。这也算是一种防卫本能吧。然后，感情会在某些情况下爆发。"

"您是说，这次的事就是爆发的表现？可是班长，他家客厅甚至都没有哪怕一张家人的照片啊。不仅如此，甚至都没有家人的气息。"

"很可能是故意抹掉的。明白自己情绪容易亢奋的人，会刻意把可能刺激自己的东西从身边剔除掉。"

"您为什么就这么执着于小比类呢？"

"因为我看过他四年前在电视镜头面前说过什么、控诉过什么。"

四年前，古手川还在派出所值班，正是每天都忙得不可开交的时候，也没有空闲追踪新闻，更不用说外地的新闻。

"你的手机能看到以前的新闻吗？要是还能找到，建议你看看。看完你就会改变对那个男人的看法了。"

"……车，停会儿行吗？"

渡濑默不作声，姑且算是默许。古手川把车停在路边，拿出了自己的智能手机。

他打开视频网站，输入"松户母子杀人事件"这几个字，瞬间出现数十条相关记录。古手川从中选择了名为"第一次公审"的链接，点了进去。

画面上突然出现举着受害人遗像的小比类。而小比类的面前，满满都是录音笔。

"第一次公审刚刚结束，小比类先生，您现在的心情是怎样的呢？"

"我非常生气。辩护律师提出了对他进行精神鉴定的要求，也就是主张适用刑法第三十九条，所以他无罪。说他在杀人时失去了正常的判断能力。简直荒谬！没有正常判断能力的人，能装成下水管工人进入房间？这种胡话怎么能让人相信？为了逃脱罪责，伪装精神病的事也能干得出来。卑、卑鄙！简直卑鄙无耻。他就是个人渣。"

"小比类先生，您不相信被告人方面提出的理由是吧？"

"那不是当然的吗？！提出进行精神鉴定的，姓卫藤的律师，到底是个什么东西。作为律师为客户竭尽全力，也应该在法律允许的范围内，应该在良知的范围内进行。这种不管谁看了都觉得荒谬滑稽的闹剧，简直是欺诈师干的事。所谓维护人权，和撒谎不应该是一回事吧！"

这个对着电视台摄像机直抒胸臆的小比类，和先前那个冷静沉着的男人判若两人。对不合理的愤怒，和己方真挚的控诉被对方用虚伪的精神鉴定躲过去的不甘充斥着画面。

"各位听我说。（消音）少年在狱中给我寄了请愿书。请问一个患有精神疾病的人，要如何承认自己的所作所为，然后请求减轻刑罚？少年和律师都是恶毒的人。我认为他们已经不算人了。可是，我相信这个国家的司法制度。我相信法官一定会做出合乎正义的判决。"

"这里对凶手和律师的憎恨已经表现得挺露骨了，但这不过刚刚开始。"

大概是听到了漏出来的声音，并没有看画面的渡濑如是评论道。

"小比类说得没错。被告方起初是打算请求酌情减刑的。不过在即将开庭的时候，做了个一百八十度的策略调整，结果就是精神鉴定路线。一直对小比类抱有同情的大众舆论，也在看到古泽少年患有精神疾病的报道后，态度发生了大转变。当时关于精神鉴定的真相并不广为人知，大家都有种专家意见肯定没错的认知。不过更关键的，是古泽少年在法庭上的表现，给了法官很深的印象。不管是律师的提问，还是检方的提问，他的回答都文不对题，甚至多次出现庭审被迫中断的局面。"

"在小比类眼里，这一定也是高超的演技吧。"

"你找找看有没有一审裁决时候的资料。"

古手川于是打开了相关链接。

视频是从小比类突如其来的叫喊开始的。

"不、不正当判决！这就是不正当判决！"

小比类紧紧抱着遗照，不停地呜咽。面部肌肉轻微颤抖，眼泪大颗大颗地掉下来。可是采访的媒体毫不留情地朝他扑了过去。

"丽、丽华和美咲，我要怎么向她们报告！这种，这种判决结果！"

"小比类先生，请用一句话描述一下您此刻的心情。"

"请对加害者少年和律师说句话吧。"

"您一定会继续上诉对吧？"

古手川不禁唾弃：什么一句话。哪怕只是过去的影像，也让他深感不适。被夺走家人的悲伤，罪魁祸首用卑劣手段博得无罪判决的不合理，这些东西要怎么用一句话去概括？况且对方又不是习惯了镜头的艺人，只不过是一个普通人了。就这样媒体还想引导出单纯明快的回答，不过是为了得到那些天天坐在电视机前、不动脑子的傻瓜也能理解的语言罢了。

不久后，始终忍耐着源源不断扑面而来的问题的小比类抬起头。他的脸上带着被愤怒冲昏了头脑的表情。

"你们到底算什么东西。净、净想着拍别人的不幸。你们这种人永远都这德行。只有我情绪激动大声说话的时候，会把镜头转过来。你们就那么喜欢看别人痛苦的样子吗？"

小比类大概是抓住了对着自己的摄影师，镜头大幅度上下摇晃起来。

"我、我绝对不会原谅犯人（消音）和那个无耻的律师。我会一直战斗到得到合理的判决为止。但你们，我也不会原谅。我要让你们这些把我的家庭，把可怜的丽华和美咲当作下饭菜的卑鄙无耻的家伙后悔一辈子！"

视频结束在小比类如同野兽般的面部大特写上。

"他可不只是把在场的媒体从业人员大骂了一通，甚至跟几个记者打过架。你觉得这么个毫不掩饰直白讲话的人，会短短几年就变得老实得像一个被阉割的动物？不可能。他的憎恶和怨念，不过是变成熔岩，藏在了意识深处罢了。古泽和卫藤律师犯下的罪行，不仅是通过精神鉴定逃脱了法律制裁，就凭制造出心怀炸弹的杀人犯预备军这一点，他们也称得上犯罪了。"

4

案件发生数日后,千叶县警仍然没能找到胜雄。松户署那边,带刀会定期发来与之相关的信息,但与其说是进度报告,不如说是来确认渡濑这边有没有获得什么新的线索。

"松户署的前台还真是积极活跃啊。"

坐在副驾驶座上的渡濑小声嘀咕。

"刚出院,并且还是个判断力跟小孩儿一样的人,却完全不上钩。对于不了解内幕的千叶县警而言,应该完全超出预料了。"

古手川在旁边一边听着,一边回想起胜雄的样子来。胜雄原本就是一个总是低着头、非常害怕和人四目相接的人,外表也没什么显著特征。一旦混入人群,根本没那么容易找出来。

"喂。"

"怎么了?"

"信号灯红了。"

古手川连忙踩下刹车。车停下时,已经稍微有点压进人行道了。

"走神了?"

"没有。"

嘴上是这么说,但实际上没法否认自己刚才注意力并不集中。他在想的,也不只是胜雄的行踪。想到接下来要去的地方,古手川就觉得心情沉重。这种混乱的情绪，更是加剧了注意力的涣散。

渡濑告知的去处，是八王子医疗监狱。

有动真人的母亲小百合正被收押在那里。

有动小百合虽然在之前的案件中被实施逮捕，但鉴于她精神状态极其不稳定，埼玉地检有些犹豫是否要提出上诉。直到完成起诉前鉴定，鉴定医生判定她"具备行为责任能力"，检方才终于提起诉讼。

可就在一审做出死刑判决后，小百合的精神状况突然恶化，于是被紧急送往八王子医疗监狱收押。当然，辩护人当天就提出了上诉，所以算是公审途中的收押，不过这种状态如果得不到好转，辩护律师接下来肯定会在上诉中主张刑法第三十九条第一项，即"精神病患者的行为不受处罚"的适用。这么一来，检方也很苦恼是否要继续公审了。

小百合曾经担任胜雄的保护司。对无人可依的胜雄而言，保护司就相当于监护人，而胜雄也的确给予了小百合全方位的信赖。所以渡濑选择去见小百合，也是非常理所当然的决定，毕竟她手里可能有胜雄藏身处的信息。只是因为精神病发作而住院的她此刻的证言有多少可信度，还有待商榷。

"能见到被关押的人？"

"一般来说不可以，不过她这个情况比较特殊，调查人员和律师有特别许可。当然，要狱警在场才行。"

驶入子安町后不久，就看到了医疗监狱的建筑。

外观上，这里比起监狱更像是医院。大门上的栏杆形状也柔和得多，完全没有庄严的感觉。虽然和普通的监狱一样，配备了高高的围墙,但几乎没有那种压迫感。

"警卫就两个人啊。"

"监管体制比起普通监狱松得多。大概是基本都在和病人打交道的感觉。"

向站在正门两侧的警卫表明身份后,大门随即打开。

把车停到停车场,二人下了车。到了这里,古手川觉得脚步沉重。

古手川和小百合曾有过很不一般的友谊。他曾被她的母性吸引,甚至为她亲手做的饭菜雀跃。被她双手演奏的钢琴声击中内心的体验,更是不止一两次。正因如此,她和案子的关联给了他巨大的冲击,她带给他的伤害无比深刻。无论是身体上还是精神上,他都受到了似乎再也不能愈合的重伤。而古手川还能回归现场,靠的完全是他与生俱来的打不死的精神。

怀念之情和内心的拒绝并存。这大概就是所谓的爱恨参半吧。

于古手川而言,难能可贵的是对一切了如指掌的渡濑并没有刻意顾忌他的情绪。没有问他诸如"去见小百合没关系吗""是不是还放不下"之类的问题。正因为渡濑没有予以关照,他才能不用客气,也不用有什么负担。看上去像是被无情地命令,好好做一条四处搜查信息的狗,实际上却让他内心轻松不少。

监狱空地面积很大,一个人也没有。只有两层楼的厅舍,外表看上去仿佛地方政府的办公楼,越看越觉得不像是一座监狱。

向接待处告知来意后,古手川得知小百合正在接受治疗。

"正在治疗?您是说医生正在给她喂药?"

"不是的,她应该正在音乐室。会有狱警带二位过去的。啊,好像先前她的律师也来见她了,二位打算怎么办?"

"那可以允许我们在这里等到律师会面结束吗？"

听说律师来了，古手川有些意外。

小百合不像是会选择花大价钱请私人律师的人，应该是有关机构指派的律师。

但就对指定律师的印象而言，古手川觉得他们可没这么热爱工作，这么看来，里面也不乏特立独行的律师。即便如此，能专程跑到医疗监狱的，应该也寥寥无几。

一名狱警走在前面，带着二人穿过走廊。

静谧的空气流淌着，只有三人鞋子踩在地板上"嗒嗒"的脚步声。明明是监狱，狱警却很少，作为医疗机构，医生和护士也不多。

抵达之前，古手川曾听渡濑介绍过一些关于八王子监狱的情况。

比如，该监狱收容上限四百三十九人，现已超过上限人数，然而相对所需的十七名医生，这里只有十人，并且即便是常勤医生，其中也有一周只上三天班的。

造成这种局面，一方面有医生个人原因，另一方面也有体制的问题。不仅是八王子，全日本的医疗监狱其实都面临着相似的糟糕境遇。医疗设备齐全的监狱很少，且建筑物本身也已老朽破败，加上患者都是罪犯，医生以及医疗从业者都不太乐意与他们打交道。鉴于预算窘迫，设备和高价药物也遥不可及。此外，医生和工作人员的薪酬，也只有一般水平的七成左右。这样的条件，对精神科医生以外的普通医生毫无吸引力，甚至可以说只有加重他们的负担。如今的现实是，医疗监狱必需的专业理学疗法士、作业疗法士、心理疗法士、社会福祉士，基本上都处于人手不够的状态。

虽然也可以考虑将医生作为国家公务员进行派遣的手段,但如果真的施行,每周强制工作四十小时或许会让医生们都逃走。

也有人说,应该活用医学部的学生。因为根据现行面向学生的修学资金贷款制度,接受临床研修后,如果能在矫正机构工作三年及以上,那么将免除贷款资金的全部或部分,可即便这样也无人问津。平成十六年度的申请者,只有寥寥十三人。学生们大概比成熟的老手更厌恶3K[①]工作环境。另外,招聘范围也不仅限于执业医生,只要有医师资格证,无论什么科都可以应聘,但依然没什么人感兴趣。

人员和设备的不足,以及建筑物的老化带来的,是空疏和疲敝。这么想来,这个医疗监狱中充斥着的安静,大概也不只来源于安宁静谧,或许还夹杂着疲惫的人们的绝望吧。

"有动小百合状态如何?"

听到渡濑的询问,狱警皱紧了眉头。

"可以说是一进一退吧……状态好的时候,也能正常聊几句,但有时候状态也会很差。差的时候只能强行给她穿上束缚衣,把她捆起来了。"

束缚衣的使用,一来是为了防止患者向工作人员施暴,二来则是出于一个更重要的目的:防止自伤。

想象着小百合被套上束缚衣的样子,古手川的心脏隐隐作痛。他虽然对她怀抱着深深的恨意,但同时也仍然抱有思慕之情。

---

① 日语词汇"きつい (Kitsui)""汚い (Kitanai)""危険 (Kiken)"的缩写,意思分别是"难以忍受""肮脏"以及"危险"。日语语境中,3K职场意味着糟糕、危险的环境;转化为英文则是3D("Dirty, Dangerous and Demeaning/Difficult")。

"是在音乐室来着？那么是在对她实行音乐疗法？"

"您知道音乐疗法？没错，因为能让有动小百合相对稳定下来的，只有弹钢琴了。我们这边有药物疗法、精神疗法、娱乐疗法，通过观察，我们了解到对她最管用的是音乐疗法，之后她大多数时间都花在了音乐上。她弹得很不错，也不会打扰到其他病人。"

听着这番说明，古手川感觉很讽刺。

小百合曾经一边担任钢琴教师，一边尝试用音乐疗法治疗胜雄。即便在外行的古手川眼里，治疗效果也一目了然。他至今仍然记得治疗过程中，小百合和胜雄充满喜悦的脸。然而现在，小百合本人却沦落到了接受音乐疗法的地步。这不是讽刺又是什么呢？

钢琴声越来越近。

突然，古手川像是被雷击中一样。这个声音，他绝不会认错。这敲击键盘的指法，毫无疑问属于小百合。

大概是在弹奏莫扎特，击键力度之强，甚至让流畅的旋律中的每一个音符，都显得有些怪异。

不一会儿，狱警在音乐室门口停住了脚步。

"就是这里。"

门刚一打开，音符奔涌而出，瞬间唤醒了让古手川既怀念又心痛的记忆。

啊，就是这琴声。

抚慰了自己的激昂，又搅乱了自己心绪的琴声。

房间大概十叠①大小。里面自然不存在什么隔音设备，放在中

---

① 一叠：日本房间的计量单位，一叠等于 1.62 平米。

央的钢琴也不过是一架普通的立式钢琴。围绕着钢琴的,是穿着囚服的小百合、狱警,以及一个男人。

"哎呀。"

伴随着一声惊呼,旋律戛然而止。

古手川很惊讶,因为眼前小百合耀眼的笑容,仍然和以前一模一样。

可让古手川吃惊的,并不只是这一点。看到坐在小百合身旁的男人,他差点叫出声。

那双尖尖的耳朵以及看上去很薄情的嘴唇。

"你,你是御子柴……"

"真是没礼貌。好歹加个敬称吧。"

一脸不快地盯着自己的男人,毫无疑问就是律师御子柴礼司。

万万没想到会在这种地方再次和他见面,古手川条件反射地回头看,只见渡濑也摆出了一副不快程度与对方不相上下的表情。

大约半年前的狭山市抛尸案,二人曾参与调查,当时御子柴是最可疑的嫌疑人。御子柴十分擅长法庭战术,而且专门帮那些做了坏事的有钱人脱罪,是一个非常缺德的律师。虽然那起案件经过调查,最终洗刷了他的嫌疑,但查案过程中浮出水面的他的过去,让警方对这名律师的印象差得不能再差。他曾在十四岁时犯下一桩杀害幼女,并将尸体肢解后放到幼儿园门口及神社功德箱上的罪行,当时被媒体命名为"尸体配送员"。这个让全国上下都陷入了极度恐慌的少年,在那之后通过自学法律,成了执业律师。

"好久不见呀,古手川先生。"

小百合丝毫没有顾及古手川的惊讶,对他天真地笑了笑。看来这就是比较安定的状态了。但古手川仍隐隐觉得有些不安,有些犹豫要不要靠近她。

"今天可真热闹呀。不只是御子柴君,连古手川先生也来看我。"

御子柴君?

面对这突如其来的"君"字,有所反应的不止古手川,当事人御子柴也一副吃了瘪的表情,皱起眉头。

"平时我都是一个人,能这么热闹可真是太开心了。"

小百合始终保持着笑脸。从笑容来看,想必她根本不记得自己做过的事了。

"话说回来,埼玉县警怎么会到这里来?我可先说好啊,我是以辩护律师的身份正在进行面谈。你们得排队等着。"

渡濑站了出来。

看着走向自己的渡濑,御子柴表情发生了微妙的变化。虽然依然是不屑的态度,但有那么一瞬间,像是无颜面对般移开了视线。

"这次给这个人当律师了?肯定是你自己主动举手的吧。"

"你爱怎么想就怎么想吧。"

"你是打算主张刑法三十九条的适用?"

"我没义务告诉你辩护方针,要是不愿意等,就请赶紧离开这个房间。"

"我不介意等,不过是想问个问题而已。"

"你不会要说想再次调查青蛙男的案子吧。"

"我们在调查当真胜雄的行踪。"

"当真胜雄?啊,那个青蛙男案子里的重要证人?他怎么了?"

"这次是新案子的证人。"

"啊?所以你们跑来找曾经是他保护司的人了解情况?哼。不过很遗憾,你们算是白来了。"

"怎么讲?"

"虽然还在面谈,但给你们开个小灶。你们问问她就知道了。"

渡濑拍了一下古手川的背。这是再熟悉不过的,让他去问的信号。

这是渡濑的命令,不可能违抗。

"有动小姐……你还记得胜雄君的事吗?"

"胜雄君?记不记得?当然记得呀。他可是我为数不多的学生之一呀。"

"我们正在找他。你知道他可能会去哪里吗?"

"去哪儿?古手川先生你讲话可真奇怪。这个时间,他当然是在泽井牙科啦。"

小百合微微歪头的样子,不像是装出来的。

可她明明应该知道胜雄曾经被逮捕,被关进拘留所的事。如果眼前的一切不是她的演技,那么小百合应该是失去了某个时间点之后的记忆。

古手川望向先前就一直在房间里的狱警,对方只是无奈地摇了摇头,仿佛在说"放弃吧"。大概即便是相对稳定的状态,顶多也就这样了。

古手川换了个问题。

"那除了泽井牙科以及他居住的宿舍,你知道他还会去哪儿吗?"

"没别的了。"

小百合干脆地答道。

"除了这两处,他没什么能去的地方。毕竟大家对有前科的人都很冷酷嘛。"

这带着叹息的话,全然是保护司小百合的语气。

一个对有前科的人心怀同情的、善良的人。

一个有着与年龄不相符的孩子气、喜欢恶作剧的开朗女性。

从她的脸上,丝毫看不出她还保留着充满偏执的疯狂和怨怒的记忆。

眼前的人,是个坏掉的人偶吗?——古手川的心快被撕裂了。

"还有别的问题吗?"

御子柴把脸凑过来,小声说道:

"不要再提原来的案子了。要是她再发病,你打算怎么办?"

"发病?"

"主治医生没跟你们讲过她的病情?她的精神还是很不稳定,只有弹琴的时候能平静一下。难道你想故意唤醒她关于案子的记忆,把这唯一的救赎也打破?"

虽然打心里不愿意听这个男人的命令,但古手川也不打算让小百合再陷入痛苦。所以尽管百般不情愿,他还是决定放弃询问。

"古手川先生,你来就是为了问这个?"

"嗯……嗯。"

"这也太见外了。"

"嗯?"

"好不容易来一趟,就跟平常一样,听一曲再走吧。"

啊,原来如此。

古手川明白了。小百合的记忆,停在了古手川为了听曲子频繁拜访她家的时期。

"不过……"

"御子柴君也不赶时间吧？"

"啊……嗯，十分钟左右的话，是有的。"

"十分钟呀。那我弹《热情》第一乐章如何？"

贝多芬钢琴奏鸣曲《热情》。

面对这局面，古手川很惊讶。没想到竟然能再次听到小百合演奏贝多芬。他看了看渡濑的表情，他似乎没有生气。

接着，古手川又扫了一眼御子柴，对方不知何故，只是略带羞涩地凝视着小百合。眼前的人，和那个别说面对警察，哪怕是面对检察官也一副高傲姿态的御子柴判若两人。

"巧合可真是太有意思了。你们俩都特别喜欢贝多芬的钢琴奏鸣曲来着。"

不经意地，古手川和御子柴对上了视线。

演奏突如其来地开始。

甫一开场，像是压向听众的阴郁旋律便喷薄而出。

尽管迄今为止，古手川已经通过 CD 和随身携带的音乐播放器，无数次听过这支曲子，却还是在听到第一个音符的瞬间，就成了小百合指尖的俘虏。

仅一步步逼近听众的第一小节，就充分揭示了这支曲子的悲剧性格。f 小调主和弦背后，交织着上下交错的旋律，为曲子增添了不安定的元素。小百合左右两手，在相隔八度的位置分别演奏着旋律的同时，巧妙地带出穿插其间的分解和弦。

肆意跃动的、低沉的音符。

那在赫赫有名的命运交响曲中大放异彩的动机，在低音声部涌现出来。

古手川的耳朵瞬间做出了反应。他仿佛在这个片刻，窥见了小百合疯狂的一隅。

接着是一个看似明快的转调，但不过是刹那间的假象。伴奏依旧表现着阴惨的旋律，牢牢束缚着曲子的氛围。

接下来是一段饱含幽暗激情的降E大调同音连奏。

聆听着音乐的同时，不安的情绪也渐渐逼近古手川，使他感到害怕。这台立式钢琴大概很久没有调过音，低音声部不时会混入不协调的奇怪声音，而这，更增添了演奏的不安定感。对于曾目睹过小百合另一个名为"疯狂"的特性的古手川而言，有种难以言喻的真实感。

这绝不是钢琴声编织出的幻觉。这种不安定，以及危险的气息，毫无疑问就是深藏在演奏者内心怨念的外化。

旋律暂时平静下来，迎来一阵安宁。

然而这安宁也不过刹那间烟火般很快过去。曲子立刻又转调为E大调，伴随着幽暗的热情和绝望，再次倾泻而出。

进入展开部后，混沌的乐曲也丝毫不存在稳定的空间。旋律裹挟着不信任与不安，以及怀疑，搅动着听众的肺腑。贴近主题的旋律，已经彻底变成妄念执拗的化身。

本来创作这支奏鸣曲时，作者就对分解和弦有着异常的执着。意图通过贯穿始终的动机，赋予曲子统一感，同时又试图通过将动机分散扩大的方式，给予乐曲有机变化的余地。而这一意图，也在小百合的演奏中得到出色的表现。

不过这种效果的表现方式有些异常。有机的变化不可否认，然而小百合的琴声里，还带着能将执念和疯狂无限传播开的不安定感。

古手川十分好奇在场的其他人的感受，于是悄悄看了看一旁的御子柴。

只见御子柴好像也被某种情感深深震慑，嘴唇紧紧抿成了一条线。从面部表情来看，他像是拼命在压抑自己内心的野兽。似乎于他而言，这支《热情》也和安宁一词毫无关联。

人们都说，音符里有演奏者的全部。

古手川虽然既不了解古典音乐，也不了解钢琴，但唯独贝多芬的三大奏鸣曲，他听了太多遍，甚至能哼出全曲。所以对于这句话，他也有着或许算不上深刻的理解。

小百合的确患上了精神疾病。

哪怕案件相关记忆已经丢失，在她意识深处，野兽仍在摩拳擦掌。在她灵魂的深处，疯狂的妖怪依然在呼吸着。御子柴大概也感知到了这一点，并为此不安。

进入再现部，敲击键盘的力度变得更强。小百合仿佛是在对着琴键发泄愤恨般弹奏着乐曲。

在主题巧妙转调的同时，旋律不停起伏，将周围的一切都卷入其中，像是一阵巨浪奔袭而来。然而又在转瞬间，变成不断浮沉的潮水，裹着深沉阴郁的色彩匍匐向前行进。

进入尾声后，细腻的分解和弦和低音声部的主旋律反复着。在 f 小调和降 D 大调之间令人目眩神晕的转调中，仿佛被某种急切的东西催促着的音符敲击着听众的心房，间或夹杂着片刻的安宁，却又都在眨眼间便悉数被绝望完全包围。

这到底是什么？

这里的确有古手川已烂熟于心的，属于《热情》的哀愁和伤感，可他从未在小百合演奏的奏鸣曲中见过这样的情感。即便有着相同的节奏、相同的旋律，却仿佛是全然不同的另一支曲子。

在汹涌澎湃扑面而来的音浪面前，无处可逃的古手川感觉自己像是被绝望包裹住了，心生恐惧。

拒绝希望。

拒绝他人。

拒绝安稳。

不到十分钟的乐章中，如何能塞得下这么多的疯狂。

不过是一台钢琴，又如何能塞得进如此深的怨念。

在和《命运交响曲》酷似的主题的反复中，音量渐渐弱下去。这是进入最终乐章的热身阶段。古手川的心跳和小百合的琴声同调，此刻也跟随最弱音一起，坠入了无底深渊。他的呼吸变浅，视野也变得狭窄。

突然，音符奔腾。

凶暴且冷酷的音符慢慢聚合。

古手川已经动弹不得。

带着热情的旋律狂舞。

小百合双手激烈地翻飞，敲击着琴键。

古手川的灵魂被紧紧抓住，被玩弄。

终于音量渐渐降低，旋律像是进入睡眠般平静下来。

等到最后一个音符几不可闻时，古手川才终于松了口气。不过是听个音乐而已，却有一种全力冲刺跑完百米的疲惫感。

不经意回头，正好撞见御子柴也盯着天花板深深地吐了一口气。

御子柴探视时间结束后，渡濑和古手川也随之离开了房间。因为二人得出结论，眼下即便继续追问，也没法从小百合口中得到什么有价值的信息。

出于想要掩盖被小百合琴声玩弄于股掌间的羞耻心,古手川问了御子柴一个问题:

"你怎么会是小百合小姐的辩护律师?"

"给谁当辩护律师,难道不是我个人的自由吗?"

"她可不像有钱能雇得起你的人。要是想利用她打广告,要是真赢了无罪辩护,你的形象反而会更差吧。"

御子柴瞪了古手川好一会儿后,把目光转向渡濑。

然后他不屑地哼了一声。

"反正一查就能知道,那我就直说了。我和她是老相识了。"

原来是这样,那一切都说得通了。御子柴和小百合都曾被收押在关东的医疗少年院。时间也一样。也就是说,二人是少年院时的玩伴。

"我是她的辩护律师兼身份保证人。现在我再说一遍,不要和我的委托人有不必要的接触。这不仅可能妨碍治疗,还可能导致病情恶化。"

"要是没必要,警方也不会想去接触她。"

渡濑仿佛自言自语地说。

"不过,当真胜雄有可能会找她。毕竟对胜雄来讲,她基本上是唯一亲近的人了。"

"……你是说他能穿过层层警备,跑到这儿来?瞎扯。难道逃跑中的嫌疑人还能自己闯进监狱不成。"

"就因为他会做出常人无法想象的举动,所以才至今都没被抓住。要是他们重新见面,你想想后果。比起警方的问询调查,大概率会有更糟糕的可能。"

御子柴沉默了。看样子在威胁对方的技术上，还是渡濑更老到。

"我就相信你是毫无算计，单纯想替她辩护好了。所以一定要协助我们。如果察觉到当真胜雄的痕迹，马上告诉我们。"

虽然是毫不讲理的协助请求，御子柴却似乎没有拒绝的意思。

"如果是为了委托人的利益，那没问题。"

说完，御子柴便转身背对渡濑，朝走廊另一头走去。

"真是一个不好对付的男人啊。哼！"

渡濑愤愤不平地说道。古手川却极其想反驳一句：

"不好对付的是你吧。"

* * *

除非是传染病患者，否则病人出院后的清洁工作并不会委托给专门的公司，而是会交给护士们做。

日坂恭子把病人用过的纺织品放入专用的筐子，将垃圾桶里的垃圾分类，随后开始对病房进行除菌消毒。

她一边打扫卫生，一边回忆起不久前刚出院的干元老人。老人尽管是位患者，却总把自己的白发打理得干干净净，始终不忘优雅。每次恭子来给他输液，他总是笑脸相迎。对于由爷爷抚养长大的恭子来说，这成了工作的动力。

城北大学附属医院总是人满为患。所以干元这样的高龄患者很难得到长期住院的许可。干元身患老年痴呆和十二指肠溃疡，能在有所恢复后成功出院，也可以说是万幸。而这都是担任他主治医生的御前崎的功劳。

啊，御前崎教授。

不经意间想起他，恭子又差点哭出声来。

尽管身居名誉教授这一高位，御前崎却有着罕见的温和。无论是对护士还是病人，总是那么温柔，从不高高在上。像千元一样敬重他的患者数不胜数。

一位兼具深厚学识和慈悲心肠的高尚的人。

可是，他却被以那种方式残忍地杀害了。

恭子不知不觉咬紧了嘴唇。

根据报道来看，作案嫌疑最大的，是御前崎曾经的病人。恭子感到不可思议。忘恩负义地杀死自己的主治医师这种事，完全不是人类能做得出来的。

"哪怕是罪犯，站在施加治疗一方的角度，也都只是普通的病人。"

这是御前崎的口头禅。然而恭子不禁想，如果杀害御前崎的凶手作为病人被送到这里，自己完全没有自信能把对方当普通患者对待。

卷二

1

十一月二十日凌晨三点十五分，熊谷市御棱威原。

这一带以自卫队基地为中心，分布着大量大大小小的工厂。这个时间点，几乎所有工厂都关了灯，但边缘地带的一栋建筑里，还亮着朦胧的光。建筑物周围，则停放着警方的车辆，看样子，那就是案发现场"屋岛打印"了。

重案组的滑井擦拭着蒙眬的睡眼，匆忙赶往案发现场。熊谷警署接到报案，是在一小时前。深夜报案倒不是什么大事，但报案人的声音让人无比在意。

医院、迟了、死了——

传入通信指挥室的都是只言片语，并且一直在颤抖。

看来现场是即便在外行眼里也明显来不及送医治疗的局面了。报案人似乎是外籍劳动者，不管接线员如何询问，对方的回答始终不得要领。滑井也因此陷入了无法言喻的不安。

滑井把车停在工厂旁，钻进了拉好的黄色警戒线。看起来鉴定科已经结束了工作，正从里面一个个往外走。滑井向其中一人搭话：

"今天收工可真快啊。离接到报案才过了一个小时吧。"

闻言，鉴定科的人面色愁云惨淡：

"警部先生，这可不是个能好好干活儿的现场啊。"

说完，便匆匆离开了。

不安中又平添了一分阴森的气息。

走进工厂内，警官正在对一名男性进行询问。看见滑井，警官赶忙敬了个礼。

"这位是？"

"工厂主任番场先生。"

被介绍姓名的番场像只稻米蝗虫似的，不停地点头鞠躬。小眼睛和略驼背的身形，给人一种非常小心谨慎的感觉。

"给您添麻烦了……"

"是发生什么事故了吗？110中心的人说，现在还不清楚发生了什么。"

"发、发现现场的人是值夜班的人。"

"值夜班？"

"最近订单变多，所以我们也采用了二十四小时工作制。"

据番场所言，事情是这样的：

"屋岛打印"是一家制造打印机配线基板的工厂。自去年开始，来自海外客户的订单猛增，所以这家工厂也转向了二十四小时工作体制。不过晚上九点到早上八点轮班的，几乎都是外籍员工，本次第一个发现现场的，就是一名伊朗人。

"但我听说，死者好像是一名日本人……"

"好像？"

"根据目击同事的证词，死者肯定是佐藤君，也就是佐藤尚久，今年秋天刚成为我们的临时合约工。不过，那个，那么，我去看了也没能认出来……"

"您是说主任您不能确认死者是不是本人？"

071

"那个样子实在太……"

番场一边说,一边皱起了眉头。

大概是为了防止微小粒子附着到打印机基板,工厂内部入口有两层。据介绍,本来进了第一道门就需要换上防尘工作服,但事态紧急容不得照章办事。

第二道门刚一打开,药物的臭味扑鼻而来。空气中有酒精和铁,以及燃烧的气味。

"这是烧了什么东西吗?怎么有股烧焦的气味?"

"那是加工硫酸的臭味。基板制造会用到硫酸铜,所以工厂里随时备着浓硫酸……啊,就是那里。"

顺着番场指的方向看去,个子很高的死因裁判官正茫然地站着。他身前摆着的,是一个高度及腰的容器。

"呀,是滑井先生您来啦。"

看死因裁判官笑得有气无力的样子,滑井知道自己的担忧成真了。

"尸体就在这里。"

死因裁判官用下巴指了指容器。直径长达三米的池子里,铺了一层淡黄色的浑浊液体。

池子中央,飘着一个奇怪的东西。

乍一看,还以为是一个奇怪的装置。

看上去像是一个成年男性在浴缸里泡澡,能看清的,只有他露在水面上的脖子以上的部位,水面以下摇摆着的身体,则已经裸露出肋骨。应该存在于肋骨下方的脏器,已在溶液中溶解,失去了形状。四肢也溶解了大半,大腿骨隐约可见。

突如其来的钻入鼻腔的异臭,仿佛要毁了人的鼻子。肉烧焦的臭气和药剂的臭味浑然一体,释放出无法言喻的刺激性气味。仔细瞧才发现,本以为还能看的脖子以上的部位,也从接触到溶液的皮肤开始溶解,脂肪和组织扯着丝向周围摊开。死者大概穿着工作服,下半身的衣服也早已溶解,液体表面只剩下几片纤维残片孤零零地漂浮着。

滑井沉默了好一会儿没说话。

这是一个正确的决定。否则要是吸入了周围肉溶解的臭气,怕是要吐出来。滑井赶忙掏出手绢捂住了口鼻。

"死因裁判官,这……"

"如你所见。好像是不小心掉进了装着浓硫酸的池子。"

死因裁判官指了指脚边。只见地板上铺满了防止滑倒的橡胶地垫。

"按道理说是不会脚滑的。不过这位死者好像没戴口罩,鉴定科的人在工作台上发现了口罩。"

大概是工作中出于什么原因暂时摘掉了口罩。如果是这样,那当事人无疑是小瞧了现场的危险程度。

"死者可能是在毫无防护的情况下,吸入了酒精药剂臭味,失去了意识。也有可能是连续深夜工作,睡眠不足导致的。总之是身体失去平衡,落进了硫酸池。大概是这样的状况。"

"能辨明身份吗?"

"好歹还留着头部嘛。啊,快把人从池子里捞出来。一直这样太可怜了。"

死因裁判官对一旁的鉴定人员和警官说道。然而,谁也没有率先站出来靠近池子的意思。这也不奇怪,再怎么说是工作,去抬溶解了大半的尸体也不是什么轻松的差事。

考虑到硫酸液体会腐蚀塑料布，工作人员把尸体放到了撤下了橡胶垫子的水泥地面上。虽说赶时间，但这说到底也是不带敬意的处理方式。不过毕竟尸体状态已经成了这样，也实属无奈之举。

"番场先生，请过来一下。"

站在远离硫酸池子位置的番场，听到自己的名字吓了一跳。

"请到这边来一下。麻烦您再确认一下死者是不是佐藤先生。"

现在滑井能明白番场为什么露出那么嫌恶的表情了。毕竟没人想再三地看失败人体模型一样的尸体。即便如此，番场还是颤颤巍巍地靠过来，盯着遗体的面部仔细看了看。

"那个……虽然脸也有点腐败了……不过……大概，我想应该是佐藤君没错。"

"佐藤先生和家人一起住吗？"

"不是，应该是一个人住在租来的公寓里。不过听他说过，他父母都还健在，住在千叶。"

"您知道他家人的联系方式吗？"

"知道。签合同的时候，作为紧急联络电话有记录下来。"

滑井不禁有些讽刺地想——这倒的确是紧急状态。

"这种遗体可真棘手啊。"

死因裁判官低声喃喃自语。

"脖子以下都溶解得差不多了，没法确认是否有外伤。"

"意思是有他杀的可能？"

"鉴定科的人说，容器周围没有打斗的痕迹。可是仅凭现在的信息，没法判定到底是事故还是案件。"

亲眼瞧见尸体的状态，也就能理解死因裁判官的苦恼了。死因裁判官有义务提交尸检报告，但这种尸体能填写的内容少之又少。

"报案的，是死者的同事，一个伊朗人，对吧？报案人在哪儿呢？"

番场听完有些抱歉地说：

"先让他在休息室休息了。毕竟才刚来日本没多久……"

也就是说，需要翻译介入。署里能讲波斯语的人有倒是有，但喊过来，少说要等到八点之后，看来只能先尝试用自己低水平的英语问问看了。

"不过，哈迪……啊，就是报案的伊朗人，就算问他可能也问不出什么东西。"

"为什么？"

"我们厂夜班一个区域只有一名工作人员。哈迪好像是路过那里的时候，恰巧发现了佐藤君。他也知道那里面的溶液是硫酸，所以马上向警方报了案。我听说出事赶过来的时候，哈迪还是吓得不轻的样子。"

放置着硫酸池的工作区域，只配备一名工作人员，明显存在安全管理的过失。不过关于这一点的追责，还得留到之后再说。

如果番场所言不虚，那么死者落进池子的时候，是没有目击者的。并且最为关键的头部以下，都被溶解得不复存在了。

搞清楚死者的居住地，进行屋内调查采取些毛发，应该就能辨明这具尸体是不是佐藤君。

可问题在于，这到底是事故还是案件。调查开局就搞错方向的话，后期很难扳回正轨。

075

"那个，我可以回去了吗？"

面对番场的请求，滑井怀疑自己是不是听错了。死因裁判官也明显表露出了反感。

"您是现场的负责人，没错吧？"

"嗯，没错。"

不知道是因为毫无责任心，还是无法忍受尸体的样子，可不管什么原因，这都不是身为负责人该说的话，滑井对此非常愤慨。

"我们必须查清死者的联系信息、工作情况，还有职场上的社交关系，所以请您务必继续配合调查。"

"那个……可是……佐藤君是我们公司的临时合同工，又几乎都是夜班，我也不太清楚那些信息。我的工作时间是到晚上七点，刚好和佐藤君的工作时间错开了。"

滑井心中的愤怒渐渐变成了惊诧。由此可能看出这位名叫佐藤尚久的人，在这家公司所受待遇的端倪。

"关于这起事件，有涉及犯罪调查的可能性，还请您配合警方工作。"

"犯罪调查？"

番场瞬间两眼放光。

"也就是说，佐藤君有可能死于他杀？"

"这不过是初期调查，任何可能性都不能放过。就算是他杀又能怎么样呢？"

"我就是觉得，要是他杀的话就太好了。"

"为什么？"

"那个，毕竟，您看，要是事故的话……"

话说到一半，番场赶紧闭了嘴。

然而他想说的，并不难猜到。如果被判定为事故，那么工厂的安全管理和工作环境会引起关注。但要是他杀，或者自杀，公司就不用为员工的死负直接责任了。

无耻的家伙。

在他眼里，比起员工的死，还是公司的面子更重要。

虽然滑井涌起马上把番场扔进审讯室逼问的冲动，但立刻觉醒的职业道德，阻止了他。

"这里有没有什么安静的地方，方便说会儿话？我们有些问题，必须向您和死者的同事们了解一下。啊，如果没有的话，那劳烦您跟我们去趟署里也行。"

滑井说完，番场把头摇得跟拨浪鼓似的。

当天，对相关人员的取证工作就开始了，"屋岛打印"的劳动条件之恶劣，远远超出滑井的预想。

随着海外品牌对手机需求的增加，发往该公司的订单也骤增。但受近期日元汇率升高的影响，想要保障利润，只能想办法增加产量。

于是该公司开始雇用廉价劳动力，也就是雇用派遣员工和外籍劳动者。由于派遣员工和外籍劳动力一样，都是处于弱势的一方，所以该工厂默认了违反常规的劳动状态。

一开始番场没打算和盘托出，但在对其他合同临时工和外籍劳动者们的调查中，真相逐步清晰。滑井算了一下，该工厂开出的深夜工作的平均时薪，仅有四百五十日元。每个工作区域配备的工作人员，都被削减到最小人数，并且像本次事件中的硫酸池一样危险的设备，其实工厂内到处都是。因为时薪很低，劳动者不得不更长时间地工作，而长时间工作，必然带来疲劳的积压。

再加上深夜轮班根本没有人换岗,劳动者自然也得不到充分的休息。就这样,形成了这种可以说是典型3K职场的劳动环境。

然而即便如此,他们也丝毫不打算改善劳动环境。该公司甚至没有工会,原本应该听取现场员工们心声的负责人,在衡量自己对公司的忠诚与改善员工们的待遇时,毫不迟疑地选择了前者,毕竟他也只是公司的一名员工。了解到工厂如此残酷的现实后,佐藤摘掉口罩的原因也浮出水面。

由于工厂内充斥着酒精类药剂的臭味,工作人员被要求必须佩戴口罩。可是打印工程排出的热量,导致室内长期高温多湿。这样一来,在擦汗或者挠痒时,就必须摘掉口罩,面对马不停蹄的工作,就很可能像佐藤一样,忘了把口罩戴回去就继续作业。实际上,的确有人曾因此出现过轻度中毒症状。这也能佐证死因裁判官关于佐藤曾有片刻失去意识,并因此滑倒跌入硫酸池的推测。

滑井也参与了对发现死者并报案的哈迪的取证调查。问询虽然是借助波斯语流利的刑警的翻译完成的,但能明显感觉到哈迪是个心地善良的年轻人,愿意积极配合警方调查。

不过能从他那里得到的信息还是很少。

"请描述一下发现佐藤先生遗体时的样子。"

"我当时想去休息一下。从我的工作区域去休息室,需要穿过佐藤先生所在的区域。然后我就发现佐藤先生掉进了池子里。"

"然后您就报了警对吧?"

"番场先生已经回家了。我们规定过,如果发生什么事,要打110。"

"发现佐藤先生的时候,已经晚了,是吧?"

"脑袋以下已经没有了。我马上明白,他已经死了。"

"您和佐藤先生打过交道吗?"

"佐藤先生会很亲切地和我这个老外讲话。我也从他那里学到新的日语。"

"佐藤先生是一个怎样的人?公司里有没有什么人和他发生过矛盾?"

面对这个问题,哈迪沉默了一会儿。

"怎么了?"

"那个……我必须回答这个问题吗?"

"如果是对您本人不利的证言,我们不会强制您回答。不过,如果通过您的证言,能证实佐藤先生的死不是意外的话,我想多少也能告慰一下他的亡灵吧。"

这话并非故意用来诱导哈迪的,而是滑井自然流露出的感情,对被迫忍受那种恶劣劳动环境的佐藤等人的同情。

"哈迪先生,您和各位外国人士不远千里来到日本,努力工作,我想背后肯定有各种各样的理由,对劳动的看法估计也不尽相同,但佐藤先生和你们立场相同这点毋庸置疑。如今他已经没办法发声了,假如您能替他把话讲出来,我想也是对他在天之灵的一点告慰吧。"

滑井不知道通过翻译后,自己的话能传达出去多少。但听完他的话,哈迪的表情明显变了。

"佐藤先生对公司的方针是持否定态度的。他对番场先生表达过抗议,虽然我没有亲眼看见,但听说他还在网上披露过公司的事情。"

"也就是说,他有敌人?"

079

"我不清楚。番场先生面对抗议,好像感觉很困扰,似乎也劝过他不要再在网络上写公司的事。"

哈迪沉默了一会儿,又带着怀念的神色继续说道:

"佐藤先生非常温柔。他向番场先生抗议的内容,也不是关于他自己,而是关于我们的。说我们休息时间太短,每个区域配备的人太少。我们日语不好,所以他替我们说出了心里话。"

哈迪目睹了佐藤的遭遇后,立刻打电话向警方报案的理由之一也在于此。哈迪并不相信公司的人。

时针越过正午,死因裁判官的尸检报告也出来了。

内容和滑井预料的一样,几乎满篇都写着不明。

死亡原因:不明。

死亡类别:不明。

全身所见方面,仅记载了关于头部的内容。

外因死亡追记事项:不明。

就像死因裁判官先前抱怨过的,总之无从下笔。事实上,死因裁判官做出了需要进行司法解剖的判断,并向大学的教室发送了解剖的请求,然而最终却只得到一个意见:推测死者因休克死亡,无法证明非事故。

到头来,死因裁判官得出的结论是:无法断定到底是事故导致的死亡,还是带有案件性。

鉴定科的鉴定结果也是一样。案发现场的硫酸池周围,没有打斗的痕迹,也未能发现佐藤本人,以及工厂相关人员以外的遗留物品。不过进入工厂内部本身就需要穿上全副武装的工作服,还要戴上防止毛发脱落的帽子,所以本身也没什么机会留下遗留物品。

换句话说，即便有第三者闯入工厂内部，也可能不会留下体液和毛发。工厂严格照章办事，反而给调查带来了阻力。

想到有第三者进入工厂内部的可能性，滑井于是询问了相关情况。但询问对象不是番场，而是哈迪。毕竟对公司不利的事，番场想必不会如实告知。

"相关人员以外的人，也能进入工厂吗？"

"很容易的。"

哈迪不假思索地答道。

"可进入工厂不是需要先通过两道大门吗？"

"那两道门，只是为了防止把灰尘和尘土带进去，并不是用来鉴别对象是工作人员还是无关人士的。"

滑井想起警方去现场时，也没看到人员识别系统的痕迹。看来并不是关了系统电源，而是根本就不存在那样的系统。

"那是家生产手机电路板的工厂对吧？难道就没什么企业机密吗？"

"这我不太清楚，不过制造区没有任何限制人员出入的地方。"

"硫酸池是随时都开着盖子的吗？"

"不是的。池子盖只有在需要制作硫酸铜的时候才会打开，并不会一直开着。"

"盖子会上锁吗？"

"不会。盖子上没有锁。"

收集到的证言越多，工厂管理方面的黑暗就越是清晰。

超出极限的长时间劳动，以及对硫酸等药剂管理的不足。完全可以说，佐藤的事故是早晚会发生的。

滑井在对所有员工都进行了询问后,叫来了番场。

"所有工作人员的证言都表明,在剧毒物管理以及各种系统方面,您的公司都存在着疏忽和不足。"

毕竟是基于多方取证的质问,番场也很难装傻否认。在犹疑一番之后,番场终于开口一点点吐露工厂内情。

"这都是为了获得订单,企业努力的结果。"

"企业努力?"

"也就是削减成本。如果不把批量生产的成本降到最低,订单就会交给同行业其他公司。为了得到稳定的海外订单,无论如何也得削减成本。"

"削减不光是雇用廉价劳动力,还包括了忽视管理系统?"

"因为雇来的外国人大多数日语都不行,我们觉得如果采用复杂的管理系统,作业速度很可能会变慢。所以为了让任何人都能简单且尽可能多地生产产品,我们排除了一切复杂的程序。"

"可生产基板难道不属于企业秘密吗?任何人都能自由出入保管着机密信息的工厂未免有点太……"

"配线根本算不上什么机密。我们外包的只是发往海外的零部件制造,从世界范围看,并不是最先进的技术,所以也没有安保的必要。"

"那剧毒物品管理呢?硫酸池盖子没有锁对吧?有毒物和剧毒物管理法规定'保管场所必须是配备锁的牢固的物品'吧?"

"不是的。我们并没有违反第十一条的规定。首先那个池子本身,就不属于保管场所,而是生产工序中所需的设备而已。"

居然从这方面找理由。

看来这家公司应该有一套应对定期临场检查的规定,一切都控制在了不违反法律法规的范围内。原本应该在提高安全标准上使用的经费,全都投进了生产线。

如果这起事件被定性为事故,那么遗属必定会提起让公司头疼的诉讼——

想到这里,滑井只觉得焦头烂额。

不存在明确的违法事实的情况下,斗争有利于时间和费用更充裕一方。所以个人对企业的争斗,一开始就分出了优劣。多次的审理和收集证据,以及绝不便宜的律师费,诉讼拖得越久,原告方也就越疲惫,战斗欲望也会被消磨殆尽。这时,被告方就会抓准时机,提出低于合理范畴金额的和解案。

然而就在事件趋势初现端倪,滑井开始同情遗属时,一个令他十分震惊的报告传了过来。

报告来自一位下午三点多时在警戒线内执行警备工作的制服警官。

该警官在工厂玄关口,也就是远离生产线,鉴识科还未着手调查的地方,发现了一张奇怪的纸条。

发现之所以晚了,是由于调查初始阶段,事件性质尚未明确,以及深夜参与鉴定的人员较少的缘故,但现在追究这些也没什么意义了。

让滑井在意的,是发来消息的警官的语气。他严肃的报告语调中,带着一丝慌乱和恐惧。

不明所以的状态唤醒了滑井作为警察的职业敏感,他连忙赶往现场。

滑井抵达工厂后,很快当事警官就走了过来。

"听说有奇怪的纸条?"

"是的。在工厂入口处的门背后发现的。"

最初来到这座工厂时，门是打开着的，加上灯光又很昏暗，纸条大概就被忽视了。

"就是这个。"

警官把装在塑料袋子里的纸条递了过来。可以看到，纸条上写着如下内容：

> 今天理科的课上出现了硫酸。
> 说它什么都能溶掉。
> 所以我把青蛙放了进去。
> 冒着蒸汽，青蛙很快就溶掉了哦。
> 下一次，就从"サ"开始吧。

令人毛骨悚然的稚拙字迹和内容。

随后滑井终于明白了当事警官的感受。

青蛙男。

去年这个时候，将饭能市一带推进了恐怖深渊的连环杀人犯。埼玉县警辖区内无人不知、无人不晓的名字。还有那犯案后，必定会出现在现场的，极具代表性的犯罪声明文。

滑井也曾经无数次看过本部发来的声明文复印件，所以他对字迹特征记得很清楚。

眼前的内容和字，都和复印件上的十分相似。

鸡皮疙瘩爬上滑井的脊背。

滑井立刻返回熊谷署，让鉴识科对笔迹进行鉴定。

"不可能"和"不会错"两种声音在他脑内反复交织。如果声明文的主人真是青蛙男，那么事情的性质就完全不一样了，并且也不会再是熊谷署独立负责的案件。

原先的青蛙男案，埼玉县警搜查一课拼尽全力进行调查，最终却还是出现了四名被害者，以及袭击饭能署的衍生悲剧。

连环杀人案的受害人，是按照五十音顺序，从"ア"开始的。而新发现的声明文，却以这句话结尾：

"下一次，就从'サ'开始吧。"

这是凶手要换一行，从"サ"开始实施连环杀人的意思吗？

云山雾绕慢慢变成清晰可见的恐怖，牢牢抓住了滑井。

笔迹鉴定的结果被提交上来，是在当天夜里很晚的时候。

"被交付鉴定的纸条所记载的文字，与去年饭能市案件中所使用的声明文，名字笔迹几乎一致。"

滑井一声叹息，说不清是因为心里的一块石头落了地，还是出于绝望。随后，他带上证物纸条，走向刑事课长。

这不是我，也不是熊谷署的案子。

2

"青蛙男是个混账,居然跳过了'カ'行。"

收到熊谷署的报告,渡濑看完立刻大声咆哮起来。

古手川一边听着他的咆哮,一边盯着渡濑桌子上的电脑画面认真看了起来。发过来的资料,是那笔迹稚拙的犯罪声明文和笔迹鉴定结果。光是看一眼图像,寒气就止不住地往上涌。

笔迹鉴定表明,这次的犯罪声明文也出自胜雄之手。毫无疑问,青蛙男还活着,并且仍在捕捉猎物。

"怎么会跳过一行呢?"

听到古手川的问题,渡濑瞪着他,问:

"你是怎么想的?别告诉我你只是像个白痴一样问问而已。"

古手川明白,这是渡濑的考验。之前的案子里,每次出现突发事件,古手川都被牵着鼻子走,判断力丝毫没有长进,仅靠直觉行动,结果导致自己身负重伤。渡濑是在确认那次案件之后的自己,到底成长了多少。

"会不会是名单丢了?"

"展开说说。"

"青蛙男原先选择受害者的时候,准备了一份五十音顺序排列的名单,并且背下了名单上的名字和住址。所以正常来讲,这次的受害者,应该从'カ'开始,但他却突然跳到'サ'行。所以我想，会不会是出于某种原因，名单上'カ'行的部分全都不见了。"

那份被凶手盯上的名单，被按照五十音顺序排列着，而凶手正是从中选定了受害者。当然，前一起案件中被杀害的御前崎也包含在内。

渡濑挑了挑一边的眉毛。看他一脸疑惑的样子，古手川猜测他和自己的看法不同。

"这次的犯罪现场，是受害者工作的工厂。理论上只见过仅仅记载着名字和住址的名单的青蛙男，是怎么找到受害者工作地的？"

"被杀害的佐藤尚久居住的公寓，离工厂有一定距离。如果是跟踪佐藤，那可以算相当远的路了。你觉得当真胜雄能完成这种尾随？"

当真胜雄看上去毫不惹眼。光看这一点，或许算得上跟踪的潜力股，但他没法应对突发状况。

"应该不行吧。"古手川不得不否定自己的推论。

"不过，我觉得有必要再确认一下泽井牙科的病历。"

面对古手川自认为再理所当然不过的提案，渡濑却没什么反应。

"您不这么认为吗？"

"如果凶手参照的，是和原先一样的名单，那事情就好办了，只不过是把目标移到'サ'行了而已，那下一个当然就是'シ'。这样一来，只需要比照名单，盯紧'シ'对应的对象，就能抓住凶手。"

渡濑有点别扭地说道。

"可现在直接从'ア'行跳到'サ'行，又从居住地变成工作地。结合这两点，另一种可能性也就出来了。"

"您说的另一种可能是？"

"凶手很可能又找到了另外的名单。"

"另外的名单？"

"你仔细想想，这世界上有无数按照五十音顺序排列的名单。简单来说，只有凶手用不用的问题。"

五十音顺序排列的名单。

古手川立刻想到电话号码簿。上面记载着居住地信息，并且只要去公用电话亭，任何人都能翻看。不过这起案件发生在熊谷市内，很难想象毫无当地背景的人，会去使用电话簿。

想到这里，古手川又发现了另一个让他不安的问题。

大概是古手川脸上的惊慌表现得太明显，渡濑仿佛早已了然于心一般，摇了摇头。

"你终于注意到了啊。这次的案子，一开始是千叶县松户市，现在又是熊谷市。不像原来，从头到尾都发生在同一座城市。"

"也就是说……青蛙男把目标范围扩大了？"

"现在还不能做出判断。不过无论凶手的意图如何，媒体都不可能视而不见。"

古手川倒吸一口凉气。

发生在松户市和熊谷市的案子都是青蛙男所为一事，媒体暂时还没有察觉。然而他们一旦知晓，并报道出来，很难想象大众会做出什么反应。

在之前的案件中，整座城市都陷入了恐慌。害怕自己成为下一个受害者的市民们冲进警察署，要求警方交出潜在犯的名单。

在那次攻守战里，古手川也受了伤、吃了苦。

难道那幅地狱图景又要上演吗？

还是在更大的范围内。

就在古手川为能想到的、最糟糕的情况战栗不止时，栗栖课长走了过来。

在周围若干警员好奇的眼光中，栗栖课长直奔渡濑而去。他满脸不情愿的模样，是要给渡濑安排工作的前兆。

近些日子，古手川也能看出点端倪了，栗栖很讨厌渡濑。但与其说是讨厌，不如说是很不擅长和他打交道。渡濑面对上司栗栖，讲话总是不留情面，举止也始终旁若无人，还总是跟本部确立的方针唱反调。并且大多数时候，从最终结果来看，渡濑还都是正确的，这又反过来狠狠打了作为指挥官的栗栖的脸。

在栗栖眼里，渡濑大概就是这么个人物，让他心烦，但渡濑班在县警本部有着骄人的破案率，因此也不能拿他怎么样。所以每次给渡濑交代任务，栗栖总是一副不情不愿的样子。

"熊谷的案子里，也发现了青蛙男的犯罪声明文。"

"啊，我听说了。"

大概是看穿了栗栖的心思，渡濑的回应很随意。

"我们要和千叶县警共同组建联合调查本部，里中本部长点名要求原先负责青蛙男案子的渡濑班参与调查。"

古手川也觉得这是个合理的决定。

"组织工作据点在我们这边本部，一会儿就召开第一次调查会议，请渡濑班务必全员出席。"

大会议室里聚集了比平日多出将近一倍的调查人员，其中一半都是没见过的，来自千叶县警方方面的刑警。松户署的带刀，也出现在了后排位置。

内侧讲话台上,坐着里中县警本部部长和栗栖课长,还有八木岛管理官,以及千叶县警的三角本部长,末尾则坐着满脸自信、无比坦然的渡濑。

"话不多说,直接进入正题,请看这份资料。"

前方挂着的屏幕上映出画面。所谓资料,即留在御前崎家的犯罪声明文,和在熊谷市案发现场找到的犯罪声明文的笔迹鉴定结果。

"如大家所见,我们已经确认,这两张字条是出于同一人之手。可以断定,在饭能市多次犯案的青蛙男又复活了。"

虽说事前已经知道结论,但被管理官这么亲口宣告,古手川心里还是重新泛起不安。

"这次案件的第二名受害者,名叫佐藤尚久,三十二岁。是屋岛印刷公司的合同工,案发当时正在值夜班,被扔进了工厂内部的硫酸池。"

第二张图片,是案发现场照片。

直径长达三米的池子里,漂浮着一个仅剩脑袋露在外面,身子没入了液体的人。从远处看,呈现泡澡似的姿态,但这池子不但并非天堂,还是个地狱。衣物和人体组织都被高浓度的硫酸溶解得差不多了。

鉴定科拍摄的高清特写照片,没有放过任何一个细节,融化在硫酸中的仿佛纤维块状物的人体组织、被腐蚀得极细的骨骼、布满奇怪颜色的斑驳的液面。

冲击力最大的照片,是从正面捕捉受害者头部的特写。已经失去生命迹象的面部下方,脖子根部正冒着青烟渐渐溶解。血管、肉片、脂肪被悉数分解，并在酸性的池子中蔓延开去。而这样的画面，还整个被放大投影在一百英寸的屏幕上。看着眼前仿佛散发着异味的照片，在场的人无一例外都皱起了眉头。今天大概很多人都会失去胃口了。

"受害人居住在位于三尻的公寓，距离工厂大约五公里。据了解，当事人平时骑自行车上下班。所辖警署和鉴定科人员一起对受害者住处进行了实地调查。室内采集到遗留物品的DNA比对结果证实了受害者即佐藤尚久本人。另外，今天早晨，受害人父母从千叶县内赶到警局，也确认了死者身份。"

想到突然收到警方联系前去认尸的受害人父母的心情，古手川十分心痛。尸体是那样惨不忍睹，头部以下几乎都已溶解殆尽的尸体。两位老人看到遗体想必悲痛欲绝。

"嫌疑人当真胜雄，二十岁，从埼玉市内医疗机构出院之后，一直没有任何消息。"

画面切换，出现胜雄的面部照片。

"这就是当真胜雄，患有精神疾病，或许是因为外表太不显眼，至今仍然未进入侦查网范围。"

通缉令上的照片特有的面无表情，让胜雄的脸看上去令人颇感不适。这张谈不上有特色的脸要是笑着，还多少有几分亲切可爱，但这张照片上的表情，让人觉得他就是一个和所犯下罪状相匹配的凶恶罪犯。

"值得注意的是他的行动范围。本次案件中，案发地不再停留于饭能市，而是扩大到了千叶县松户市，以及熊谷市。搞不好很可能会扩展至整个首都圈，甚至全国。"

沉默被打破，调查员们开始窃窃私语。

古手川想起原来的案子，不禁再次陷入恐慌。按照顺序，一个接一个被残杀的恐怖。要是这种氛围蔓延到全国，难以想象会给整个社会带来多大的不安。

"之前的青蛙男案，甚至导致饭能市民陷入混乱。所以即便本案是模仿犯所为，也必定会诱发同样的不安。要是对其放任不管，也就意味着警察机关的机能麻痹，明白了吗？接下来，决不允许再多出哪怕一具尸体。稚拙的犯罪声明文、五十音顺序杀人，虽然看起来很儿戏，但这明显是对警方的挑战。绝对不能忘记，本次抓捕罪犯行动关系到的是警察的威信。"

面对这前所未有的悲壮发言，在场的调查员都不由得坐直了身子。

"必须尽早抓住嫌疑人当真胜雄。因为当真胜雄并没有考取驾照，所以他的移动方式局限于步行和公共交通。以参与本案的调查员为中心，需要在千叶和埼玉的各个主要车站配备人手，另外，别动队负责彻底调查佐藤尚久公寓到屋岛打印的一带，收集沿途关于嫌疑人的目击信息，并上报给本部。"

也就是说，千叶埼玉两县县警将展开地毯式侦查。在确定了嫌疑人，且对方只能徒步或乘坐电车的情况下，倒也的确算得上有效的方法。

但有一点，古手川仍然耿耿于怀。八木岛管理官的指令非常明确，大概换作任何人来指挥都会做出同样的指示。

可是，这一切成立的前提，是当真胜雄属于寻常的罪犯。而所谓常理和一般规则，在当真胜雄身上到底能否适用呢？

古手川曾经和胜雄有过一场肉搏战，目睹过化身毫无感情的暴力机器的胜雄。不管自己如何不堪疼痛大声喊叫，无论流了多少血，胜雄脸上始终毫无波澜。时至今日，回忆起当时的场景，古手川仍然感到恐惧。

"最后……这边的渡濑班长曾经抓捕过当真胜雄。就请班长来讲讲，关于抓捕当真胜雄的注意事项吧。"

只见一直半闭着眼、像是根本没在听的渡濑慢慢直起上半身，尔后目光凶狠地扫视了一圈在座人员，开口道：

"承蒙管理官给我发言的机会，不过我没什么要说的。"

话音未落，八木岛的不满凝固在了脸上。

"因为我不想大家抱有奇怪的先入为主观念。比如嫌疑人患有精神疾病，能用的移动手段有限之类的。这些公式当然非常正确，但对本案是否有效还得打个问号。"

听完渡濑毫无波澜的发言，八木岛本想说些什么，最后只是狠狠地瞪了他一眼。

"那么请各位努力。会议结束。解散。"

以此为信号，全员起身，确认过自己的职责后各自散去。

渡濑离开发言席，甚至没看身旁的领导们一眼，径直走到古手川身边。

"走。"

话音未落，渡濑已经披上外套向门外走去。

他穿上了外套，看样子是准备出门了。而目的地，无须多问，大概率是熊谷市。

"泽井牙科的病历稍后再确认，先去现场。"

"可刚刚熊谷署的人说尸体之类的证物都被拿走了。"

"至少还留着点儿味儿吧。"

"味儿？"

"青蛙男的味儿。能够嗅出他味道的人不多。你就是其中一个。"

这也是正确的判断。

终于听到让人信服的言论,古手川跟上渡濑的步伐。

二人前往的,是佐藤位于三尻的公寓。或许是因为案发不久,加上本案有连环杀人案的可能,佐藤的房门被贴上了写着"禁止入内"的胶带,还有一名制服警员负责把守。

公寓内只有一个房间,呈鳗鱼般的长条状,看上去不像是舒适的生活环境。然而无论外装还是墙壁和天花板,看上去都不像老建筑。

"真是奇怪的房子啊。明明建筑本身看上去很新,里边儿怎么会这么狭窄呢。"

"就因为新才狭窄。"

不知道哪里惹到渡濑了,他依然一副不满的样子。

"这幢公寓的住户,大概大半都是短期工或者外籍劳动者。你应该也看到了吧,楼下集中邮箱上面很多片假名的名字。"

也不知道他什么时候注意到这种细节的。

"外国人能通过名字看出来,短期工这个您是怎么知道的?"

"因为大概率不会长住,所以他们连门牌都懒得挂,集中邮箱上也没写名字。最关键的是,这栋楼本身就是面向这类住户建造的。"

渡濑的说明如下:短期工和外籍劳动者,因为无力负担高额房租,所以哪怕是普通单间也不在考虑范围。于是眼光毒辣的商家把普通一室一厅对半改装,然后廉价租给低收入人群,需求非常大。换句话说就是开拓了只需一张床、一个衣柜,外加能放个架子的空间就足够生活的客户群。

佐藤大概也是这个群体中的一员。屋内能称得上娱乐的，只有电脑和用彩色盒子收纳起来的大量漫画。其他小物件以及衣柜里，丝毫没有运动装备和型录杂志一类物品的痕迹。

"型录杂志这种东西，只有稍微努努力就能够得到的群体才会读。对那些不管怎么努力也买不起的人来说，除了碍眼没别的意义。就这么回事。"

墙上贴着动画美少女的海报。看来，比起三次元，佐藤对二次元更感兴趣。衣柜里只有一套西服，还是那种看上去一万日元两套的便宜货，除此之外，几乎只有主流大众品牌生产的衬衫和毛衣。

鉴定科已经解析完电脑浏览记录。内容无外乎动画相关网站、色情网站，以及论坛三种常见的类型，尤其是在论坛里，佐藤匿名揭露了屋岛打印工作环境的情况。帖子里甚至写出了番场的真实姓名，充分证实了佐藤的抗议行动并不只停留于现实生活。

残留在房内的物品勾勒出了一个被压抑的、不断试图向世界大声抗议却始终没有回应的青年形象。想必全国范围内，和他处境相似年龄相仿的人大概有数万，甚至几十万吧。佐藤不过是其中的一人而已。

"书架也都翻过了，没有毕业相册或者员工相册之类的，也没有合照、单人照，全都是漫画书。毕竟住这种房子，银行存款也游走在四位数和五位数之间。真是个没什么意思的受害人。"

虽然话讲得粗暴不中听，但早已习惯的古手川还是理解了渡濑的意思。找不到想杀人或者被杀那种密切的人际关系，也没有可能会被人盯上的存款数额。这种一无所有的人，或许会被郁闷憋屈冲昏头脑，实施冲动杀人，但一定不会沦为被害人。

没有特别的动机，仅仅是因为名字以"サ"开头——想到这里，古手川终于明白渡濑那么暴躁的原因。青蛙男只对名字感兴趣，其他属性一概不重要。这一点，和之前的连环杀人案一模一样，同时也是足够让大多数民众陷入恐惧的条件。而且另一方面，这也不足以节省警方对相关人员及其不在场证明展开排查的工夫。所以每多发生一起案件，警方人手不足的情况就更突出一些。通常，连环杀人案的凶手身份，都会在调查过程中渐渐明朗，可青蛙男的案件，侦查范围越来越大，却始终不见成效。

此次尽管通过成立埼玉县警和千叶县警的联合侦查本部，增加了人员投入，但古手川丝毫不觉得这样就能更快抓住凶手。更何况受害者都扩展到外县了，状况规则还是那样，反而会因为上意下达的劣根性，侦查本部的失控脱轨大概也是迟早的事。

之后，二人又在房间内转悠了将近一个小时，仍旧没能找到熊谷署调查人员查过的内容以外的东西。

渡濑十分暴躁不耐烦，甚至让古手川觉得他会把散乱在地上的东西踢飞。就在这时，渡濑胸前口袋里的手机响了起来。

"是我。嗯？刚到？那等等我们。"

挂断电话，渡濑的焦躁似乎稍有缓解。

"佐藤父母到熊谷署了，来取遗体的。走。"

话音刚落，渡濑就转身往玄关方向走去。

从父母口中获取受害人另一面的信息，了解其职场以外的社会关系。古手川并没有对正常侦查指手画脚的意思，但想到父母面对自己儿子不成人样的尸体时心碎的样子，他就倍感压力。

抵达熊谷署后，案件负责人滑井立刻过来接应。滑井看上去是个很直率的男人，言语间也能感受到其对受害人遗属的体贴。

"渡濑警部，您是想向遗属了解一下情况吗？"

"可以马上开始问询吗？"

"这……现在恐怕还不太行。无论是受害人父亲还是母亲，现在精神都有点儿错乱，估计没法回答问题。"

司法解剖结束后，大多数法医都会在能力范围内对尸体进行修复，比如仔细缝合切开过的部分，以及清理出血痕迹。所以遗属面对的尸体，一般都比刚发现时干净。

可佐藤的尸体完全不是靠缝合和清理就能改善的。毕竟脖子以下基本上完全溶解，连骨骼也所剩无几。目睹自己孩子这样的场景，为人父母的不可能保持冷静。

"想冒昧地问警部您一个问题。听说以前青蛙男的案子是您负责？"

"怎么了？"

"毕竟是县警管辖范围内的案子，我也有所耳闻，不过……人真的可以变得那么残酷吗？"

滑井丝毫没有掩饰嫌恶的情绪。

"虽然我没警部您经验丰富，但这些年也看过一些凶残案件的尸体。可是，可是这起案子还是超出了理解。一般来说，破坏尸体是出于怨恨，碎尸是源自异常心理，或者为了搬运尸体，这些都能有合理的解释。但只留下头，其他部位全部溶解掉……简直像是把人当玩具一样对待。"

"据我所知，人类可是地球上最残酷的生物。不过就算这样，青蛙男也是其中最残忍的一类。舆论都说，那些稚拙的犯罪声明文是极致的表演，但玩弄尸体的方式完全符合纸条内容，所以也不能说纯粹是为了演出效果，这次也一样。"

听完渡濑的回答，滑井毫不遮掩地皱起眉头。

"真可怕。"

"这也不是第一次了。我干这份工作已经有四分之一个世纪，那时候的人也一样残忍。"

"等受害者父母从遗体安置室出来，我就把人带到这里来。"

听从滑井建议，二人来到另外的房间等待，过了一会儿，受害者父母也走了进来。

父亲佐藤尚树虽然举止看起来很坚强镇定，但视线始终空虚游离。而母亲富江则因为长久痛哭双眼红肿，即便此刻，她也仍然未能完全平复心情，依偎着尚树，似乎在轻不可闻地念叨着什么。

二人就座之后，问询正式开始。尽管气温不低，二人的身体却颤抖不止。

"到底是怎么回事……"

尚树语带悲愤，似乎随时会爆发。

"尚久他做错了什么吗？凭什么要遭到那样的对待？！实在是，实在是太过分了！"

"我们也想搞清楚这个问题，所以有劳二位过来。"

渡濑依然保持着冷静。在需要回答问题的一方情绪亢奋时，这是最为恰当的态度。

"请二位保持冷静，配合一下警方的工作。死亡一定伴随着某种理由，而大多数时候，查明理由就是找出原因的第一步。二位能理解我的意思吗？"

尚树摇了摇头。

"比方说杀人案的动机。如果只是谋财,那么只须将人杀害就足够。而如果怨恨深入骨髓,就会伴随损害遗体的行为。"

"您是说我儿子之所以会变成那样,是因为被人怨恨?"

"还有一种可能。或许您不能接受,但这世界上还存在一些人,他们把做出超越平常的举动,视作自己不平凡的证明。"

"我儿子……尚久是一个会为弱势群体发声的人。虽然可能被当权者视为眼中钉,但绝不是那种遭人怨恨的人。"

尚树死死盯着渡濑,像是要把他盯穿似的。

"我儿子小时候多次被任命为学级委员。他一直很为人着想,听说如果他发现班上有人被欺负,还总会保护对方。"

古手川听到这番话也毫不意外。只觉得尚久如今会高声呼吁改善职场工作环境,早在那个时候就已经打下了基础。

"问一个有些失礼的问题。尚久先生似乎对现在的工作环境有些不满,二位知道这个情况吗?"

"啊,那个呀……或许也是必然。毕竟他现在是合同工,也不是因为喜欢才进的公司。"

"他原先是在哪里工作呢?"

"我儿子原来在就职活动中失败了。虽然大学考进了目标学校,一切也都很顺利,但他大学毕业的时候,刚好赶上最严重的就职冰河期。虽然他给好些公司都投了简历,但一家都没录用……儿子他肯定是不想让我们担心,所以也没找我们商量,主动去劳动派遣公司做了登记。"

这段历史古手川也有记忆。2000 年前后,受金融机构崩盘影响,经济状况恶化,就职率不断下降,也就是人们常说的就职冰河期。伴随着就职冰河期出现的,是无业者和兼职者,以及合同工的大量涌现。

"一开始,他还是朝着转正的目标,以合同工身份坚持努力着的……但似乎是过了三十岁之后,他就开始焦虑,对现在公司的不满也慢慢开始会跟我们讲了。"

"就、就职失败不过是他运气不好而已。尚久没有任何错,那、那孩子真的很温柔,很会为别人着想!"

一直保持着沉默的富江突然开了口。不过内容比起证词更像是诉说。

"他为人温和,从不自私贪婪。就职的时候这肯定是个不利因素。可他也没有耿耿于怀,只是默默努力。对屋岛打印公司的不满,也不是因为他自己的待遇,而是出于对其他员工待遇的不满。那、那个孩子就是有先为别人考虑的毛病,所以总是吃闷亏。脑子灵活的人可能会看不起他,但绝不会有人恨他!"

富江说完这番话,捂住了脸,哭泣起来。

看样子同事和父母对受害人的认识是一致的。这么看来,可以断定青蛙男的着眼点果然还是佐藤尚久的名字。

不过渡濑没有忘记细节。

"那么,请问这里面有二位见过的人吗?"

渡濑拿出八张人脸照片,其中五张是毫无关系的人,剩下三张分别是御前崎教授、有动小百合、当真胜雄。

然而尚树和富江同时摇了摇头。

3

对佐藤父母说明过遗体领取手续后,古手川独自驾车前往饭能市,目的地是泽井牙科诊所。青蛙男在原先的案子里使用过的,提供了受害者名单的病历,就在这家诊所。古手川的工作,是确认这里的病历里,是否也有佐藤的名字。

明明是周六下午,泽井牙科的停车场却空空荡荡。以前这时候,停车场都满满当当的,如今这副模样,让他颇感意外。

来到前台,一位打过照面的护士正坐在那里。

"呀,这不是古手川先生嘛。"

这位护士虽然谈不上美女,但灵动有神的大眼睛令人印象深刻。古手川看到她制服上的名牌写着姓氏"东江"。没记错的话,她的名字应该是结月。当时古手川带着伤冲到医院时,正是这位护士帮忙做了应急处理,值得感谢。

"啊,真厉害啊。受了那么重的伤,现在都没痕迹了。古手川先生真强壮。到底是什么超凡体质哦。"

说实话,进入医院之后受的伤更重。尤其是左脚,伤势十分严重,医生诊断结果是要一个月才能痊愈。至今仍然有后遗症,走路时候左脚还有点跛。不过即便如此,古手川还是回归了工作现场,继续在那个差使人不留情面的上司手下工作,这么看的确足够强悍。

"有点意外。"

"什么？"

"本以为您见着我，不会给好脸色。"

"为什么这么说？"

"毕竟，我是逮捕了胜雄君的刑警嘛。"

"啊……"

结月似乎有点尴尬地叹了口气。

"的确，您逮捕当真君的时候，我也暗暗下决心要是再见着您呀，那可不是不给好脸色的问题，而是一定要把您轰走……不过古手川先生您也被那孩子狠狠伤害了不是吗？可以说你们各打五十大板，我也就消气了。"

各打五十大板这个说法，未免有失公允，但现在也不是唱反调的时候。

"所以您今天又是为什么来的？智齿疼？还是又和之前一样来调查？"

"抱歉。还和之前一样。我想再看看你们的病历。"

"又来？"

结月双手叉腰，可爱地嘟起嘴。

"上次给您看了病历之后，我可是被医生狠狠地骂了一顿。说即便对方是警察，也不能这么轻而易举地给人看病历。我明明没有随随便便给人看，那时候分明是古手川先生您擅自闯进了病历室……"

"那次真是给您添麻烦了。"

古手川立刻低头道歉。趁对方还没动真格生气，先道歉——这也是从渡濑那儿学来的赔礼方法。虽然自己压根儿没见过那位上司诚心诚意道歉的画面。

"这次我严格按照规矩准备好了这个。"

古手川从胸前口袋掏出一份 A4 纸大小的文件。

案件调查函。本来这是在锁定嫌疑人之后用来收集相关信息时使用的东西,但这次用在了搜集受害者信息上。

结月取过文件,扫了一眼内容。

"那请稍等。我去跟院长请示一下。"

说完便往一边去了。

古手川坐在等候室的椅子上,环顾四周。从停车场冷清的样子也可以想象得到,前来就诊的人寥寥无几。护士人数也明显比以前少了。

突然,胜雄的身影浮现脑海。

那天,拎着装满医疗废弃物的垃圾袋的胜雄,踩到自己松开的鞋带摔倒在地。不忍坐视不管的古手川帮他收拾好垃圾后,还带他去了附近的鞋店,送了他一双新鞋。

拿到新鞋子的胜雄,对古手川露出了一个大大的笑脸,仿佛从圣诞老人手里接过礼物的孩子一般。那张笑脸治愈了古手川。在凶残的案件接二连三发生的时期,胜雄孩童般的纯粹拯救了他。

可最终,一切如同幻影。就在古手川觉得自己和胜雄彼此真诚相待后没过几天,他就被胜雄狠狠地伤害了。这也加剧了古手川对人的不信任。

通过一桩桩案件,刑警看人的能力得到培养,参与过的调查会塑造刑警,让其成长——渡濑这样讲过。那么青蛙男的案子,到底给自己带来了什么,又夺走了些什么呢?

古手川思绪万千。不一会儿,结月回来了。

"院长同意了。我和您一起去,请跟我来。"

"您负责监视吗?"

"这好像是许可的条件。"

看来上次留下的阴影太深,哪怕有警方正式的委托文书也还是不放心,用附带条件的形式,稍稍泄泄火。

"那就拜托您了。"

古手川郑重其事地说完,跟上了结月的步伐。

"刚才您一直在柜台前面东张西望的吧。"

看来结月的敏锐度不一般。

"你是不是感觉病人和护士都变少了?"

"……是因为那桩案子吗?"

"没错——工作人员是连环杀人案的凶手,并且医院的病历被用作选择受害人的名单,这让病人们知道了,谁还会来看病呀。病人减少了,自然也就不需要那么多护士了。"

胜雄和泽井牙科诊所的关系,以及病历被不怀好意地利用这件事,周刊杂志在胜雄被逮捕后进行过报道。那之后,胜雄的嫌疑虽然被洗清,但声称胜雄即真凶的周刊报纸,却没有做出订正或道歉。

"好不容易感觉事情过去了,病人们也慢慢回来了。可就在这节骨眼上,青蛙男不是又复活了吗?这下病人肯定又会变少了。"

结月突然抬头,语带责备地看着古手川。

"话说,我看报纸讲当真君有嫌疑,是真的吗?"

虽然当真的确是眼下嫌疑最深的人,但古手川毕竟不能泄露内部消息。结月大概是看出了他的难处,耸了耸肩。

"被这么问您也不可能回答对吧。抱歉啦。"

"该道歉的是我……那之后,胜雄君回来过吗?"

"就来过一次。"

结月话语间仿佛在压抑怒火。

"先前当真胜雄被逮捕的时候,泽井医生立刻把他开除了。之后他不是一直都在住院吗?"

"对。"

"本来他放在宿舍里的私人物品就很少,即便不是本人也能很容易就收拾干净。所以他出院回到这里的时候,泽井医生亲自把行李还给了他……就那一次而已。"

"胜雄君,当时是什么表情?"

"他本来就几乎没什么情绪表达,所以面对行李也没什么反应。不过我想,他一定很伤心吧。"

"可是,那起案子之后不是逮捕了其他人,证明了他的清白吗?为什么还要开除他呢?"

虽然是自己亲手逮捕了胜雄,似乎没资格说这话,但古手川还是脱口问了出来。

结月再次用眼神责备起古手川。

"就算洗脱了嫌疑,人们也不会忘记他曾经受到过那种对待。尤其是当真胜雄和普通人本来就不一样,问题就更大了。"

完全是对待有前科的人的态度。

"虽然纯属偏见,但也没法对某个人提出抗议,病人又明显变少。所以我也能理解泽井医生想马上和当真胜雄撇清关系的心情……"

偏见的确是棘手的东西。对不具名的大多数,也不可能一个个去说服他们。况且偏见本身就不是理性,而是感性的产物。正因为不基于理性,哪怕做出充分的说明,也不足以推翻偏见本身。

更麻烦的是,一旦确认遭受偏见的人本身并非完全清白无辜,人们的偏见就会变得更深。

"之前的案子,他不是被怀疑过吗?所以说,哪怕证明了他的清白,只怕当真胜雄的名字再被提起,人们还是会说:果然不出所料。"

古手川无力反驳,加上自己目睹过胜雄隐藏起来的恶意,就更是不得不同意。更何况眼下,埼玉县警和千叶县警正竭尽全力追踪胜雄去向,也是不争的事实。事态已经发展到了无关偏见的地步。

"那时候的行李里,有什么?"

"就一点换洗的衣服和文具。房间里的东西基本上都是医院的财产,几乎没有他的私人物品。所以哪怕翻遍整个房间,也一个普通大小的背包就装完了。"

"里面有笔记本吗?"

"他原先的笔记本不是被警方收走了吗?当真胜雄的笔记本就那么一个。"

那个笔记本的内容,警方现在也正在调查。当时收缴的胜雄的私人物品,都在他出院时一并归还了。至于笔记本,侦查本部也从头到尾无一遗漏地确认过内容,但没有发现和犯罪相关的记述。

可这并没有让胜雄的嫌疑减轻。

胜雄拥有特殊的能力,他能把看过一眼的名字和住所铭记于心。即便没有笔记本之类的辅助工具,想要找到受害人住址,对他来说也是轻而易举的事，关于这一点，侦查本部内部也已经达成共识。

走了一会儿，二人来到了医院药房门口。病历室就在药房旁边。

"请。"

古手川走在结月前面，进入了房间。外观呈现黑褐色的柜子还和之前一样留在原地。

古手川立刻开始确认"サ"行的病历。姓佐藤的有三人，但都只是和尚久同姓而已。这么看来，胜雄果然很有可能是基于御前崎做成的名单实施犯罪的。

安心感和失望同时涌上古手川的心头。

为以防万一，他用手机拍下了姓名开头为"サ"到"ソ"行片假名的病人信息。即便概率很低，但还是有必要留下信息，毕竟他们，是潜在的下一轮受害者。

"能帮上什么忙吗？"

"还不清楚。要能确定是有用的线索的话，就不是我，而是一帮能干的刑警冲过来了。"

"您这是在谦虚？在我看来，古手川先生您可是相当敏锐厉害了。"

"您太抬举我了。"

这既不是社交辞令，也不是自我贬低，不过是古手川的心声而已。

那之后他也参与过其他几起案子的调查。每次不得不面对人类的阴暗，反复品尝着绝望和希望。然而要问通过这些经历，自己看人的能力是否有所提升，作为刑警的眼光又是否变毒辣了，他都没有立刻给出答案的自信。

在之前的青蛙男一案中，古手川一直以来的固定观念，被悉数体无完肤地摧毁粉碎。如今的现实是，他丢失了指针，不知道自己到底该通过什么判断是否能相信他人。这样一个人，又怎么可能称得上一名优秀的刑警呢？不过是哪怕一点点可能性，也竭尽全力去调查罢了。

"真的不好意思，虽然已经添了很多麻烦，但能不能请您带我去看看他的宿舍？"

"欸？可他的东西已经全都收拾掉了哦。"

"只要还没有新的人住进去，就拜托您让我看看吧。"

结月虽然很惊讶，但还是微微颔首，答应了他的请求。

二人离开医院，走进一旁的小公寓楼。古手川至今记忆犹新。胜雄的房间就在二楼最左边。

插入钥匙，打开房门。以前因为总是拉着窗帘，以及荧光灯寿命将尽的缘故，室内给人十分昏暗的印象。但现在仿佛换了个房间。窗帘被拆掉，阳光从窗户照进来，点亮了整个空间。天花板和墙上的建筑赫然可见，透露着建筑物充满年代感的气息。曾经孤零零摆放在这六叠大小空间里的胜雄钟爱的书桌已被撤走，让原本狭小的屋子显得宽敞许多。

不过廉价的地板上，依然残留着淡淡的血迹。大概是没能彻底收拾干净。也可看出，医院并没有预算更换地板。

血迹毫无疑问来自古手川。当时古手川为了抓住胜雄，差点被杀死在这个房间。

看着残留的血迹，那时的剧痛又猝不及防地苏醒过来。即便骨骼得到修复，皮肤已经更新，直抵内心深处的伤痛，依然随时可能觉醒。

每每回忆起那时的事，古手川的心都会隐隐作痛。

被信任的人背叛的痛。

明白自己相信的东西不过是假象后的空虚以及更加强烈的恐惧。警官证和手铐不再起作用，暴力占据了绝对优势。拳打脚踢如同暴风雨不曾停歇，叫他无力反抗。面对铺天盖地的恐惧，古手川只一心祈祷自己能赶紧昏过去。

"您还好吗？脸色很苍白哦。"

身旁结月的询问，让古手川清醒过来。

胜雄被捕后，饭能署警员把这个房间搜了个遍。据结月讲，那之后又做过不算彻底的清洁，所以这里已经没有任何证物了。

剩下的，只有绝望和恐惧的气息。

第二天是周日，古手川刚踏入侦查本部，就看见渡濑一脸想揍人的表情，恶狠狠地瞪着报纸。虽然渡濑平时也没什么好脸色，但这个早上的他看上去格外凶狠。

古手川站到他身后，看了看报纸。随即明白了渡濑生气的原因。

《埼玉日报》早报第一版。

  青蛙男，再次降临

  关于本月二十日，发生在位于熊谷市御棱威原的屋岛打印工厂的事件，埼玉县警和千叶县警组建了联合侦查本部，将其同本月十六日发生在松户市白河町的爆炸案进行并案调查。两起案件的现场，均发现了作为重要线索的纸条。纸条都是犯罪声明文，文字和文章都很稚拙，联合侦查本部……

读完摘要片段和开篇部分，古手川也不禁皱起眉头。

他差点脱口骂出一句"畜生"。

这是一篇刊载在《埼玉日报》上的八卦新闻。

在御前崎家和打印工厂发现纸条的事，至今仍未发表，甚至连两县警方组建了联合侦查本部的事，也并未对外公开。这么做的原因只有一个，那就是暂时还不准备让外界知道青蛙男的存在。

然而明明距离打印工厂案子案发才过了三天，怎么就走漏了风声呢。

很明显，只有两种可能：要么是内部人员泄露了信息；要么是《埼玉日报》有嗅觉极其敏锐的记者。

突然，古手川想起了那个他完全不想记起的记者，以及他那不怀好意的笑脸。

"班长，这……"

"是'老鼠'。看一眼报道内容就知道是他。这种狗皮膏药似的煽情文章，简直就是那家伙的标志。"

《埼玉日报》社会部记者尾上善二，人称"老鼠"，是个不管什么地方都钻得进去，并且不管什么地方，都能找到素材的老练的记者。之前的青蛙男案，就因为他不必要的报道，民众才陷入不安，导致了最后近乎混乱的局面。

"那个浑蛋，就是明知故犯。明明很清楚自己干的事会引发什么后果，还明目张胆地写出这种文章。"

渡濑满腔怒火，一把将报纸拍到桌上。

古手川捡起报纸，继续阅读后文。渡濑给出的"狗皮膏药似

◎ 连续"杀人鬼"青蛙男.噩梦再临 ◎

的煽情"这个评价分毫不差。虽然没有明确表现，但报道字里行间，都在暗示这两起案子是青蛙男连环杀人案新的开端。

去年年末发生在饭能市的连环杀人案，受害者按五十音图"ア"行顺序被杀害。这次的犯罪声明则称，将从"サ"行开始……

下一个被盯上的，是名字以"シ"打头的人——拐弯抹角的写法更让人觉得不安，跟拐弯抹角地恐吓读者没什么区别。

古手川感觉再次看到了青蛙男的本质。青蛙男的可怕之处，不仅在于其本人的残忍，把与案件并不直接相关的大众以及媒体卷入风波这一点，使其恐怖程度直线上升。

"这么一来，面向全国发行的报纸肯定也会跟进报道。明天的晨报就是热闹的青蛙男复活庆典没跑了。"

"那时候因为有地域限定，某种意义上恐慌程度也能得到一定压制，只能算是玻璃杯里的暴风雨。可这篇狗屎报道，完全暴露了青蛙男的行动范围已经不局限于饭能市，而是扩大到了埼玉和千叶两县，甚至搞不好还可能波及其他地方。"

渡濑的怒火似乎要刹不住车了。古手川甚至觉得，要是此刻把报纸递过去，要么会被他扯烂，要么会被他吐上口水。

"可是班长，范围扩大不也就意味着个人受害的风险降低吗？同样是'シ'开头的名字，埼玉和千叶加起来，人数肯定会翻倍。"

"你小子吃了那么大的亏，还不明白真正的恐惧是什么？"

渡濑瞪了古手川一眼。

"所谓恐惧，是未知和毫无戒备的产物。因为不知道会遭受

111

什么样的袭击，所以人们会感到害怕。即便知道自己要面对的是什么，也会因为没法防御而恐惧。的确，就像你说的，被盯上的概率会降低，但光凭这个能否安心得另当别论。"

"为什么？"

"概率只不过是种理论，可恐惧是感性的。你想象一下，读过青蛙男的报道，被电视节目用受害者的悲惨遭遇洗过脑之后，再被扔进黑暗会怎么样？除非迟钝得异于常人，否则是个人都会有所戒备。这世界上，能保持理性冷静、克服情绪波动的人少之又少。关于这点，你小子应该再明白不过了。"

的确。古手川回想起暴徒袭击警察署的画面，咽了咽口水。

突然，身体中关于疼痛的记忆被唤醒。当时被殴打带来的痛觉，他至今仍然无法忘怀。

那时候被恐惧支配、极度害怕遭遇危险的人们，在短时间内便失去了自制力。毕竟自我防卫是所有动物的本能，人类也不例外。

"这和传染病是一个道理。"

渡濑不耐烦地说。

"不管是谁，都害怕染上传染病。如果看到媒体报道，说某种传染病传染路径不明，治疗方法不明，那大家首先肯定会选择减少外出。恐惧只会不断蔓延，绝不会减轻。"

古手川明白渡濑的意思。

如果人们知道，凶手完全无视性别差异、资产多寡、美丑、日常行为、居住场所、身体特征、正常或残疾，只根据名字选择下手目标，任谁都会感到困惑，会对这不讲理的行为感到生气，会为这无药可救的局面战栗，更何况大家还无处可逃。也许飞到国外多少能安心点，但能选择买机票逃离对杀人狂的恐惧的人，肯定是少数。

"不仅是《埼玉日报》，其他报纸和周刊也会不计后果煽动读者的不安。它们不仅不会呼吁大家注意安全，反而会火上浇油，加剧恐惧的蔓延。"

"那让他们控制一下报道内容……好像的确不可行。"

"凶手的目标不过是几个人。但随着案情发展，潜在被害人不断增多，我们需要追踪的嫌疑人也会变多。"

渡濑说完，陷入了沉默。

古手川明白，渡濑的沉默是出于担心。

担心这次的案件，是去年青蛙男案的重演。

再这么下去，侦查本部工作依然毫无进展，凶手却会不断犯下新的案子，媒体报道会越来越多，民众对警方的不信任感则会越来越强。

渡濑把不安比作传染病。而在民众中传播的恐惧，势必会引起社会范围内的不安。一旦到了那个地步，警方要做的就不只是追凶了。人们害怕自己就是下一个受害人，因此会寻求警方保护，或者反过来，会出现声称自己就是凶手的人，还会有叱责警方无能的人……而应对这些杂事的，依然是警方。那么最终结果就是，侦查本部的内部权力分裂、整体功能停滞，调查无法顺利推进。一旦调查不顺利，凶案也会越来越多，整个社会的不安也会越来越强烈。这是一个无休无止的恶性循环。

传染病的可怕之处，不在于病症本身，而在于传染的速度和范围。即便是致死的疾病，只要保证不危及自身，人们依然能保持心态平稳。可一旦知道自己有感染风险，人们就会心态失衡，会开始寻求庇护所，互相争夺退路，抢夺疫苗。

还有一个很重要的问题：这次的案子里，病原体本身会移动。眼下已经可以确定，胜雄是乘坐电车前往御前崎家的。换句话说，只要是交通网络所及之处，都可能成为胜雄的活动范围。

古手川感到毛骨悚然。

去年的案子全部发生在饭能市内，某种程度还算好。要是扩大到埼玉及千叶两县，甚至一不小心波及首都圈全域，后果真是不堪设想。

就像渡濑预言的那样，次日各家报纸的头版全都是关于青蛙男复活的报道。

《复活的噩梦》《模仿犯？连续杀人鬼再次降临》《受害者范围扩大？》……

早间新闻节目也都在谈论本案。顶着评论员名头的艺人、不知道到底以什么为生的评论家、怎么看都像是电视台导演从不知哪里抓来凑数的犯罪心理学者、早已经离开一线多年的昔日检察官，这些令人恶心的人正在电视上一本正经、大言不惭地讲着所有人都知道的道理。

"也就是说，之前案件的嫌疑人被无罪释放，并且丝毫没有受到监管，对吗？不能排除那个人就是凶手的可能吧？"

"当然，警方似乎也在调查他的行踪，还不能断定他就是凶手。"

"之前的案子只发生在饭能市，这次很可能扩大到首都圈全域对吧。符合受害人特征的民众估计都不敢出门了。"

"可是不出门也没用呀。您看第一起案件的受害者御前崎教授，不就是在自己家里被杀害的吗？"

"真是太可怕了。大家根本没法自卫呀。"

"说得极端点,除非跑到北海道冲绳甚至国外,不然没法安心。当然,话说回来,要是警方能早点抓住犯人,我们也不用操心了。"

"这个我觉得很难了。这次的嫌疑人,作案目标根本不针对特定人群。受害者除了名字以外,住址、年龄、社会地位都不重要。可光是名字以'シ'开头的人,就有数万,警方也没法儿缩小范围。而且,我听小道消息说,凶手还一直在换地方。这种根本没有固定住处的人,找起来可是很难的。现在和以前不一样,到处都是网吧之类的可以过夜的地方,哪怕没有身份证件,能藏身的地方也数不胜数。"

"那个,我发表一下我的想法。其实说白了,现在警方在追踪的,是一个患有精神障碍的人,没错吧。我以前做过社会福祉相关工作,接触过一些住进医院精神科的人。这类病人,经常炫耀自己的证件,好像是叫精神障碍者健保福祉手帐来着。他们总是明目张胆地说,有这个证在手,哪怕犯罪也不会被判刑什么的。"

"这关涉到精神残障人士的人权问题,不太适合在这种场合讲吧。"

"我倒是觉得,就应该在这种场合讲。以前不是发生过一起案子吗?一名男子闯进大阪的一间小学,杀死伤害好些儿童。那个男的不就是从精神病院放出来的吗?要是他一直被关在医院,那些小孩也不会遇害。"

"关于你刚才讲的,防止触法精神障碍者再次犯罪的问题,其实国会也不止一次讨论过。可是如果把那些人一直关起来,就会变成事实上的保安处分,很可能侵犯宪法关于基本人权的相关规定。"

"所谓的基本人权的对象，肯定也包括被杀害的孩子们，还有我们这些没有任何罪过的普通民众吧？把犯过罪的，或者有可能犯罪的人的人权，和我们的人权一概而论，大家不觉得很难接受吗？"

面向大众的节目里，类似的不负责任的发言非常多。这些发言之后，主持人必定会补上几句道歉来圆场子。但电视台坚持邀请能做出这类发言的人上节目，不难看出制作组心底的小算盘。

涉及人权的问题，是不方便公开讨论的，也正因如此，相关话题很容易博得收视率。毕竟光靠白开水似的谈话，收视率是涨不上去的。不过，如果出现问题发言，也可能会面临来自BPO（提升放送伦理节目质量机构）的处分。所以很明显，这是在打擦边球。

其他新闻节目、报纸杂志的论点，也都巧妙地回避了精神障碍者相关问题。自从《埼玉日报》公开了小道消息后，各家报纸都掌握了警方正在追踪的嫌疑人就是当真胜雄的信息，却始终没有明确提及过。

所谓触法精神障碍者，是指犯罪后不会被追究刑事责任的精神障碍者，其中不仅包括根据刑法第三十九条，判决无罪或减刑的人，还包括在起诉前精神鉴定中，被确认患有心神丧失，决定不予起诉的犯罪嫌疑人。所有媒体在触法精神障碍者问题上，都格外小心。

消除犯罪，尽可能地寻求有效的预防策略，这是社会正义所需要的。但另一方面，基本人权也规定，无论出于何种理由，必须坚持人人平等，也就是所谓的法律面前人人平等。

所以如何对待触法精神障碍者的问题，其实也是社会正义和法律面前人人平等二者的对抗。而这个问题近年来会被反复提及的原因之一，正是触法精神障碍者再次犯案率的攀升。

根本无须评论员指摘，国会也曾多次讨论这一议题，但始终没有出台相关法案。一直观望的原因，归根究底还是太难平衡人权问题。另外，那些对触法精神障碍者再次犯罪相当敏感的民众，对立法机构不痛不痒的态度也极其不满。

这一倾向在网络世界上表现更明显。匿名论坛自不用说，个人博客和社交网络上呼吁隔绝触法精神障碍者的论调也甚嚣尘上。古手川只简单浏览了一下相关内容，就发现几乎所有匿名发表的意见，都在不断重复"隔绝危险人物"和"废除刑法第三十九条"的极端主张。不过最可怕的是，这些歇斯底里的呼喊，其实有着一定程度的合理性，也就是一个非常基础的问题：难道犯罪者以及潜在罪犯的人权，真的值得牺牲不特定多数人的生命去保护吗？

在古手川看来，这是普通民众的心声。那些有家有室为人父母的人，更会这么想。

面对始终不采取行动的立法机构，以及棘手的人权问题，媒体不敢轻举妄动，而民众则是越来越不耐烦。

社会仿佛被安装了定时炸弹，躁动不安，而当真胜雄却依然不见踪影。

4

渡濑让古手川开车,前往浦和区高砂。该地位于埼玉地裁埼玉拘留所附近,驱车沿中山道一直往前,沿路布满了各种律师事务所。

为节省花在路上的时间,大多数法院附近都是律师事务所林立。就跟河边多寿司店一个道理。不过这一带律师事务所的密度,还是蔚为壮观的。

"当真胜雄的辩护律师,叫清水幸也。"

"这名字没怎么听说过啊。"

"卫藤律师死后,清水就一心想坐上人权派的第一把交椅,不过还没搞出什么名堂。貌似没什么人找他。"

二人走进鳞次栉比的律师事务所大楼中的一座。此行的目的地,是位于四楼的樫山法律事务所。该事务所的牌子上,也写着清水幸也的名字。

古手川二人向接待人员表明来意。五分钟后,清水律师终于露面了。

"抱歉久等了。我是律师清水。"

清水年龄在三十岁到三十五岁之间,矮个子,体格单薄,但看人时眼神高高在上,下巴微微仰起。不过在和渡濑对视后,他收起了傲慢。一脸黑社会干部风貌的渡濑让这位清水律师不自觉缩了缩脖子。

"听说二位是为当真胜雄的事来的？不过很遗憾，我没什么好说的。"

也不知道是哪里冒犯他了，开口第一句话，语气就让人很是别扭。

"哦？清水律师您不是他的身份保证人吗？"

"那又如何。他现在下落不明，根本联系不上。我这边也在犹豫还要不要继续跟他的委托契约。"

"您好像还没有提交解约书？"

"当事人不在，没法做成解约书。不过出个表明本人辞职意向的证明，也够有诚意了吧。"

古手川不禁腹诽：什么狗屁诚意，听着就虚伪。

眼下胜雄住址不固定，就算把证明文件寄到他最近的住址，也就是泽井牙科的宿舍，也只会落得个收件人长期不在，过了保管期限的下场。等保管期限过去，东西会被退回来，到时候他再次寄出，等第二次被退回以后，换成普通邮件再寄一次，这样一来从手续角度讲，即使胜雄没有拆过信封，也能视作成功表明了辞职意向，总之，清水想解约根本不用确认胜雄本人的意见，他不过想赶紧甩手脱身罢了。

渡濑或许也看透了清水的小算盘，语带讥讽地开口道：

"我没记错的话，先前的案子尘埃落定以后，您曾经在记者发布会上这样讲过吧：警方已经严重侵犯委托人的人权，我一定会和他一起，齐心协力攻克难关，让县警本部出面道歉并赔偿损失。"

"我在发布会上说的，既不是谎话也没有夸张。青蛙男一案，他本来就是受害者，我的确愿意付出一切去保护他的权利。可是最关键的是他本人都下落不明，我又能怎么办？"

坚称自己毫无过错的清水所说的每个字，都让古手川感到生气。虽然一般来说，警察和律师是敌对关系，但清水的这番言论，无论如何也不适合当着警察的面讲。就连古手川都这么想，普通民众想必也一样。一想到人权派竟然要被这种律师代表，古手川不禁心生同情。

古手川心想，在观察人类方面，比自己更冷静客观的渡濑的评价必定更加辛辣，果然不出所料。听完清水的话，渡濑面露凶光的脸上，多了几分轻蔑的神色。

"我们想了解一下当真胜雄的近况，希望您能跟我们讲一讲，他的病情到底得到了多大程度的改善，以及他出院之后打算干什么。毕竟清水律师您在他临近出院时还去见过他，不是吗？您肯定知道这些信息吧。"

实际上，古手川曾向医院方面了解过胜雄出院前的状况，但医院方面出于保密义务，并未作答，古手川碰了一鼻子灰。所以现在只能从担任胜雄辩护律师的清水这里获取信息了。

然而清水律师却愤愤不平地说：

"你觉得我会回答这种问题吗？律师也是有保密义务的。"

"您刚才不是说，你们之间委托合同已经有危机了吗？"

"有危机是不假，但在得到当事人确认之前，我依然是他的律师。"

清水嘴里滔滔不绝讲的话，和脸上的表情传达的信息完全不同，看上去像是一个在闹别扭的小孩，叫嚣着自己是一名堂堂的律师，怎么可能给区区警察提供信息。

把社会身份看得比什么都重，并且凭借身份蔑视他人的人，最为滑稽愚蠢。清水律师就是一个典型。而渡濑，最擅长应付这种人。

"原来如此。也就是说，眼下清水律师您和当真胜雄之间，还存在着密切的委托关系？"

"你可以这么认为。"

"那么请问，现在千叶县警和埼玉县警正在追踪连环杀人案重要证人当真胜雄一事，您有所耳闻吗？"

渡濑既没有换过姿势，也没有改变表情，只是调整了一下语速，清水律师却慌了。

"当然知道，报纸和电视都在讲这件事。"

"清水律师，您和这名最重要证人有亲密关系，并且掌握着他最近的信息。那我想，有人会认为您可能帮他藏身，似乎也不奇怪。"

"你可别乱扣帽子。"

清水律师坐不住了。

"你难道想说，是我把凶手藏起来了？"

渡濑根本没提过凶手一词。从清水擅自说出凶手一词，也能看出他对胜雄的真实态度，同时，也暴露了他虚张声势下的不堪一击。

"我只不过是说出了一种可能性而已。警察的工作，就是不断提出各种可能性，然后逐个排除。且不说法律意义上的代理问题，委托人和辩护律师之间，本来就存在着不可撼动的密切关联。现在胜雄被怀疑和分别发生在千叶和埼玉两县的两起杀人案有关，我想作为代理人的律师，您受到来自普通民众无情的集中攻击,也是没办法的事。"

"集中攻击?"

"以《埼玉日报》为首的各家报纸和电视台,至今仍然对噩梦般的青蛙男案记忆犹新。而那场噩梦,现在正在重演。那么各种攻击转向试图保护嫌疑人的人,也很自然吧。针对为凶残罪犯提供辩护的律师们的骚扰,本来也数不胜数。话说回来,律师可真是个不幸的行当啊。还有……"

渡濑弯起一边嘴角,本就凶恶的脸显得更具压迫感。

"这家律师事务所的老板,樫山律师,可真是一个了不起的人物,竟然会拼命保护您。"

听到渡濑说出老板的名字,清水律师脸色瞬间大变,傲慢和虚张声势悉数剥落,露出一张小心谨慎的普通员工的脸。这也很正常,即便是律师,也不过是事务所的一名员工,要是把老板惹生气了,可就什么都没了。

"看来是我刚才的说明不够详尽。"

清水律师完全换了副口吻。

"律师和委托人之间的委托关系,不是仅仅靠一纸合同维系的,还基于对彼此的信赖。一旦一方开始对对方感到不信任,那么委托关系也就随即终止了。解雇信和辞职信,都不过是为了完成手续而存在的文件罢了。"

古手川目瞪口呆。这个男人难道没有意识到,自己现在说的话,和先前的言论自相矛盾吗?律师虽然靠的是唇枪舌剑,但他这种表现,已经接近欺诈了。

而渡濑,当然不会放过对方防御松懈的空当。

"那么我可不可以认为,清水律师您和当真胜雄之间的契约,已经是有名无实了？"

"有名无实。不错，正是如此。"

"那么如果您能作为一名普通民众，配合警方调查，我们将不胜感激。请问您最近一次和当真胜雄见面，是什么时候？"

"今年七月中旬吧。"

胜雄是在十月末出院的，也就是说，二人有大概三个半月的时间没见过面。

大概是注意到了渡濑无声的抗议，清水律师试图辩解，继续说道：

"您二位也知道他的病情吧。虽然这种说法可能不太合适，但我为了能和他沟通，真的是费尽了心思。可我觉得，他一直都理解不了我说的话。他腿上的枪伤虽然慢慢痊愈了，但精神方面却始终没有好转。所以在和主治医师商量后，我决定观察一下他的精神状态，等他稳定下来再说。这就是我们见面时间间隔很长的原因。"

是否会把这个理由视作不可抗因素，因人而异，但古手川毕竟刚看过他令人咋舌的变脸速度，只觉得他是嫌麻烦找借口拖延见面罢了。

"不管怎么说，出院那天您总归是去见过他吧。"

"这个嘛……他出院比原定日程早了两天。当然，医院那边也联系过作为身份保证人的我，但因为和事务员的交流出了点问题，最后我还是没能去接他出院。等我发现信息有误的时候，他已经出院了……"

这个解释，古手川听着也觉得牵强。案子终结将近一年，普通民众对案件的兴趣亦大不如前，继续替胜雄申诉过去被侵犯人权的事，似乎并不能给清水带来什么实际利益。换作其他发自内心想和侵犯人权问题做斗争的律师，或许不好说，但对于选择案子仅仅出于虚荣心的人而言，胜雄不过是一份过期食材罢了。

渡濑似乎也是同样的观点，态度中明显透露着不屑。

"那么清水律师您最后一次见到当真胜雄的时候，对他印象如何？希望您多少能告诉我们点儿相关的信息。"

"根本谈不上什么印象，就和最开始的时候一样。说不上凶暴，就是不管我说什么都没反应。偶尔他也会说上一两句，但也净是'老师真狡猾'啦、'我是青蛙男'啦这种，反正基本上都是些胡话。"

古手川的心隐隐作痛。

我是青蛙男——哪怕进了医院，胜雄竟然还在主张这一点。看来他即便被支配自己灵魂的人狠狠玩弄，被彻头彻尾地利用，也依然没能从诅咒束缚中脱身。

"保险起见，我再问一遍：七月以后，你们一次也没见过，是吗？"

"没错。"

"那么关于他可能会去的地方，您有什么头绪吗？"

"要是有头绪，我早就找他去了。"

渡濑瞪了清水律师一眼，懒懒散散地站起身，看来他认为对方并未撒谎。

"很抱歉没能帮到二位。"

清水虚情假意的语气，彻底惹怒了古手川，他忍无可忍脱口而出：

"依我看，您最好还是别和胜雄见面为妙。"

"什么意思?"

"您也看到报道了吧,青蛙男的游戏,已经跳到'サ'行了。死者名字以'サ'开头,也就是说,下一个轮到'シ'了,清水①律师。"

渡濑挑了挑眉,但并没有要叱责古手川的意思。

听到这句话,清水律师神情涣散。

* * *

一阵颤抖。

突如其来的北风,吹得兵叔不由自主打了个寒战。

到了十一月下旬,空气变得锐利起来,吹过荒川的风扎进骨子里。已经穿了五年的羽绒服破了好几个洞,看来今晚睡觉的时候,得再多加一件衣服了。

位于埼玉市的荒川综合运动公园占地面积辽阔,因此即便公园一角聚集了规模多达数百的帐篷,似乎也没有影响游人游玩。虽然有损公园美观,但对兵叔等人来说,这就是他们的生活据点,哪怕被指责破坏公园景致,他们也不能就此撤退。

世人都说新政权建立后,经济有所好转。但对兵叔等人而言,生活却越来越贫困了。尽管他每天都在收集空易拉罐,但收购价格一直在降低。追问缘由,对方也只会用日元升值来搪塞敷衍。有时候他很想问:凭什么日元升值就要降低交易价格?但要是说得太多,肯定会被骂,最终只会换来一句:嫌便宜就拿去别的地方卖,因此他终究什么也没问出口。

---

① "清水",假名写作"シミズ"。

他瞥了一眼足球场，刚刚结束比赛的小学生们正有序退场。

他觉得其中一人和自己儿子很像。

他又看了一会儿，和那男孩四目相对。男孩儿像是看到了什么不干净的东西似的，迅速跑开，兵叔也见惯不怪，无可奈何。兵叔想，在未来充满无限可能的男孩眼里，自己大概跟路边的粪便没什么两样，哪怕只是和自己对视，或许男孩也会有种被玷污的感觉吧。

这种年纪的人都这样，从没想过自己的人生也可能失败，他们坚信未来一定是光明美好又安定的。得等很久之后，他们才会明白，一切不过是一厢情愿的幻想。

忽然，儿子的脸闪过兵叔脑海。

儿子年纪也已经三十有余，或许已经结婚，有了自己的孩子。兵叔最后一次和儿子说话，好像还是五年或者六年前的事了。

妻子应该还住在老家的破宅子里。回趟家，只需一万日元便足够，但他选择不回去。比起物理距离，更多是因为心理距离，以及和家人之间过于深刻的隔阂。事到如今，他也没法再觍着脸登门。话说回来，即便回了那萧条的农村老家，也不一定会比现在过得好。大概率会被周围人侮辱嘲笑，那样的生活，他也没有能熬下来的信心。相比起来，城里人的冷漠和街上的热闹，反而更让他心安。

寒风吹得他缩起身子，关节随之吱嘎作响。也不知道是因为年过六十五的身子经不起风吹，还是因为营养不足，又或者二者兼而有之。

饥饿和寒冷，是流浪汉的天敌。几乎没有流浪汉死于酷暑，但被冻死或者死于营养不良的人不在少数。生存本能让人想要温暖的床铺和营养充足的食物。事实上，如果去找埼玉市自立支援中心，或者官方的巡回相谈人员寻求帮助，也可能满足温饱。

不过兵叔并不打算向政府求助，也许到了走投无路那天，他也会去，但现在还不是时候。不管他人如何看待自己，他都希望能自己负责到底。这条路，是自己选的，所以事到如今，他无法心安理得地去麻烦别人。其实也不只兵叔这么想，这个帐篷村里还有很多和他一样固执的人。

兵叔朝自己的帐篷走去。这可不是普通的帐篷。用三层纸箱搭建起来的墙壁，以及套在外面的蓝色塑料布，多少起了些防风作用。当然，像蛇一样从缝隙里钻进来的寒气自然是遮不住的，不过只要钻进睡袋，再裹紧点，也足够熬过夜晚了。

他在思考要不要久违地吃个热乌冬。没记错的话，应该还剩了些已经过期两周的冷冻食品。要说冬天有什么好处，大概就是没冰箱也能保存食物这点了。

兵叔钻进帐篷，把小型瓦斯炉摆到亚马逊的空纸箱上。亚马逊的纸箱很牢固，承重能力相当不错，非常合适用来代替台子。

不仅是瓦斯，公园生活不可或缺的电力也是有的。电不是从公园的设施里偷的，而是从专门面向兵叔这群人营业的店家那里买来太阳能发电板发的；这会儿用的，就是白天充好电的电池。只不过这种电池蓄电量比较小，不足以支撑长时间的供暖需求。

兵叔转动瓦斯炉开关。公园禁止使用明火，但他肚子实在太饿，使用炉灶也非他本意。要是被公园巡视员抓住现行，想必免不了被警告，但大多数时候，公园管理员都选择睁一只眼闭一只眼。

为节约瓦斯，他选择开小火，慢慢加热铝箔容器。等待期间，一个身影从他的余光里一闪而过。

又是那个男人。明明是中等身材,却因为走路时总弓着身子,显得很矮小。再加上他短外套的帽子压得很深,既看不清脸也看不出年龄。

这个男人大约是两周前来运动公园的,身上穿着的短外套磨损严重,牛仔裤布满泥污,脚上的运动鞋已经破旧到完全褪色,很明显是个新人,还没有关系亲密、说得上话的对象。

兵叔看着他瑟缩的背影,心里涌起一阵感伤。

"喂,那边的人。戴帽子那个。"

出于久违的同情心,他脱口而出,喊住了那个男人。人类这种生物,似乎会在孤独的时候变得温柔。

男人缓缓停下脚步。

"不介意的话,到这边坐会儿吧。我刚开了火,挺暖和。"

被搭话的男人扭过头看他,身子却没有改变方向,依然站在原地。新人大都这样,就连兵叔自己曾经也是如此。心灰意冷流落到这种地方,周围的人又看上去都很可怕,哪怕仅仅是被搭句话,也难免感到害怕。

兵叔与生俱来的爱管闲事的毛病又犯了。

住到这里的人,大多不愿意谈论自己的过去。尽管也有一部分人喜欢扬扬得意地讲述昔日的荣光,但对大多数人来说,怀旧不过是自揭伤疤的行为。他们既不想过问别人,也不想被别人问。所以哪怕搭的帐篷挨着,交谈的内容也不会超越日常范畴。不和他人过度接触、接近,算是帐篷生活不成文的规矩。

不过总免不了例外。毕竟在他人即将掉进泥坑时会出手阻止,也算人类为数不多的美德之一。

"在那儿傻站着干吗呢？"

兵叔走到男人身边，一把抓住他的手腕。男人高度戒备的身体十分僵硬。

"我又不会吃了你。我这不是刚好开火煮东西吃嘛，一个人取暖也是取，两个人也一样。跟我来。"

抵抗只持续了短短一瞬。被牢牢抓住手腕的男人，很快便老老实实跟在了兵叔身后。

"来，暖暖身子。"

兵叔劝他坐到和自己隔着炉子相对的地方。男人犹豫片刻后，还是坐下来，将双手放到了炉子上。男人戴着一副黑色手套，比起身上衣物，手套显得很新，大概是别人送的。他头上的帽子依然戴得很深，完全没有打算和他人对视。

兵叔作罢。不愿意直视对方，是戒备心的表现，这种时候再怎么盯着他也没用。

"最近气温突然就降下来了啊。尤其是早晚，冷得不行。前天早晨，草地上都结霜了呢，你看到了吗？"

面对兵叔的询问，男人毫无反应。

"大家都说地球气候变暖，要我说啊，还真希望能变暖呢。这要是到了冬天，光靠小瓦斯炉和太阳能发电板可真熬不住。实在扛不住的时候，总有人会哭着跑去支援中心找住处，不过一旦走进那种地方，工作人员马上就会要求你参加自立支援计划、职业培训讲座什么的，麻烦得很。所以我一直下不了决心去寻求帮助。"

兵叔对男人讲的话并无虚假。实际上，他也曾经被工作人员劝说过，但是被他以个人理由拒绝了。他之所以选择故意提起这

129

茬儿，不过是想变相告诉男人，还有这么个救济措施罢了。

"你也被政府的人搭过话吗？"

然而男人依然低着头，不管是充满人情味的关怀，还是带着希望的问询，他似乎都不准备回应。在他身上感觉不到慌乱和挣扎。也不知道到底是因为习惯了流浪生活，还是因为已经彻底放弃了人生。

"话说回来，哪怕到了支援中心，我这种老头子肯定也找不到像样的工作，根本谈不上自立支援，最后肯定搞得支援中心也无计可施，又灰溜溜回到这里的下场。不过听说市政府给了相当多的预算，所以也没什么过意不去的，都不算事儿。只不过为了让自立支援中心有点存在价值，让他们短期内照顾照顾我们而已。仔细想想还挺好笑的。"

男人始终保持着双手放在炉子上的姿势，一动不动。不过偶尔也会微微点头，看上去似乎并没有完全无视他人的声音。

"其实政府让自立，说会支持大家，也都是好事。只不过大多数流浪的人，都觉得他们是多管闲事找麻烦。大家不乐意受人恩惠，也不想跟上面的人搞对立，只希望政府别插手，别干涉自己的生活。毕竟光是擅自占据公园和河边，已经让人够不好意思的了，不想再增加更多负罪感。话说回来，不管什么地方，本来也都是政府在管，让政府完全无视好像本来就说不过去。反正他们就觉得，希望其他人明白，有些东西有些人，最好是别搭理别去管。"

在兵叔看来，住在帐篷村的人，大半都是这类希望不受打扰的类型。不然的话，他们早跑到自立中心哭爹喊娘了。

"我说你还真是不爱说话啊。难不成是说不了话？"

闻言，男人轻轻摇了摇头。

"……不……不擅长……"

低沉的声音证实了这一点。

原来是害怕交流。这种人在这里并不罕见。毕竟保持沉默，是断绝和他人来往的最佳方法。

逼迫不愿意讲话的人开口，是一件很费力的事。对兵叔来说，能确认到对方的反应已经够了。

又过了一会儿，乌冬煮好了。兵叔关掉瓦斯炉火，打开锅盖，热气哗哗升腾起来。

"不介意的话，一起吃点吧。"

男人再次微微点了点头。兵叔从帐篷里取出一次性筷子和纸盘，盛了一些热气腾腾的乌冬。

"给。"

男人迟疑片刻后，伸手接下盛着乌冬的盘子，微微低头吃了起来。

尽管一言不发，但面对面吃着同样食物的光景，依然让兵叔内心泛起涟漪。这算是热乌冬之神显灵吗？仔细想想，已经太久没和别人一起吃过饭了。人世间的确充满艰辛冷漠，但也确实能通过这种人和人的接触获得温暖。对兵叔而言，光是确认到这一点，邀请眼前男人一事便足够有价值了。

男人默默动着筷子，并无狼吞虎咽的阵势，大概没有挨饿。

兵叔也吃了一口。虽然是廉价面条，根本谈不上口感，但食物顺着食道进入身体内部后，还是让身子暖暖的。

"听说关西人嫌弃关东的乌冬难吃，我倒觉得也没有很难吃嘛。你是关西人吗？"

这个问题，对方同样没有回答。不过兵叔并不介意，继续说着。语言有着神奇的力量，即便对方不应声，只要明确得到了对方的理解，说的一方仍然会感到安心。

"先不说味道好坏，这个季节吃热食是最棒的。冷冰冰的东西进肚，会让体温降低，身体变冷了的话就不好睡了。你睡觉的时候，做好防寒措施了吗？这可是关系到生死的大事，可得多留意。"

说实话，他根本不关心帐篷村的人是死是活。但毕竟和对方说了这么多话，多少还是有些亲近感。

"还有死后的事，你也得考虑考虑。少说得准备一样能证明身份的东西。万一死了被发现了，还能联系上你的亲人。不过要是卖了户籍，不用原先的名字了的话，就比较麻烦了。尸体会被交给被发现地点的福祉科，进行火葬和保管，等待死者家人来取骨灰。没记错的话，保管年限好像是四年，超过四年就会被埋到公共墓地。身份不明的人甚至都没法儿好好成佛升天，可真凄惨。"

男人彬彬有礼地把空盘子还了回来。这是会让人产生好感的举动。

"我也没打算刚见面就问你真名，不过今天的事也算有缘分，要是还能见面，到时候还是打个招呼吧。这里的人都叫我兵叔。你呢？用的什么名字？"

兵叔并没有期待对方会回答。果然不出意料，男人依然保持沉默。

◎ 卷三 ◎

1

十一月二十九日早上十点，JR 神田站。

和值夜班的人交接完工作后，牧野明人冲上了一、二号站台。

伴随着电车进站的声音越来越大，车站内夹杂着灰尘的热气渐渐稀薄，取而代之的是钻进鼻腔的锋利的寒气。

早高峰已经过去，对站台的监视也稍微轻松了点。车站工作人员的工作五花八门，从车费核算到站内清洁都包含在内，而站台监视，原则上只要求一直站着，算最轻松的。即便万一电车因为某些原因发生迟延，反正也会有不讲理的乘客率先冲过来投诉，所以也误不了事儿。

尽管高峰期已经过去，站台上依然人头攒动。由于从眼下一直到十五点三十分左右，京滨东北线都只是经过，并不会停靠神田站一号站台，因此去往东京方向的乘客，都集中在了二号站台，等待搭乘山手线。

牧野拼命忍着呵欠，盯着二号线的尽头。接下来的一个半小时，他需要一直这样监视电车进出。他的视线盯着铁轨，脑海中则回想着先前晨会上上司泷川说的话。

"牧野，昨天三号站台的呕吐物，你没打扫干净吧，太不像话了，哪还有正社员的样子。你这样怎么给非正式的工作人员做示范呢？"

"那个浑蛋,下次换岗能不能换到别的车站啊!"牧野想道。站内工作大都简单机械,但人员相对固定,一旦遇到看不顺眼的人,工作热情就会越来越低。对牧野来说,那个和自己不对付的家伙,就是泷川。

结束站台监视以后,还得和那家伙组队去检查和维护自动结算机。他得计划一下,要如何熬过那段痛苦的时光。

是始终坚持正经谈论工作呢,还是说点黄段子,或者其他废话打打诨呢?又或者干脆只给出最低限度的回复,坚决无视对方呢?

就在牧野遐想着这些有的没的的时候,京滨东北线快速电车滑进了站台。

随后,尖叫声响起。

是女性高亢的声音,但被过站电车响动掩盖,听得并不真切。与此同时,伴随着尖叫,传来了物体破碎的声响。

牧野回头望去,只见一个身穿大衣的年轻女人瘫坐在地上。

"怎么了?"

牧野迅速跑过去。女人始终张着的嘴不停开开合合。

"……刚,刚才,有人跳下去了。"

环顾四周,似乎目击者不止她一个,旁边还站着一个面色铁青的上班族打扮的男人。

糟了。

最先闪过牧野脑海的,既不是对发生人身事故感到惊诧,也不是对自杀者的同情,而是令人生厌的后期清理轨道的工作。

或许是错觉,他仿佛闻到了血腥臭气。

大概是其他工作人员按下了按钮,站内很快响起警铃。

随后传来站内广播。

"站内事务联络。一号站台，发生人身事故。一号站台，发生人身事故。"

"非常抱歉地通知各位乘客，由于刚才一号站台发生了人身事故，京滨东北线将暂停运行……"

大概是已经联系了过站电车，车辆内也传来警报声。

短促而急切的警报持续数回，绵长而缓慢的警报一回。

只要听一遍，就忘不掉的紧急警报。按照规则，听到这个警报，电车必须停止运行。

牧野几乎是条件反射般看了一眼铁轨，随即深感后悔。

快速电车的碾压力度惊人。毕竟重达数百吨，以每小时八十公里以上的速度疾驰，即便是台小轿车，也会被碾成铁片，破裂，然后被扯碎，更不消说人类肉体。

眼前的轨道上，出现了一条长达数米的血痕，画面十分骇人。

呕。

牧野感觉到身后有人呕吐。

二号站台乘客的视线一下子全都集中到了这里。赶时间的人有些恋恋不舍，而不着急的，则靠过来开始围观。

"请各位乘客站到黄线后方。"

牧野在记忆中翻出发生人身事故时的应急处理手册。自己首先要做的，是留住目击者。很快，警察会赶到，为了方便目击者配合警方调查，需要先对其说明原委，把他们带到车站办公室。

根据事故性质，自杀和自杀以外的重启速度大不一样。如果是自杀，只需要把跳进铁轨的客人尸体收回来即可，但如果被判断出有他杀可能，为了让警方进行调查取证，发生事故的线路将会终日停运。这么一来，不仅涉及退票、安排其他车辆的手续，还要面对没完没了的车次整理。不管有没有排自己的班，工作人员都大概率不得不二十四小时上岗进行应对。

观察了一下四周的情况，目睹有人跳下站台的，只有发出尖叫的女性，和面色苍白的男性二人。牧野于是陪同二人走进办公室。

就在他觉得自己的工作告一段落时，撞上了开始安排员工工作的泷川的视线。

"你这是在干吗？"

"嗯？我这不是要把目击者留下来吗？"

"没问你这个。神田署的警察马上就来了，你先到轨道上去。"

去轨道，也就是说负责收尸。

"赶紧的。又不是新人了，还不明白这种时候一分一秒都耽搁不得吗？"

嘴上这么说，自己却根本不打算去面对轨道。这个垃圾混账。

牧野一边在心底腹诽咒骂，一边拿着收尸用的桶和夹子，走出了办公室。

他经由工作人员专用通道，从站台旁走上铁轨。先前的臭味更浓了，即便戴着口罩，还是从腹腔深处蹿起一股呕吐欲。他抬头看向站台，警察已经抵达，制服警官正和车站员工一起，疏导上下车的乘客。站台下，也有几位穿着便服的警察以及疑似鉴定科的侦查员，开始了现场取证工作。

直到现场取证结束为止，他们都不能靠近站台下方。于是以牧野为首的收尸小组，开始捡拾散落在站台边缘的、靠近铁轨区域的残留物。车站工作里最糟糕的，就是收尸作业。内容虽然相似，但它令人作呕的程度，根本不是清理呕吐物能比的。业界黑话，把被碾压的尸体称作"金枪鱼"，不明所以的人只要亲眼看看就会明白其中道理。用一句话来形容，就是红色肉体被无情碾碎，混合着脏器散落一地。而散落在此的，并非动物肉片，而是不久前还和自己一样呼吸着的人类。每每想到这一点，牧野总感到一阵阵恶寒。

电车速度越快，被碾碎的尸体肉片散落范围就越大。如果是快速电车，那么就得做好行动范围长达数百米的思想准备。

牧野用夹子夹起附着在枕木和路基上的肉片以及人体组织，还有死者衣服的残片，分别放进相应的桶里。这已经不是能给遗属看的东西了，所以收集的目的并不在此。

习惯了恐惧和厌恶后，取而代之的是翻涌起来的愤怒。

怎么就非要挑我上班的时候跳呢？！

要自杀也找个不会给其他车站工作人员以及乘客添麻烦的地方吧。如果只是单纯的事故，就好好在那个世界反省吧！不小心摔下站台的，八成是醉鬼和只知道看手机的人。明明连幼儿园学生都知道，那种情况下靠近站台很危险。了解内情的人都清楚，走路玩手机已经成为造成跌落事故的重要原因，车站方面也想把这个信息公之于众，呼吁大家多加注意，但考虑到通信运营商们给的大笔广告费，相关人员还是选择了保持缄默。哪怕在铁轨上，金钱也比人命来得重要，而牧野作为工资来自巨额广告费的一员，也不方便评价。

强忍着呕吐弯着腰不停捡拾东西是一件苦差事。走上几米就得休息一会儿，然后再继续作业。等牧野收拾完尸体，已经是下午两点多了。

他回到办公室时,警方的调查似乎已经告一段落,两位目击者已不见踪影。

"死者是一名年轻女性。"

泷川丝毫没有抚慰他收尸辛劳的意思,开口说道。

"好像是遗留物里有身份证件。死者叫志保美纯,是一个二十五岁的上班族。"

"那现场调查算结束了吗?"

"嗯。虽然有目击者,但两个人都只看到了她跳下去的瞬间,没说是被人推下去的。虽然也查看了车站监控视频,但那么多乘客上上下下,加上死者身高很矮,警方也没看到关键部分。"

"那,调查还要继续?"

"不用,警方好像准备按意外处理。"

"欸?"

"铁轨上找到了手机和耳机残骸。你明白什么意思了吧。"

"是说她生前听着音乐看着手机……"

"这不是很常见嘛。视觉和听觉都被占据,根本注意不到电车进站,这时候要是脚下打滑,或者被拥挤的人群挤到,就很容易掉下站台。类似的事也不是第一次发生了,负责调查的警官也很认同这个观点。"

牧野心想:果然不出所料。给人添了这么多麻烦,真是可恨。

"话说你赶紧去换衣服。"

泷川紧紧皱起眉头。

"金枪鱼的味道都渗进去了。啊啊,真臭。"

一边指使手下去做肮脏的工作,一边摆出这副态度,真是臭不要脸——怨言涌到了嘴边,但牧野还是咽了下去。

139

"对了，收拾完金枪鱼记得写报告书。"

"报告书也要我写？"

"离目击者最近的不就是你吗？不是你写谁写？"

牧野连回话都嫌浪费口舌，默默地离开了办公室。

最终，当天的京滨东北线延迟了六个小时才重新恢复运行。对此感到安心的，只有乘客。牧野和其他车站工作人员的工作，在电车恢复运行后也在继续。

首先是结束车辆分散运力安排，然后是把自动售票机恢复正常模式。像解开缠绕在一起的丝线一样，安排停在停止运行路段的车辆优先入库，促进乘务员的快速交接。要让列车时刻表恢复正常，需要电脑给出的修正计划，但更重要的，是人力。因此，神田车站的工作人员几乎是不眠不休，彻夜投入到复旧工作中。

翌日深夜四点四十五分，牧野揉着惺忪的睡眼走出办公室。再熬两个小时，就可以好好睡一觉了。

第一班电车开出之前，车站乘客还很少，昨日的拥挤混乱仿佛是幻觉。其实仅仅是忙碌还好说，那些不能充分理解分散运力体制，不讲理的乘客的拷问着实让人吃不消。明明电车停运不是工作人员的过错，乘客却只会野蛮地抓着工作人员表达不满。这些动不动就投诉的家伙，大概没一个人格称得上健全的。

为了进行第一班电车确认，他看向东检票口。

没有异常——就在牧野做出如是判断的同时，他注意到站内圆柱上有一个奇怪的东西。车站正在进行内部改造，因此临时搭建了这个圆柱，主要是用来张贴站台信息告示。此刻那柱子底部，似乎贴了一张纸条。发生事故或者灾害的时候，站内会播报广播，有时候也会贴出纸质公告，但他从没听说过会贴这种纸条。

神田车站因为经常变更站内布告的张贴场所和内容而饱受恶评。近些日子，就连负责贴公告的车站工作人员都决心无视它了。加上昨天人潮涌动，无比混乱，大概没人注意到字条的存在。牧野走近圆柱，弯下腰。纸条上的字迹歪歪倒倒，仿佛出自低年级学生之手。

电车可真厉害。
什么都能压扁。
所以我把青蛙放了上去。
骨头和皮，全都被压扁了。
收拾起来好费力。

牧野想起，几周前曾经在新闻上看到过相似的内容。
"青蛙男……"
牧野低声念叨，一屁股坐到了地上。

* * *

接到JR神田车站发现了青蛙男犯罪声明文的联络后，渡濑和古手川立刻起身赶往神田署。

这次都到东京都内了啊——古手川手握方向盘，心里不停地咒骂。这样一来，相当于凶手已经把活动范围扩大到了首都圈全域。虽然眼下还没被媒体捅出去，可一旦公开，必定会引起相当大的骚动。

从松户市的案子，到熊谷市的案子，报道方向，都是说案子发生在特定区域内。因此在面向全国的新闻里,并没有过多渲染案情。

但这下把东京也卷进来了。青蛙男是按照名字选择目标的,此次的受害者,是一名叫志保美①纯的女性。下一个自然会轮到"ス"。东京都人口有一千三百万,但这并不会让个体的恐惧程度减轻,正好相反,受灾范围越大,就有越多的人感受到威胁。和自然灾害发生时是一个道理。

古手川悄悄看了看副驾驶座上的人。移动过程中,渡濑大多数时候都会眯起眼睛看着前方。虽然他大概只是在默默思考,然而因为那极其凶恶的长相,在旁人眼里,就像是在盘算什么不好的事一样。

"你好像有什么问题想问我?"

要是第一次跟他打交道的人,大概会觉得自己被刁难了。

"会不会是模仿犯?"

"你这么讲的证据呢?"

"没证据,就莫名这么觉得。"

"你只不过是希望事情按自己希望的方向发展罢了。"

正中红心。

"如果是模仿犯,也有让人头疼的地方。不过大多数时候,模仿犯都能立刻被逮捕,阴险狡诈的家伙算不得大问题。但万一是真凶在扩大活动范围,那麻烦就大了。没法展开地毯式搜查,也很难找到方案应对凶手在别的区域活动的问题。如果搞联合侦查,那估计不只神田署,警视厅的人也会被动员起来。遗憾的是,

---

① 志保美写作"シホミ","シ"即"サ"和"ス"中间的假名。

猎物可不是多加几条狗就能抓住的。"

"警视厅那边的平均破案率,可是超了八成的。"

"没法保证这次不在那剩下的两成里。况且八成这个数字,负责的管理官那边本来也有相当大的操作空间。"

古手川还没有过参加联合警视厅调查的经验,但他也知道刑事部搜查一课配备了十三名管理官的事。用渡濑的话讲,那十三个人素质参差不齐。

"烂得不行的管理官是哪个?"

"你的问题比管理官还大。"

听渡濑语气,他似乎不耐烦到了极点。不过看来的确有拖调查后腿的管理官。

渡濑班能拥有县警界骄人的破案率,靠的正是渡濑顶在前线的指挥,而不像搜查一课的管理官那样躲在二线。渡濑这个简直像是含着警官证出生的男人追捕罪犯时,凭借的是多年的经验和动物般敏锐的直觉,以及丰富到或许对于犯罪调查而言没必要的、庞大的知识储备。尽管很多人并不认可,但在古手川心里,自己的上司无疑是一名优秀的警察,而上司上面那些并不优秀的上级,往往会把他用错地方。

埼玉县警和千叶县警,以及警视厅。事到如今,联合调查已经跨了三个地方,古手川也很清楚相互配合的重要性。然而过于突出的能力,和多方合作其实是矛盾的。古手川完全无法想象,进入其他人管辖下的渡濑到底是会成为不和谐因素,还是让调查如虎添翼。

向神田署表明来意后,二人很快被带到了刑警办公室。青蛙男的恶名和渡濑的名字似乎早已经广为人知,古手川明显感觉到警署内空气紧张起来。

"终于来了。"

前来迎接二人的,是警视厅搜查一课一名姓桐岛的男人。桐岛年龄和渡濑相仿,身高也相似,脸上面无表情的他仿佛戴着面具。

"原来是桐岛先生你负责啊。"

"被管理官点名了,没办法。我又没有权力选择现场。要是能选,谁要和渡濑警部您硬碰硬哟。"

"哪个管理官?"

"鹤崎管理官呗。"

桐岛语气里充满不屑。听到这个名字,渡濑也皱起眉头。这位鹤崎的风评可见一斑。

"在那人手下,你也真是够惨的。"

"这句话,我得原封不动地还给警部您。旁边这位年轻人,是你手下?要是的话,小哥你可真惨。"

"您好,我是埼玉县警搜查一课的古手川。"

古手川微微鞠了一躬,桐岛只是面无表情地摆了摆手。

"你可要小心。普通刑警可跟不上这位警部大人的节奏。被他丢下还不算事儿,倒霉起来,可是会被拖下水吃大苦头的。"

看来这二人非常熟悉彼此,也很合不来,尽量保持距离,绝不主动靠近对方。

"有这闲工夫关心其他单位的新人,不如赶紧说一下现场的信息。留在车站的犯罪声明文,真是出自青蛙男吗?"

闻言,桐岛递过去一张纸条。

特征鲜明的字迹,毫无章法、感受不到任何温度的文风。

古手川认定，一定是出自那人之手。

"笔迹鉴定呢？"

"还在进行中。你怎么看？感觉你和青蛙男很熟嘛。"

"这么让人不爽的字，找遍全世界也没几个。字条被丢在现场什么位置？"

"不是被丢下的，是被用胶带贴住四个角，粘贴在检票口附近的柱子上。"

"还真是个惹眼的地方。没有目击者吗？"

"发生人身事故的时间，是早上十点左右。受事故影响，京滨东北线停运，上下车和换车的人挤满了整个车站。加上字条又贴在膝盖以下的位置，直到今天早上被值班的工作人员发现为止，好像没人注意到。哪怕贴条的人是混在人群里蹲下去贴的，估计也没人目睹。"

"车站里肯定装了摄像头吧。"

"有是有，可惜摄像头被固定朝着检票口方向，柱子刚好在死角位置。"

"那人在站台上被推下去的瞬间总能拍到吧。"

"这也没拍到。电车进站的时候，站台上挤满了人，身材矮小的死者被人群遮住了。目击到死者掉下站台的乘客倒是有两个，但都没有看到最关键的瞬间。"

"死者的来历呢？"

"一个普通上班族，在新桥一家出版社工作。"

"家人呢？"

"死者在东京独居。老家在栃木。昨天已经联系过她的家人了。"

"死者和松户市的御前崎教授、熊谷市的佐藤尚久之间的关系也查过了吗？"

"那是接下来准备推进的方向。第一次侦查会议……"

"我已经各种会开到要吐了。"

"喂。也该你提供信息了吧。"

"关于之前的两起案子的资料，我不是已经打包发你了吗？"

"你脑子里一定还有很多没打包进去的资料，不是吗？我想让你说说那些没打包的资料。"

"告诉你也没用。"

"你说什么？！"

"我脑子里装的，不是妄想就是杂学。对大名鼎鼎的警视厅搜一的班长先生您来说，都是些派不上用场的东西。"

二人既没有激烈的语气，也没有动手撕扯，却让站在一旁听着的人感觉浑身不自在，话语间充满了火药味。

"脑子不灵光的管理官肯定会要求寻找三名受害人的共同点。但要是被这种命令牵着鼻子走，绝对会让参与侦查的人找不着北。"

"……怎么回事？"

"青蛙男的判断基准只有一个，那就是名字。志保美纯之所以被盯上，正是因为她的名字是'シ'打头的。"

"你是认真的？想让我相信这种荒唐的话？"

"至少综合种种现象来看，这种解释是合理的。"

"我说，那个青蛙男，真的是精神病？"

"眼下最重要的是，凶手是怎么知道她叫志保美纯的。"

桐岛仿佛很是意外，眨了眨眼睛。

"独居女性没道理会往电话本上登记名字。她又不是选举候选人,也不可能戴着写上名字的绶带到处跑。"

也就是说,凶手是知道她叫志保美纯的人。

"换作是我的话,比起三人的共同点,更愿意从这方面下手。"

虽然无名这个说法不无讽刺,但现实生活中,会向他人透露自己真实姓名的场合,其实并不多。就古手川自己而言,知道他名字的,不过就是同学、老家邻居,以及工作上打交道的人而已。所以渡濑主张,关注知道受害者名字的人的着眼点绝对没错。

桐岛看来是个讲道理的男人,即便是看不顺眼的人的意见,也不会妄加否定。只见他流露出信服的神色,微微颔首。

"我会当作一个切入点,跟上边报告。"

"还有就是应对媒体的对策。"

"怎么还有。"

"上次,埼玉县警可是在这方面吃了大亏,提前听听总没错。不管是向记者俱乐部施压,还是跟记者们提前打好招呼,总之不要让他们煽动普通市民的恐惧心理。一旦助长了恐慌,调查一定会陷入僵局,战斗力会浪费到不必要的地方去。"

古手川想起了不堪回首的过去。在之前的案子里,名字属于潜在受害者范围内的政治家,有权有势的人为了自保,向警方寻求人身保护,导致警备部门人手不足,并最终造成了警方压制不住民众恐慌的后果。

"桐岛先生,我知道你肯定觉得很不真实。但青蛙男其实是一个人类恐惧心理生出来的妖怪。"

"妖怪?"

"神出鬼没这个形容大概比较容易理解?一般来说,在大街上看到个拿着刀子比比画画的傻子，人们都会逃走对吧？人们之所以逃得掉，是因为能看得到对方。但如果根本看不到对方呢？假设精神异常的人拿着刀子在黑暗里悄悄靠近，没几个人面对这种局面还能保持冷静吧。虽然青蛙男真正的目的我说不好，但光是凭五十音顺序选择猎物这个毫不讲理的特点，已足够让恐怖成倍扩大了。'シ'之后就是'ス'，光是东京都内，姓氏是'ス'打头的人就不少。铃木、须藤、杉山、菅谷、角谷……还有好多好多。尤其是铃木这种，光一个姓少说就有几十万人。倒不是说姓这些的民众全都会陷入恐慌，但哪怕只是其中的百分之一失去理智，不安也会很快传遍整个社会。"

"这可是日本，一个守秩序的国家，怎么可能出现你说的暴动恐慌之类的事，压根儿就没那种国民性。"

"社会秩序之所以能维持得住，是源自民众对治安的信赖感。如果警方始终抓不到凶手，那份信赖很容易就会动摇。还有你刚才提到了国民性，泡沫经济时期，所有人都相信，土地和股票会永远保持上涨趋势，根本毫无逻辑凭证就盲目相信。所以要我说，这个国家的人既没你说的那么冷静，也没你想的那么聪明。"

大概是对渡濑提到的深有体会，桐岛双唇紧闭，并没有反驳。

"你还是一如既往地能说会道。你这么能讲，不如去调查会议给管理官上一课。"

"我又不是毛头小子了，哪会傻到跟听不进去的人干讲半天。"

"总之这次是和警视厅的联合侦查，所以虽然不太好意思，但还得麻烦你们埼玉县警往后站站、多多支援了。"

"这就算了吧。"

渡濑委婉地表示了拒绝。

"我当然没打算违背联合侦查本部方针。不过我们还是要按自己的方式自主行动。"

"你可别太相信自己的破案率。鹤崎管理官可不是那么讲理开明的人。"

"我也能理解被人在眼皮子底下贴上犯罪声明文的憋屈,不过我们也不是第一次和青蛙男打交道了,这次的凶手,可不是那个管理官能搞明白的软柿子。"

"看来你相当看得起这个凶手?"

"都死了三个人了。不是我太看得起他,是你们太小瞧他了。"

桐岛脸上似乎短暂地出现了某种表情,但转瞬又消失了。古手川拿不准这人到底是刻意不让自己产生表情,还是生来就这样。

"你别冲着我激动犯浑,怪碍眼的。"

2

住在枥木市的志保美纯的父母,来到神田署准备接走女儿的尸体。渡濑命令古手川立刻赶往神田署。

毕竟刚看过警视厅桐岛的态度,这么不提前招呼一声就跑去别人地盘,古手川都能猜到对方会摆出什么态度,但渡濑似乎完全不在乎。

不出所料,抵达神田署后,负责调查的警员并没给二人好脸色看。但没人扛得住渡濑的野蛮,三言两语之后,他还是不情不愿地把二人带到了志保美夫妇所在房间。

"凭什么纯要被这么残忍对待啊!"

死者母亲志保美奈津子开口第一句话,就直直冲着渡濑去了。

"我们听说孩子卧轨,慌忙从枥木赶过来,结果又说是被莫名其妙的猎奇杀人犯青蛙男杀害的。到底要等到什么时候才把宝贝女儿还我?!"

渡濑瞪了一眼神田署的警员,对方有些尴尬地避开视线。

"明、明明遗体已经那副样子了,我们做父母的,只想早点把她供养起来,就连这点心愿都不能实现吗?普通民众难道有不顾一切配合警察调查的义务吗?"

"奈津子,冷静一点。"

死者父亲卓从身后抱住情绪激动的奈津子的肩膀。

"既然是他杀,当然希望警方早点逮捕凶手。警察在为此努力,我们也要忍耐一下,多多配合才行呀。"

"可是,纯一直那个样子,实在太可怜了,我不忍心啊……"

古手川一直很不擅长面对这样哀怨的场景,但他也能理解奈津子的心情。

列车事故和高坠事故的遗体,最让人鼻酸。与其说是遗体,不如说是肉片。彻底变形这个词,用在这种地方再贴切不过。

如果这起案子在调查结束后被判断为意外事故,那死者父母应该很快就能领到从神田车站回收的遗体。但调查后不久,出现了改变案件性质的线索,尸体也因此被转移到了法医实验室。对于想让女儿早点往生极乐世界的奈津子来说,的确是极大的痛苦。

"关于这个问题,请您不要太担心。"

虽然渡濑这么讲,但奈津子丝毫没有安心的样子。

"您女儿的遗体很快就会交到您的手上。司法解剖不过是走个过场。"

这种诡辩,也只有渡濑才能说得出口。对于带有犯罪色彩的尸体,司法解剖的确是流程中的一环,但志保美纯的遗体因为被碾压过,已没有解剖的必要,法医实验室要确认的,也就是死者血液中是否存在药物痕迹。因此,要做的事情很少,尸体也很快会被还回来。

渡濑虽然长相凶狠,但说的话还是相当有说服力的。再加上丈夫的劝说,奈津子似乎终于冷静了下来。

"我接下来要问的问题,可能和神田署问过的有所重复,但还是希望二位能做出回答。首先,请看这个。二位认识他们吗?"

说完,渡濑把御前崎、佐藤尚久,也就是之前两起案子受害人的大头照,放到了奈津子二人面前。

奈津子和卓盯着照片仔细看了一会儿,随后面面相觑,摇了摇头。

果然受害者之间不像是有交集的样子。

"二位知道住在东京近郊,并且知道纯小姐现在住址的人有多少吗?"

"您是说东京近郊?我听纯说,她有几个高中和大学的同学住这边,不过我也不知道具体信息。孩子爸爸知道吗?"

"说来惭愧,我都没和她聊过这些……"

"可是警察先生,您为什么要问这个问题?"

"因为凶手不是随机下手,而是冲着纯小姐去的。要做到这点,必然需要事前掌握纯小姐的个人信息。"

"纯她不是被无缘无故随机杀人的变态杀害的?!"

奈津子的表情又回到了最初的样子。

"您是说那人认识纯,故意把她推下了站台?怎么可能!纯根本不是那种招人恨的孩子!"

又是再熟悉不过的光景——就在古手川快看腻了的时候,渡濑阻止了奈津子。

"您女儿被盯上,不是因为人品,而是因为名字。"

"……嗯?"

"调查还在继续,因此不方便向您透露细节,不过本案和纯小姐的样貌、行为作风、社会关系,以及其他各种要素都没关系,她之所以成为受害者,只是出于某种偏执的原因。从这个意义上说,也可称作无差别杀人。"

奈津子看了看丈夫,转过头来时,眼神充满了愤怒。

"我不能接受!太没道理了!"

"女士,所谓杀人啊,"渡濑声音压得更低了,"对于受害者本人和家属而言,都是不讲道理的。这世界上,有意义的牺牲才是少数。"

请志保美夫妻写下所有他们知道的,住在东京近郊的人的名字后,他们结束了对这对夫妻的信息采集。

正在古手川琢磨着,就这样打道回府未免显得办事效率有点低的时候,渡濑十分高效地行动起来。他再次叫住刚走出房间并长舒一口气的警员。

"对目击者的调查已经结束了吗?"

"结束了。当时在受害者附近等车的,只有一名主妇和一名男性上班族。"

"受害人落下站台时是什么状况?"

"案发时,京滨东北线只过站不停车。所以前往东京方向的乘客,都在对面的山手线站台等车。受害者本来是排在队列最后的。京滨东北线刚要进站,她就向后倒了下去。不过两名目击者都说,他们听到短促的尖叫回头时,只看到了受害者悬空的样子,没有看见她被推下去的瞬间。"

"人多得队伍都排对面去了?"

"嗯,那个时间段人一直很多。所以一开始,大家都觉得只是普通的人身事故。"

警员的话多少有点狡辩的意思。不过渡濑只是轻轻地哼了一声,并没有太在意。

"接下来轮到受害者的工作地了。想必你们也把人喊过来了吧?"

"那是其他人负责的……"

"希望能让我们也见一见她工作单位的人。要是再喊过来不太现实的话,我们可以上门拜访。"

渡濑不仅蛮横,还一点都不客气。这种人不管到什么组织,大概都会被疏远孤立。但也有渡濑这种能存活下来并崭露头角的例外。

志保美纯的工作地,位于新桥,是一家叫"风雅出版"的公司。因为案子的事已经告知过公司,所以同接待处的人表明来意后,二人很快就被带到了会客室。

一位女性拘谨地走进门,自我介绍说是志保美纯的直属上司,名叫矢岛一枝。

"关于志保美纯小姐的事,我应该已经给神田署的警官们都说明过了……"

"我们不是一个部门。虽然问的问题可能多少有重复,但还请您多多包涵。"

渡濑居然让对方多多包涵。明明矢岛在看到他的瞬间已经吓得够呛。

"听说贵公司是专门出版音乐方面杂志的?"

"是的。我们的主要出版业务,包括乐谱和音乐专业书籍。"

"那想必员工也很有音乐才华吧?"

"的确大多数员工都如您所说,有音乐才能。志保美纯小姐曾经也是其中之一。"

"哦?她也是啊。"

"这都是过去的事了。她毕业于都内音乐学院。不过您或许也知道,不是所有音乐学院毕业的人,都能成为音乐家。要成为音乐家，必须具备一定的才能和优越的环境，还要有相当的运气和关系。"

听到这里，古手川想起了有动小百合。她拥有突出的才能和人脉，却依然没能成为向往的职业钢琴家。她所缺少的，正是环境和运气。这么想来，音乐之神真是坏心眼，就是不愿意祝福那些笃信自己且拥有杰出才能的人。

"也就是说，志保美纯小姐她缺了其中之一？"

"不是之一，而是全部。尽管她对音乐有着超乎寻常的热爱。不过这也不是志保美纯小姐个人的问题。虽然是出版业，但工作至少是和音乐相关，其实已经算不错了。我本人也是从名古屋的音乐学院毕业。在我的同学里，最后走上音乐家路的幸运儿，只有五个。甚至可以说，能找到一份普通的工作都算幸运了。"

"那志保美纯小姐算运气不错？"

"从音乐院校毕业生的普遍就业情况来看，是幸运的。不过她本人认不认同就不好说了。"

"她不满意现在的工作？"

"倒是没听她说过。"

言外之意是说，志保美纯虽然嘴上不说，但表现在了行动上。而她不明说的理由，要么是出于对死者的顾虑，要么就是基于她的主观印象。

"请问您知道她有什么工作以外的烦恼吗？"

"毕竟是二十五岁的女性，肯定不可能没烦恼。"

"那我换个说法吧。有什么让她烦恼到想自杀的事吗？"

"我觉得没有。如果严重到那个地步，周围的人多少能察觉到。"

矢岛之所以有点愤怒，大概是出于她的自信。她相信自己作为上司，始终清楚把握着下属的心理状态。古手川不禁觉得，渡濑真是一如既往地充满坏心眼。毕竟他肯定预料到了矢岛的反应，才故意那么问。

"原来如此。那么她私生活的烦恼，比如说社交关系之类，也没严重到会把她逼上绝路，对吧。"

"没听说她在谈恋爱什么的。"

"但也有当事人不在意，却被其他人怀恨在心的事嘛。"

"反正我是想不出来有谁会恨她。"

"因为她对谁都很温柔，和所有人都相处融洽吗？"

"不是。她是那种既不参与别人的私生活，也不让人打扰她，把工作和生活分得很开的人。所以既没有人对她有过度的好感，也没有人特别讨厌她。"

"那有人知道她的住址，或者上班的路线吗？"

"住址属于个人信息，除了人事部，应该没人会管理这些数据。至于上班的路线嘛，因为可以申请月票，总务课应该知道。除此之外，应该没别的人了。至少我从没见过她和别人一起下班。"

"谨慎起见，可否允许我们确认一下贵公司的工作人员名单？"

"……这个，还请允许我询问一下人事部门。"

和人事部门确认过后，她答应过两天把员工名单邮寄到侦查本部。

"您问个人信息的保管情况，是为了证实警视厅桐岛先生的话吗？"

离开出版社后，古手川向渡濑发问。

"最重要的是，凶手是怎么知道她叫志保美纯的。"听到古手川重复自己说过的话，渡濑狠狠地甩了个眼刀过去："你有这么好的记忆力，怎么不用在正经地方？"

"班长，您是觉得信息有可能是从公司泄露出去的？"

"不过是可能性之一而已。"

"可要窃取个人信息，需要黑进公司的电脑，这点大概佐藤那边也一样。但胜雄怎么也不像是能黑人家电脑的样子啊。"

"又不是非得胜雄自己敲键盘。只要有胜雄能认识的名单就够了。"

"您是说有共犯，或者说有另外提供信息的人？"

"这也是一种可能。"

古手川还是一如既往地看不透这个男人在想什么。

不过古手川也明白，这种可能性相当大。

当真胜雄的自我意识比一般人要稀薄，只要具备相应的知识和经验，任何人都可能轻易地操纵他。

古手川也暗暗希望这个可能成真。他打心底不希望胜雄真的是一个沉溺于杀人愉悦的人。

感受着心底隐隐传来的痛，古手川握住了方向盘。

渡濑和桐岛二人之间尴尬的关系，即便不是当事人也能看出来。

"和不知道在想什么的家伙搭档可真是太累了。"

听到渡濑的发言，古手川只想把这句话原封不动地还给他。

由于和警视厅的信息共享不如预期顺畅，这位难搞的上司很不高兴。警视厅让县警把前两起案子的资料事无巨细地都交上去，关于志保美纯的信息，除非县警请求，否则一概不打算提供的态度。

早已预料到这个局面的渡濑，选择绕过警视厅换别的路子找资料，因此还算没误事儿。但就警视厅这种不打算真正深化与县警合作的姿态，增派人手可以说毫无意义。面对渡濑预测到的状况，古手川也只能悻悻地接受现实。

联合侦查会议上，合作侦查的糟糕程度被明显暴露。按照不成文的规矩，警视厅的人坐在前面，县警的人则靠后。渡濑作为现场负责人，坐在发言台。不过即便手边就坐着管理官，他依然摆着一张万年不变的臭脸。

"十一月二十九日，发生在神田车站的志保美纯遇害案，通过对现场留下犯罪声明文的调查，已证实属于'青蛙男'犯下的第三起连环杀人案。鉴定结果表明，笔迹和先前两起案件证物一致。"

鹤崎管理官用有些偏高的声音开始了讲话。

"已经确认'青蛙男'的真实身份，就是直到上个月月底为止，一直被收押在医疗设施的当真胜雄。然而直到现在，依然没有找到任何当真胜雄的踪迹。第一起案件发生在松户市，接着是跨越县境，在熊谷市再次实施犯罪，紧急抓捕一直没跟上，最终导致灾难蔓延到了东京都民身上。"

鹤崎的语气让古手川很反感，这番言论仿佛在责备千叶县警和埼玉县警失策。有那么个瞬间，他感觉所有县警的表情都很紧张，可能也不是他的错觉。

"据说当真胜雄这名男性有智力障碍，识字能力仅仅是认识假名的程度。然而他能跨县犯案，决不能掉以轻心。如果再放任他胡作非为下去，就是在抹黑法治国家的招牌。各位务必牢记这一点，全力投入到调查工作中去。"

对于这番言论，古手川也有不能苟同的地方。因为残疾所以不便实施犯罪，行动范围狭窄，这些都是偏见。这起案件中，比起识字能力，胜雄的杀伤能力才最应该提高警惕，因为对方不识字就小瞧他，那一定没好果子吃。

"还有一点，可能大家一时很难相信，据说凶手是在按照五十音顺序选择受害人。熊谷市的佐藤尚久之后，接着是东京都的志保美纯。也就是说下一个受害人名字很可能是'ス'打头。关于这点，我想请埼玉县警渡濑警部来跟大家讲讲。"

被点名发言的渡濑，挑了挑一边的眉毛。

"没有任何其他关联，仅仅靠五十音顺序寻找下手目标。'青蛙男'真是这么一个偏执狂吗？"

"是不是偏执狂不清楚，但应该是一个很守规矩的人。包括松户市御前崎教授在内的三名受害人之间，没有任何共通点。无论年龄、性别、出生地、住址、工作、学历、社会关系、兴趣爱好等，几乎可以断言没有半点相同之处。能把他们串联起来的，只剩下五十音顺序这一点。"

"这说明了什么？"

古手川不禁腹诽："你怎么不直接去问凶手。"渡濑大概也是同样的感觉，于是含糊其词地说了句"毕竟目前信息还很少……"搪塞了过去。

"哼，本身就是异常罪犯的思维，大概也没法儿要求它有正常人的理性和动机。既然精神不正常，那就不用考虑动机了。要考虑的，是怎么防止他的下一次犯案，怎么争分夺秒尽早逮捕他。"

"那要向整个首都圈名字'ス'开头的人发出警告吗？"

对渡濑这满满讽刺的提议做出反应的，是桐岛。

"这种举动很可能会诱发不必要的恐慌。以前埼玉县警不是掉过一次坑吗？"

"对，掉坑了。所以现在还没向媒体透露此次事件和青蛙男有关的信息。记者俱乐部那群人可能会对警方有所忌惮，不过部分地方报纸和周刊就不一定了。嗅觉灵敏的记者，很可能会从人数众多的侦查本部，以及受害人的名字察觉出案件的连续性。况且见过那些拙劣的恶作剧似的犯罪声明文的人，也可能走漏风声。"

桐岛面无表情地别过脸。看不出他到底是把渡濑的话当作警告，还是恫吓。

比桐岛反应更强烈的，是鹤崎。鹤崎似乎完全把这番话看作了恫吓，根本藏不住焦躁。

"既不能让市民感到不安，也不可能监视每个名字是'ス'开头的人，那我们能做的，就是尽早抓住凶手。除此之外没别的了。"

古手川不禁感到疑惑。

虽然鹤崎语气坚定，但根本没什么战略或者具体指示，可以说发言毫无内容。不得不说，这是他作为管理官无能的表现。尽管古手川也知道，管理官也不能一概而论，但还是没想到会有蠢到把自己的无能暴露得如此彻底的人。

鹤崎大概是在隐瞒什么。

古手川看了一眼坐在讲台上的渡濑和桐岛。桐岛一如既往，脸上毫无表情；渡濑则一副撂摊子的态势，把脸背离了鹤崎方向。这样的渡濑，古手川曾见过好些次，这是他窥一斑知全貌，对对方的言行毫无兴趣的表现。

"接下来，说一说嫌疑人当真胜雄的情况。"

进行相关说明的，是松户署的调查人员。

"当真胜雄的父亲，在他七岁时去世了。十四岁的时候，他把附近一名幼女监禁起来，施加暴力后将其勒死。虽然在犯罪现场将他当场抓获，但起诉前鉴定表明他患有自闭症，因此未被起诉，而是直接送进了相关机构进行入院治疗。自那时起，他唯一的亲人——生母当真日南子就失踪了。三年后，经主治医师诊断，认为他没有再次犯罪的可能，因此家庭法院决定，对他进行保护观察。之后，有动小百合就作为保护司，成了类似他亲人的存在，而这个有动小百合，如今也被关押在八王子医疗刑务所。所以现在能称得上当真胜雄亲人的人物，一个也没有。"

听着报告，古手川不禁直冒寒气。胜雄母亲在他被逮捕时就失踪了，也就是说她遗弃了自己的儿子。哪怕是患有智力障碍的小孩，一定也和普通人一样，被母亲抛弃时会感到绝望吧。这或许也是胜雄如此倾心于小百合的原因之一。

"虽说是医疗机构，但八王子毕竟是一座监狱，不可能被人从外部轻易入侵。也就是说，现在当真胜雄没地方可去。亲生母亲的行踪查得如何了？"

"住民票信息里没有搬家的记录。调查还在继续，但还没能查到住址。"

"在他接受保护观察期间，有什么新认识的人吗？"

"那时候他一直在饭能市的泽井牙科医院工作，不过似乎没什么关系亲密的同事。据说他放假就一直待在宿舍里，社会关系几乎没有。"

鹤崎不禁骂了句脏话。仅凭在部下面前表露焦躁和困惑这一点,足以断定此人毫无气量可言。

最终,侦查会议在得出烂大街的方针后告一段落。为了抓住当真胜雄,安排人员继续全方位调查他的生活经历,锁定他可能会去的地点,县警方面的调查人员,则继续进行实地走访。

渡濑像是肩颈僵硬得不行似的,扭动着脑袋离开座位。桐岛瞪了失态的他一眼,但或许是不想和他扯上关系,随后默默转身离去。

"真的没问题吗?班长。"

"什么没问题?"

"您可是在跟警视厅的管理官讲话,那么高高在上的……虽然作为旁观者,我听得很爽,但会不会惹上麻烦?"

"这可不像是你小子会担心的问题。"

"我没别的意思……"

"不用管他。那个男人功利心太强又缺乏经验,迟早自取灭亡。"

"那个管理官,您不觉得他在隐藏什么吗?我感觉他看上去焦虑过头了。"

"居然连你小子都能看穿,那男人还真是没戏了。"

果然是发生了什么。

"他被下死命令了。这种对下级颐指气使的人物,多半都承受不住上级的压力。"

"死命令?"

"下命令的人应该是警视厅高层,不过真正的幕后是法务省。如果当真胜雄再继续这么杀下去,当初决定让他住院,还有出院后接受保护观察的法务省,一定会成为众矢之的。反正就是那种耳朵都听起茧子了的'怎么会把这种有可能再次犯罪的危险人物放回社会?！'的言论。听说为了避免那种局面，法务省要求尽快破案。"

听说，看来渡濑也是从别的渠道得到的消息。

古手川一直觉得这套理论很不现实，毕竟谁能预料到那些曾经服过刑，或者被关进医疗监狱的人会不会再次犯罪呢？一方面，支持前科者回归社会；另一方面，又责备前科者再次犯案。这些人难道不觉得自相矛盾吗？

"老实说，要是监狱和医疗系统监狱的设施跟得上，当真胜雄可能也不会出院。"

"怎么讲？"

"不管是床位还是医生，又或者是普通员工，现实情况就是都不够。"

渡濑有些愤慨地说道。

"之前不是去见过有动小百合吗？在八刑（八王子医疗刑务所）走一遭，你什么感觉？"

"感觉比起占地面积，员工似乎太少了。"

"这可不只是八刑的问题。国内四个医疗监狱，全都预算不足，人手不够。大众可能不知道，其实医疗监狱的工资比普通医院低，况且本质上患者类别不同，医疗设备也不像大学医院那么齐全。这么一来，自然没人愿意投身其中，而且大多数人在亲身经历过后，都会选择投奔别的职场。"

古手川也觉得无可奈何。名字虽然是医疗监狱，但在里边工作的医生和护士，毕竟是医疗系统而非警察系统的人，会觉得危险也很正常。

"而和第三十九条相关的患者及患病的犯人们,还在源源不断地往里边儿送。更棘手的是精神障碍患者,他们中的大多数,即便状态有所好转,也不可能痊愈,并非没有再次犯罪的可能性。"

只要把有前科的精神障碍患者,一辈子关在医疗监狱里,就能避免他们再次犯罪——这就是那充满偏见的、自私的慎重论的根据。

"虽然很过分……但毕竟大家都很害怕。"

"现实中的确有不少再犯的例子,所以那些标榜人权派的人也避之不及。不过最重要的不是伦理或者感情,而是钱。把患者一直关着,所有医疗监狱都会人满为患。所以,除非病情太严重,否则不会让他们长期住院。"

"哪怕没有好转平稳,也得想办法让病人出院。然后再次犯罪引发世间骚乱……"

医疗监狱不仅没有发挥其应有的作用,反而加剧了有前科的人再次犯案的状况,只怕没有比这更讽刺的事了。

"现在你明白了,曾经杀害幼女,却被判处保护观察处分的当真胜雄,如今作为连环杀人犯四处蹦跶这件事,对法务省而言就是失职。所以他们会给侦查本部的负责人施加压力。"

也就是说青蛙男当真胜雄,是法务省以及司法系统的污点。

古手川内心突然涌起一股消极的感情。不是对胜雄,而是对权力和系统这些看不见的东西的不信任。

"你看起来情绪很不好啊。"

"至少说不上心情好。"

"那我就再讲点让人更不舒服的事吧。虽然也只是道听途说,不过据说法务省要求尽快破案,其实还有另外一个原因。"

"还有别的原因?"

"己方的疏忽,就是他人的加分项。想必你也知道,那个世界就是你争我夺。医疗监狱和回归社会保护机构没有起到该有的作用,这种事要是被公之于众,法务省会被认定能力不足,相应地,这些机构就会被其他部门分走。"

"怎么会?!"

"你觉得难以置信?那群人不想把吃进嘴里的利益吐出来,但变更特殊法人的监督官厅的事,其实已经发生过很多次。你得知道,和那些家伙的领地意识和霸权主义比起来,警察系统内部的斗争根本就是小儿科。"

之前在古手川内心升腾起的不信任感,已经转变为愤怒。

为了阻止犯罪,为了不再有新的受害人出现,磨破鞋底在现场兢兢业业奔走调查的警员,对上面的人而言不过是争权夺利的棋子而已。

"更令人不齿的是,警察系统高层也唯省厅的人马首是瞻。那个脑袋空空的管理官就是典型。这种人举大旗的军队,总会先搞个攻击目标,然后只剩下无意义地开炮,以及毫无意义的牺牲。"

渡濑满是轻蔑地说完这番话,离开了会场。

古手川终于明白,渡濑一直试图和联合侦查本部保持距离的原因。

古手川一边追着渡濑的背影,一边忍不住抱怨:

"敌人不只有青蛙男,无能的警察相关人员也是己方的障碍。"

3

松户市常磐平八丁目，沿新京成线轨道，南侧是大片公寓楼，北侧则是安静的独栋住宅街区，但今天不同以往，八丁目角落里一户人家门前，盘踞着众多的新闻媒体。

该户人家建筑和隔壁的楼一样，看来是开发商批量建造发售的。自开盘以来已过去快三十年，外墙已褪色，几乎看不出原先的颜色了。

这户人家门牌上写着"古泽"，但用心观察会发现，这块门牌比房子本身要新很多。媒体记者则以门牌为中心，围了一大圈。

《埼玉日报》的尾上善二，在离众人稍有些距离的地方，注视着古泽家的风吹草动。毕竟门口驻扎着那么一大群新闻工作者，任谁都不想出门。所以他选择拉开距离，在远处观察房子二楼的动静。

各家报社在昨天夜里，接到了一直在医疗监狱服刑的古泽冬树很快会出院的消息。一般来说，不是本部宣传科正式公开的信息，大都是警方干部或者相关人士走漏的风声。不过哪怕是案件被告，只要是精神障碍者的相关消息，都得另当别论。毕竟一不小心，就可能被指责侵犯人权，所以警方口风一般会比平时紧。

即便如此，古泽冬树出院的消息依然被外泄，因为有人不相信古泽真的患有精神病。

时至今日，人们仍然对四年前的判决记忆犹新。法庭上，古泽和他的辩护律师卫藤的拙劣演技至今令人捧腹。他们明显冲着刑法第三十九条去的，故意让法庭问询失去了意义。当时，鉴定医师诊断古泽患有综合失调症，法院也采纳了这一鉴定结果。尽管之后媒体曝光了卫藤律师和鉴定医师是旧相识一事，但当时检方已经放弃控诉，法院的判决也已尘埃落定。

法庭上，卫藤律师装模作样地陈述，说被告古泽患有精神障碍，很可能源自他在幼儿时期曾遭受的虐待。

他说，被告在幼年时代，曾被父母当作负担，套上狗链监禁。

还说，被告一次也没听父母说过爱自己。

还有，虽然现在已经痊愈，但被告身体上曾有过无数被施加暴力的伤痕——

当然，法官们并没有采纳辩护律师的这些推论，但不难想象，陈述中出现关于虐待的记录，深刻影响了法官的主观印象。

不过这些都是谎话。古泽家人是普通上班族，加上他是独生子，父母对他可以说倾注了相当的爱和心血。古泽开始显露出反社会倾向，是在中学毕业之后，而且是他无心学习、天天和地痞流氓混日子带来的必然结果。

然而，卫藤搬出在法庭斗争中这么讲能争取无罪判决的论调后，古泽的父母认可了这部蹩脚的剧本。

上述事实全是在判决结果确定后才浮出水面的，对舆论几乎没有产生影响。正如俗话说，打铁要趁热，一旦过了时候，大众和媒体就不会再继续关注了。事情告一段落之后，即便挖掘出了新的真相，人们的兴趣也早就转移到了新的事件上。

虽然也有记者对人们注意力转移速度之快感到不舒服，但尾上并非其中一员。对尾上而言，不管是被告人一方的策划，还是检察院和法院的草率，又或是大众的幼稚，在报道价值的层面上，都有着同等的价值。

辩护人高声宣扬被告人的人权，检方和法院，比起真相更在意如何展示自己的威严，而大众则是比起事实，更渴望简单易懂和煽情。所有人都血脉贲张，认为自己才是正义的代言人，对他者不屑一顾、嗤之以鼻。

尾上最大的乐趣，就是通过采访报道，刻画出这些人的愚蠢。

话说回来，人类只分两种：蠢货和大蠢货。而尾上的策略，是通过报道大蠢货，让阅读报道的蠢货们自尊心膨胀。另外，尾上对自己的评价是：有自知之明的蠢货。

尾上之所以总会退一步远眺事件，是想客观审视被报道对象牵着鼻子走的大众媒体。站在这样的视角俯瞰下方，围聚在古泽家门口的人们，是再好不过的嘲笑对象。

残忍杀害了无辜的母女却没被问罪的人，即将回到正常社会。杀人犯将用医院消毒液的味道隐藏杀戮的腥臭气，戴上人畜无害的假面回归。

只要多少有点想象力，无疑会明白这件事情的可怕。住在他家附近的人，即便立刻举家搬迁也不足为奇。毕竟这无异于自己平凡的日常生活，突然闯进一头野兽。

而媒体，正打算把这份恐惧传入寻常百姓家。这群平时总是隔岸观火高呼人权的人，此刻正盘算着，把精神障碍患者的危险性料理出来，端给大众。

尾上很喜欢传媒业这种毫无节操的作风。顶着社会喉舌身份说些烂俗的事也好，举着报道使命的大旗，毫无节制地肆意践踏他人私人空间也罢，都令尾上感到心旷神怡。水至清则无鱼。他觉得正是因为传媒界这肮脏的一面，像他这样的人，才能找到栖身之所。

目前还不知道古泽准确的出院时间，所以各家媒体打算等到什么时候呢？

观察了一会儿，尾上发现了动静。道路另一侧，一台巡逻车开了过来。众人以为来的是载着古泽的车，于是纷纷围了上去。

然而期待落了空，车上走下来两名普通警员。大概是古泽父母或者附近邻居报的警。就这样，媒体和警方开始了小规模的争论。

"各位把摄影器材放在这里，妨碍了附近居民生活。"

"话不能这么讲，我们的报道自由也是应该受保障的……"

"那和给附近居民带来困扰是两回事。话说回来，你们根本没申请道路使用许可吧。"

"做报道，哪儿有工夫搞那么多申请。"

"没错。不管什么地方都随时可能有事件发生嘛。"

"哎——这让人都没法儿过路了啊。"

"过不去，绕路走不就行了吗。"

一名急性子的新闻工作者饳了警方一句。

而在远处看着的尾上在想：警察到底是古泽父母喊来的，还是附近居民喊来的呢？

按理说，除非有巨大的噪声，否则附近居民应该不至于报警。毕竟邻居这种群体，其实是最喜欢八卦的，没道理主动掐灭美味的八卦来源。

这么一来，报警的应该是古泽父母，换句话说，自家门口围着这么多媒体，会给他们带来麻烦。也就是说，古泽冬树即将出院的消息属实。

尾上潜入自己的报道车，继续暗中观察古泽家。尾上一直自认，包括自己在内的媒体人，都是鬣狗，不过鬣狗里边儿，也有优秀的个体，和算不上优秀的个体。而尾上优不优秀暂且不谈，至少在古泽家门口和警方发生争执的那群人，绝对称不上优秀。

尾上还有另一个优势：他了解青蛙男案件的始末。扫了一眼记者群体，大半都是当地媒体或者周刊的记者，清楚发生在饭能市内的连环杀人案详情的人，应该没几个。而一直将埼玉县作为主要采访对象的尾上，之所以会特意跑到松户来，也因为这点。

古泽冬树才是御前崎教授的仇人。最爱的女儿和外孙女惨遭杀害，凶手却因为刑法第三十九条得以脱罪。对教授来说，这是血海深仇。

然而教授本人也被杀死了，凶手是新的青蛙男，杀害教授之后又犯下了两起案子，并且时机凑巧，眼下古泽冬树即将出院。

二者之间没有直接关联。即便古泽的确是青蛙男的猎物，从名字来看，被杀害的顺序应该也相当靠后。尾上也不觉得二者毫无关系。仅从受害者被按照姓氏的五十音顺序杀害来看，古泽和青蛙男案的关联的确不密切，可尾上作为新闻记者的直觉告诉他：千万不能放过古泽的动向。对于率先把发生在熊谷市的案子和青蛙男扯上关系，并报道出来的尾上来说，没有任何理由不遵守这个命令。

打印工厂的案子里，侦查本部封锁了关于那封犯罪声明文的消息。尾上在相关人员的采访中察觉到这点，完全是靠他丰富的经验和敏锐的嗅觉。所以尾上自己也明白，自身的直觉几乎不会跑偏。

读完自己的报道后最生气的，肯定要数埼玉县警渡濑了。想到这里，尾上双颊不禁泛起笑容。站在渡濑的立场上，肯定无论如何也要捂住青蛙男和案子有关的信息。然而记者可不这么想，自己的职责就是：假如凶手想要上演一出大戏，那么作为记者，这趟顺风车就非搭不可。

说实话，尾上并不讨厌渡濑这个男人。对于对方宛如昭和遗物的言行举止，以及和外表极不相称的聪慧，他都十分敬重。在尾上眼里，渡濑无疑是他所知道的最为优秀的在职警察之一。

不过最让他产生共鸣的，不是渡濑的能力，反而是他那乖张的性格。或许没有比渡濑更不相信司法正义和警察权力云云的人了。在这点上，二人虽然立场不同，但态度一致。

正因如此，他很想看看渡濑会如何面对青蛙男。他想站在高处，将半点不相信司法的正义和大众的善意的男人，挑战眼下超出了恶意范畴的剧场型犯罪的风景，尽收眼底。

尾上继续盯着古泽家。不一会儿，报道阵营扛不住警方压力，慢慢撤去了，这也不出尾上所料。

又过了一段时间，古泽家门口彻底没人了。接下来要是有什么动静，那可不可谓侥幸。不过即便没有，尾上也无所谓。不管是等待，还是找寻素材的气息，尾上都有着相当的自信。

大约又过了快一个小时，还是什么都没发生。就在尾上准备打道回府时，古泽家门口突然出现了一个人。

来人穿着一条破破烂烂的牛仔裤，踩着一双前方已经豁口的运动鞋。脸被连帽外套的帽子挡住，看不清楚，加上弓着背的缘故，也无法判断身高。唯一能确认的，来者应该是个流浪汉。

虽然尾上不认为流浪汉有固定活动区域，但在这种住宅区看到流浪汉实属罕见。

尾上取出望远镜，调整焦距锁定了眼前的流浪汉。

没过一会儿，流浪汉像是想到了什么似的，在古泽家门口停下了脚步，随后开始鬼鬼祟祟地环顾四周。确认四下无人后，从怀中取出一双一次性筷子，伸进了古泽家信箱。

这到底是在干什么？！

尾上不禁凝神细看。

一次性筷子夹住了几封邮件往外拖。流浪汉抓住邮件往牛仔裤袋里一塞，一脸无事发生的样子，又沿着来时的路折返了。

尾上从没听说过有只偷邮件的小偷。这附近比古泽家有钱的人家比比皆是，小偷没理由只盯上古泽家。

被勾起了兴趣的尾上下了车，开始尾随流浪汉。尽管没有刑警那么专业的跟踪技巧，但不让对方察觉的本事，他还是有的。

流浪汉的步伐十分缓慢。不知道是不熟悉当地环境，还是腿脚不好，每一步都走得很慢。

米色夹克意外地不惹眼。配合着缓慢的动作，流浪汉甚至融入了周遭风景中。

走过大街一直向前，一片新建的高层公寓映入眼帘，其中有座小公园，流浪汉摇摇晃晃地走了进去。

只见他坐在公园一角的长椅上，把先前偷来的信件从怀里取出，开始查看内容。似乎是有着明确的目的，他对传单和缴费单之类的信件不屑一顾，直接将其扔进了一旁的垃圾桶。

看了五六封信件后，像是没能找到目标的流浪汉把所有邮件一并塞进了垃圾桶。他看上去也并不失望，径直起身离开了椅子。

经过这一系列事情,尾上明白,眼前的人并非普通的流浪汉。接下来他要做的,就是验明对方的正身,以及搞清楚他的目的。于是尾上继续跟踪。

走出公园后,流浪汉并没有往车站方向走,而是原路折返。想来也是,哪儿有流浪汉用电车的道理。

离开大路走入小道后,转了不少弯。看来他的确不熟悉地形,每次遇到转角,似乎都很犹疑。

走着走着,流浪汉钻进了一条仅能容下一名成年人勉强通过的小路。尾上也毫不迟疑地跟了上去。

然而就在拐入下一个转角时,尾上呆住了。

眼前是一堵死胡同的墙,而流浪汉突然不见了踪影。

不可能!

慌乱的尾上准备往墙方向去。

就在刹那间,后脑勺受到强烈冲击。

尾上随即失去了意识。

* * *

渡濑和古手川刚一走出神田署,等待已久的大群媒体记者就冲了上来,围住了他们。更准确地讲,他们的目标应该只有渡濑一人。

一名女记者率先伸出录音笔开始采访。

"您就是埼玉县警的渡濑警部吧?我是来自 *Afternoon Japan* 的朝仓。请问神田车站的人身事故,真的是杀人案吗?"

上来就直奔主题。

这位自称朝仓的女记者,不过二十多岁的年纪,双眼闪烁着野心和好奇的光芒。

古手川看了看上司，渡濑依然满脸不高兴的样子，并不打算回应。面对这样的渡濑，大多数记者都会选择放弃，然而这名女记者不太一样。

"大家都说，这是青蛙男实施的变态犯罪。"

这下古手川听不下去了，他往前走了一步。

"你能说说到底是谁传的流言吗？"

"这、这个……信息来源是网络。"

"最近的记者都开始追踪网络消息了吗？还真轻松啊。反正不是论坛里不负责任的帖子，就是匿名的无聊发言。那些东西还能当真？"

"可是，有人发推特说自己在车站里发现了青蛙男的声明文。"

这句话让渡濑也有了反应，他向朝仓投去了焦灼的视线。

关于青蛙男的声明文，相关的人全都被下了封口令，现在信息却外漏了，一定是有人自满对外吹嘘。从发言的内容来看，发布信息的应该是车站工作人员牧野。

古手川咬紧牙关。不管侦查本部如何努力想对信息进行严密管理，也耐不住有人要泄露机密，还有人嗅觉敏锐抓住关键。渡濑的预感再次完美命中。

"话说回来，为什么埼玉县警的警官会跑到神田署来？这不就是神田车站的事件和松户市以及熊谷市的案子相关的最有力证明吗？"

朝仓的指摘无可辩驳，但也不可能当场承认。

"难道媒体的工作，就是传播毫无证据的、没来由的流言？"

"如果不是流言呢？难道不是警方在向民众隐瞒真相，不告诉大家正在逼近的危险吗？"

古手川原本就很讨厌媒体的执拗，朝仓的追问只能说有过之而无不及。

"我们也调查过。去年发生在饭能市的连环杀人案的负责人，就是渡濑警部。这次的事件，果然和它有关吧？"

无论这边什么脸色，说些什么，朝仓始终毫不客气、锲而不舍地把录音笔凑过来。朝仓那种仿佛被提问的人有回答义务的态度，让古手川感到厌恶。

这对你们来说，想必是甘之如饴的新闻，对那些整天看电视的闲人，还有只知道摆弄电脑和手机的好事者来讲，大概也很美味。可对那些五十音顺序潜在受害者们而言，直到新的尸体出现，他们都会过着彻夜难眠的生活，直到那看不见的巨大俄罗斯轮盘停下为止，他们每一秒都在咀嚼极致的恐惧。

古手川的心情烂到无以复加。眼前这一切，和当初饭能市的状况根本没区别。

他不胜其烦地推开面前的录音笔。

"事件仍在调查中。"

"就因为在调查中我们才会问。都解决了的事儿谁还关心。"

就在古手川即将丧失最后一点自制力的时候，一直保持沉默决心不予理睬的渡濑突然正视朝仓。

"小姑娘，你不是说你查过了吗？那你是去问过案件相关人员了？"

"不，我看了当时的记录……"

"我劝你还是不要全信报纸和杂志上写的东西。不要觉得那些都是真相。你们也这么想过吧？"

面对渡濑的话，朝仓以外的多数记者似乎都有过切身体会，面露难色。

"我看在场的人里，也有从千叶和埼玉过来的。难得跑一趟，不如去和《埼玉日报》交流一下。倒不是夸奖，不过他们的报道算是最无聊、最煽情，也是最准确的。"

闻言，站在朝仓身旁盯着相机取景框的男人突然拿掉了相机。

"你是说《埼玉日报》的尾上先生的话，那可问不了了。"

"'老鼠'怎么了？跑外地出差了？"

"不是。昨天他被不知道什么人袭击，送进医院了。"

渡濑挑起眉毛。

"袭击？"

"是的。好像听说是在采访途中，就在住宅区的中心，而且还是大白天的，就给袭击了。没记错的话，应该这会儿还没清醒。"

"凶手呢？"

"还没抓到。"

"在哪儿发生的事？"

"应该是松户市的常磐平吧。"

听到这个地名，渡濑匆匆拨开围成一团的媒体，大步流星走了出去。

"去松户署。"

"班长，干吗这么着急？"

"古泽冬树家就在常磐平。"

"古泽……啊，那个杀害御前崎教授女儿和外孙女的凶手。"

"'老鼠'虽然取材的时候很烦人，但绝不是会铤而走险的人。

他会遇到袭击,说明他踏入了对于凶手而言相当危险的区域。"

大白天,并且是在住宅区发生的袭击,的确不像是抢劫、偷盗。

二人坐上车,急忙赶往松户署。

抵达松户署,前来迎接的是带刀。经询问得知,刚好负责尾上袭击案的也是他。

"话说回来,没想到那个记者竟然和渡濑警部您有深交啊。"

"算不上什么深交,顶多是孽缘罢了。受害人状况如何?"

"看上去受害人应该是后脑部遭受了水泥块材的大力击打。CT结果显示头盖骨有凹陷性骨折,至今尚未恢复意识。不过我觉得,即便他恢复了意识,估计也问不出什么有价值的信息。"

带刀摇了摇头,示意渡濑放弃。

"现场没有争斗的痕迹,受害人被人突然从背后袭击,根本没机会回头。当然,鉴定科也试图从现场和凶器上搜集证据,可惜没有显著成果。"

"听说案发现场在常磐平?"

"是的,就是这里。"

带刀从调查资料中取出周边地图进行演示。现场位于从大道往里的第三条小路,路面十分狭窄。

"从地图上看,像是无用的废弃道路?"

"没错。估计是开发的时候,开发商没和土地所有者谈拢。那一带这种地方还挺多。受害人被袭击的地点,就在这条死胡同的最深处。请看这里。"

带刀所指的,是死胡同前的一条小巷。

"从受害人后脑勺被击打了一下的状况看,应该不是被追着打。可以推测,当时受害人追踪凶手误入死胡同,然后被躲在小巷子里的凶手从背后袭击……应该是这么个情况。"

"有目击证人吗？"

"案发地是一条堆满建材的小路，完全处于死角。不过有人目击到被害人在遇袭前，把自己的工作用车停在了八丁目的路上。"

带刀指了指地图上的一个地点，从那里可以看到古泽家。

"他的采访对象，估计是古泽冬树吧。"

"肯定是。不过听围在古泽家门口的记者说，受害人并不在玄关前。"

"先在远处俯瞰全局，是那家伙的作风。"

"袭击现场以外的目击证人有吗？"

"这倒是有。附近的一位主妇看见过受害人在大街上走。说看起来像是在尾随什么人……"

"到底是在跟踪谁呢……"

"关于这点，有个很有意思的信息。"

带刀拿出了一份资料。

"同一时间段，有人在八丁目到车站方向，看到了一个奇怪的人。"

"什么样的人？"

"一个穿着脏兮兮的连帽夹克、破破烂烂的牛仔裤，还有前边都豁口卷边了的运动鞋的人，也就是流浪汉。流浪汉帽子压得很低，看不清脸。另外，并没有信息表明这名流浪汉和受害人有什么交集，所以二人关联不明。"

"脸没看清，那身高、身材方面的信息呢？"

"据说驼背很严重，穿的衣服也松松垮垮，所以体格也不确定。不过目击证人说，流浪汉走路特别慢。话又说回来，活力满满的流浪汉才稀奇吧。"

这个流浪汉到底和尾上遇袭一事有没有关系呢——古手川偷偷看了看渡濑，他依然是那副万年不开心的表情。

"古泽冬树家会聚集起大群记者，是因为有相关人士走漏了他快出院的风声吧……这会不会也和袭击案有关？"

"如果没关系的话，袭击案的犯人可真是胆大包天了。明明附近那么多记者，还大白天打人，至少不像是有计划的犯罪。"

似乎想问的都问完了，渡濑低下了头。带刀补充道：

"要不您顺带看看受害者？医院就在附近。"

带刀所言毫不夸张，医院就在马路对面没几步的地方。

渡濑并没有明确表明要去，只是径直走向医院，古手川也没有多问。

渡濑向前台表明身份和来意后，很快被带到病房。看来松户署的刑警已经来过多次。

尾上的病房不在集中治疗室，而是在普通住院楼。看样子尾上虽然需要绝对静养，但并不需要被过度地监控。

二人在主治医师的陪同下走进病房，只见尾上正躺在病床上，头部缠着绷带，纹丝不动。

"手术还是很成功的，但病人意识尚未恢复。"

医生的语气十分官方。

"头盖骨凹陷可能压迫了脑部。后脑右侧损伤导致脑膜破损，细菌也可能入侵了脑内。关于这点详情还有待后续观察判断。"

"如果细菌入侵，会有什么后果？"

"会诱发感染，大概率会给脑部带来严重损伤。"

渡濑哼了一声。

"被送进医院之前,病人说过什么吗?"

"没有。从被发现到现在,病人一直都没清醒过。这方面,我也向松户署的警官们如实陈述过了。"

"可以请教一下医生您关于外伤的看法吗?比如从受力状况推断罪犯特征什么的。"

"损伤部位位于后脑,加上病人本人身高不高,所以很难推断出罪犯的身高和体型。另外,听说凶器是比成年人拳头大一圈的水泥建材,那样的物体使用起来也不需要什么力气,因此罪犯的性别也无从判断。"

也就是说,这边也是一无所获。

"非常感谢。"

渡濑轻轻鞠了一躬,转身离开。就在古手川准备追上去时,站在他身后的医生再次开口。

"无论是您二位,还是松户署的警官,都挺冷漠啊。只想要能锁定罪犯的信息,根本不打算关心一下病人。"

听到这语带责备的发言,渡濑回过头。

"您是说让我们鼓励一下他?抱歉医生,这个男人可不需要那种关怀。他根本不用鼓励,也一定能醒过来。不信我们可以打赌。"

"你有什么根据?"

"这么招人恨的家伙,可不会轻易没命。我也一样。"

4

进入十二月,窗外的景色渐渐变化。从病房能看到的叫不上名字的树,叶子已悉数落尽,只剩下毛细血管般的枝条裸露在外。

有动小百合的活动范围极其有限,仅限于每天一次往返自己的病房和音乐室。不过多少还在活动,所以也相应地看到了更多风景。比起那些不被允许离开私人病房的人,小百合已经算是很幸运了。

刚住进来的时候,她一天到晚都被要求穿上拘束衣,不过自从不再折腾,认真弹琴以来,哪怕在私人病房,她也不用被束缚自由了。

被逮捕关押进拘留所之后,她再也没碰过琴键。对于小百合这样能担任钢琴教师的演奏者而言,每休息一天,就得花一周的时间才能找回手感。所以来到这座监狱,明确音乐疗法最为有效之后,她每天都在弹琴。即便如此,距离过去的水平还是差得远。本来小百合希望能住在有钢琴的房间,但由于违反监狱规定未获得批准。

风把玻璃窗摇得吱嘎作响。

外面的空气到底是什么味道呢?落在皮肤上又会是什么感觉呢?被空调包裹的医疗监狱里,除了万年不变的铁锈臭味以外,什么也没有,人的感觉也渐渐变得模糊钝重。

忽然，小百合听到有个声音在呼唤自己。

病房里并无他人，但的确有人在喊她。

一个无比怀念的声音，在呼唤自己，站在浓雾中，呼唤着自己的名字。

到底是谁的声音呢——小百合试着在记忆中搜寻答案，却无法清晰地回忆起来。

她正拼命想着，突然有人闯了进来。

"有动小姐，该吃药啦。"

是负责自己的护士，好像叫百合川。

得说点什么。

"今天天气真好呀。"

虽然不时有阳光照进来，但天空阴沉沉的。可小百合实在想不到其他合适的话题。

铁栏杆让窗外视野更加受限。希望空间能大点，视野能开阔点，大概也是奢望。毕竟安装栏杆不只是为了防止里面的人逃走，更是为了防止有人跳楼。

百合川护士看了一眼窗外，表情有些疑惑，转瞬间又恢复了正常。

"是呢，天气真好。"

医疗监狱的护士，八成都是和百合川一样的女性，比例应该和普通医院相仿。不过监狱系统，是先从各地进行狱警招募后，再让入选人员考取准护士资格，然后进行分配的，所以她们虽然穿着护士服，散发着的依然是和狱警一样的气息。

大概是因为工资等待遇限制，医疗监狱一直处在人手不足状态。监狱方面也想寻求普通医院的帮助，但毕竟这里和普通医院接诊方式完全不同，短期帮忙也并非长久之计。

"感觉变冷了呢。"

"是吗？应该没有动过空调设定呀……我稍后确认一下哈。"

在小百合还被视作危险病人的时期，百合川从未只身一人来过。即便是治疗时，也会有另一名狱警陪同。并且除了医疗行为以外，她们之间并不会说任何话。毕竟这里不只是医院，更是一座监狱。

而音乐疗法开始之后，这种氛围也发生了变化。

虽然远离琴键已久，但小百合毕竟曾经靠演奏为生，让听众入迷的能力还是有的。古手川和御子柴不就被深深吸引，沉溺其中了吗？

小百合指尖流淌出的旋律，不仅能吸引住院的病人，对医生和狱警等工作人员似乎也有着相当的魅力。随着演奏技术的恢复，她的待遇也明显得到了改善。加上她最近除了坐在钢琴前的时间，都表现得极其乖巧，以至于问诊时也没有别的狱警监视了。看来饱受人手不足问题折磨的医疗监狱，在狱警的分配上也充分考虑了效率，精打细算。

无论如何，问诊时能和百合川单独相处，帮了小百合大忙。虽然狱警也只是站在一旁而已，但有个人盯着实在让人很难冷静下来。

"百合川小姐。"

"怎么啦？"

百合川很自然地应声，这也是最近才开始的。起先喊她名字，她总是一脸惊讶。之后询问才知道，自从当上狱警，她一直都被喊看守或者医生，所以被叫名字让她很不习惯。

"你每次给我打的都是什么药呀。"

"是能让你感到平静的药哦。"

小百合心想：明明直说精神安定剂就好，难不成是有什么规定，以至于百合川总是这么含糊其词。

"注射了这个药之后，我总觉得脑袋晕晕乎乎的，不太喜欢。"

"没几个人喜欢药啦。"

"不打不行吗？"

"要想治好，就得服从医生和我的指示哦。"

"治好了，就能让我出去吗？"

正在准备注射药剂的手停了下来。

"……这是由其他人决定的，我没法判断。"

百合川有些困惑，但依然只是片刻。

小百合明白她困惑的理由。

然而她毅然决定无视这一点，继续往下说。

"我想出去。"

"想去散步吗？可能有点难哦。"

"我是想出院啦。"

"现在还不是去外面生活的时候哦。有动小姐，请不要再为难我了。"

小百合从正面盯着百合川。她也知道对方有些注意力分散和慌乱。

"再说，哪怕出院了也……"

"出院了也？"

"……不，没什么。这里也没那么难受吧？并且工作人员和其他病人都很喜欢小百合小姐的钢琴哦。啊，当然，我也是。"

百合川的语气一下子就变了。她知道只要夸奖琴技，小百合心情就会好点。

"对了，之前律师来的时候，你弹的那个曲子，比以往更激烈，可能会让部分人不安，但我特别喜欢。那支曲子叫什么呀？"

"贝多芬的钢琴奏鸣曲《热情》。"

"《热情》呀。我虽然不懂古典音乐和钢琴，但它的确充满了热情呢。怎么讲，像是自己的内心被剧烈摇晃一样。感觉你平时弹的曲子都更平静细腻，为什么只有那天选择了《热情》呢？"

"是应邀决定的哦。那天来的人，有两个人都喜欢贝多芬。"

"可以临场应要求演奏，真的好厉害啊。当时面前也没乐谱吧？"

"那叫背谱，就是全靠脑袋和手指记忆的意思。在谱架上放上乐谱，只不过是以防万一的备用。虽然也有人一边演奏一边翻谱，但我几乎不会看。"

"太厉害了！不过脑袋记忆我能理解，手指记忆是什么意思呢？"

"就是字面意思哦。即使脑袋在想别的事，手指也能够独立按照乐谱进行演奏。"

"那么长的曲子？！"

"百合川小姐在注射和把脉的时候，也不需要仔细去想步骤对吧。是一样的哦。"

"不一样，不一样。"

百合川慌忙摇头摆手。

"从考取准护士资格，到学会工作技能不过短短几年就行，但我听说要成为能收钱演奏的人，少说得花十年，甚至开始得比背九九乘法表还要早呢。而且我觉得，医疗行业只要习惯就好，音乐啦艺术什么的，都是拼才华的世界。"

"那是百合川小姐的误会。没什么才华不才华的。硬要说的话，可能重点在有没有能随口哼出来的歌吧。"

"随口哼的歌？"

"百合川小姐喜欢音乐吗？"

"那可以说是 no music no life 了。上下班途中总会用 iPod 听歌……"

"那想起喜欢的音乐的旋律时，你一定也会想随之摇摆，对吧？把那种摇摆转移到手指就行。你要不要试试？"

"嗯？"

"有种教第一次摸钢琴的孩子演奏技巧的方法，只需一小步，就能判断出对方适不适合弹琴哦。首先，请伸出双手。"

或许是小百合钢琴教师的口吻诱导起了作用，百合川按照她的指示，坐在床沿上，把双手伸了过去。小百合将自己的双手放到那双手上。

"现在请你哼一哼自己喜欢的歌，试着动动手指。"

百合川继续按照指示，笨拙地活动起十指来。

静静地用手掌感受了一会儿她的动作后，小百合缓缓摇了摇头，开口道：

"你还在紧张哦，稍等。"

小百合从床上起身，慢慢走到百合川身后，再次把自己的手覆在了她的手上。

"这样一来，我不在你面前，你就不会紧张了吧。来，再试一次。"

百合川再次开始活动手指。

"接下来,请闭上双眼。想象一下和音乐融为一体的样子。"

越过肩膀看去,百合川果然乖乖闭上了眼睛。

就是现在。

小百合从身后用右臂勒住了百合川的脖子。太过突然的举动,让眼前的人甚至没有呼叫的空间。尔后,她压上全身体重,把百合川按在床上。

"嗯!"

小百合不留任何余地,用左手一把堵住了她的嘴巴。作为狱警,百合川肯定多少接受过训练会点功夫,但坐在床上被从身后袭击,根本没有反抗的机会。想要抵抗,也没法把双手伸到背后。

百合川继续着无意义的挣扎,小百合勒住她颈动脉的手腕则绞得越来越紧。

一分钟,两分钟。

百合川的动作变得越来越缓慢。

终于,她不再动弹。

为了以防万一,小百合仍未放松手上的力气。好歹有着击键强劲的力度,她对自己手腕的力量信心十足。

又过了一会儿,小百合松开手,只见百合川像个人偶般瘫软下去。

死没死不重要,只要短时间内不会醒过来就行。

就在这时,小百合又听到了呼唤自己的声音。

必须得走了——

小百合脱下百合川的护士服,穿上身。然后把一丝不挂的百合川塞进床底,用丝袜将她的手腕捆在床脚,又把睡衣卷起来堵

187

住了她的嘴。

要是死了最好不过，即便没死，短期内估计也没法呼救。

换好衣服，小百合不经意往口袋里一摸，指尖碰到了一个物体。

应该是置物柜的钥匙。

走出病房，她神态自若地穿过走廊。一来，护士的身影本来就是医疗机构风景的一部分；二来，她曾听百合川说，监狱里还有临时雇用的护士，所以没有人会在意穿着护士服的小百合。

过了一会儿，一名年轻的狱警从对面走过来。

小百合一边说着"抱歉"，一边主动迎上去问路：

"您好，我是昨天刚被临时雇用来的，搞不清路了……请问更衣室在什么地方呀。"

狱警亲切地告知了地点。按照狱警的指引，小百合转了个弯，很快就抵达了更衣室。

小百合从口袋里掏出钥匙。钥匙上很贴心地注明了号码，所以小百合立刻找到了柜子。

柜子里除了百合川的私人衣物，还有一个手提包。打开提包，里面应有尽有地装着化妆包和智能手机，以及公交卡。

小百合迅速换了衣服。穿着护士服的时候，她就察觉到了百合川比自己体格小，果然眼下扣上扣子感觉呼吸有点困难。不过这也没什么，等到了外面，买套合身的衣服就解决了。

她好几个月没化妆了。

小百合从化妆包里取出口红和眼影，开始涂抹自己的脸，稍浓的妆容。仅仅这么几下，整个人的感觉就彻底变了。

小百合对自己映在随身镜中的脸很是满意，随后关上柜门，走出了更衣室。

根据墙上的路标，很快找到玄关所在。换上了私服的小百合完全无惧任何人的视线。

玄关门打开的瞬间，锐利的空气扎进皮肤，这份痛楚意外地令她心旷神怡。

老师——

那个声音再次呼唤着自己。

小百合仿佛被那声音指引着，从医疗监狱的正门走了出去。

* * *

"八刑到底在干什么！"

接到有动小百合从八王子医疗监狱越狱的消息，古手川不禁对周围的人发起脾气。自从对青蛙男调查开始以来，古手川一直跟着渡濑，所以泄气的对象也只有一个。即便是直奔现场的路上，古手川的抱怨也没停过。

"就算属于医疗机构，好歹也是监狱。犯人越狱，这不是渎职是什么！人手不足什么的都是借口，就是消极怠工！"

刚一听到消息，他就直接把身边的椅子踢飞了。他先前还因为负责小百合的护士是狱警感到安心，没想到转眼就出了这档子事儿。

"身为狱警，怎么着也得有点本事吧。竟然被一个外行女人肆意玩弄，真是笑话。"

之前去病房探望的时候，小百合还久违地为自己和那个狗屁律师弹奏了钢琴曲。看上去她的记忆似乎停在了被逮捕前，眼下状态稳定。哪儿能想到她竟然密谋袭击护士，假扮他人逃走。无论怎么看都不像是临时起意,一定是事先制订好了计划。

那么当时的一切都是在演戏吗?那支曲子也是演技的一环吗?

"话说回来,因为状态平稳就放松监管是什么毛病?对方可不仅是病人,还是个罪犯啊。就不能给她的房间装上电子锁、派警备员站岗监视什么的吗?!"

出于对小百合爱恨参半的感情,比起越狱逃走的本人,古手川更多地把矛头指向了让她逃走的监狱一方。

"法务省也是,光顾着缩减预算算什么事?!比起稳住官僚工资,更应该把钱花在扩充监狱上吧?!"

上次和渡濑一起去的时候,古手川就被警备力量之薄弱震惊了。他追悔莫及地想道:早知道会落得今天这个地步,当时就不应该大意,就该要求他们加强戒备。

"因为员工工资太少招不来人,涨工资不就好了吗?!监狱的警备体制不够,就不能导入最新的防范设备吗?!从国民身上榨取的税金到底是用到哪儿去了?!"

坐在副驾驶座上抱着手的渡濑终于悠悠开口:

"古手川。"

"什么?"

"吵死了。"

之后一直到抵达八王子医疗监狱,古手川一路都被禁止说话。

现场一片嘈杂。

在场的警察比古手川迄今经历过的任何现场的都多,并且比任何现场的都杀气腾腾。媒体和好事者围了十几二十层,被层层警戒线阻挡在外,一只蚂蚁都别想进来的阵势,就连试图拍摄建筑物的相机都被拦了下来。面对这前所未有的拒绝态势，新闻从业者很不满，但警察充耳不闻。古手川和渡濑走近监狱时，警察和记者正在争吵。

"干吗！拍个照片都不行吗？！"

"这里是监狱，要拍照得先拿到侦查本部的许可。"

"你不知道什么叫报道自由吗？这是国家权力的暴力行为！"

"是嘛是嘛。想抗议你找宣传科去，我们不过是根据上面的要求办事而已。"

"这可是危险罪犯的越狱！难道不应该向我们公开信息，提醒大家注意安全吗？！"

本想着走到里面就能安静下来，没想到住院楼里也都是警察和鉴定科的人。从外套的标志来看，不仅八王子署，警视厅的侦查员也在。这不是普通的搜查现场，每个人的脸上都带着焦躁，像被什么追着赶着似的忙个不停。

"班长，这……"

"好歹是个一名字里带监狱的地方，囚犯越狱可是大事。现在八王子署和警视厅脸都丢光了，火已经烧到屁股了，都急着呢。你想想，要是逃到外面的有动小百合再搞出点什么案子，把凶猛的野兽放归世界，光这个问题就有好些人得被革职，他们怕着呢。"

原来如此，古手川像被打了一巴掌似的清醒过来。

那个以旋律作为语言扰乱听众心的钢琴家，对于自己和御子柴以外的人而言，不过是一个患有精神障碍的杀人犯而已。

"可是班长，现在八王子署和警视厅的人都跟热锅上的蚂蚁似的，这节骨眼儿上，咱们会不会被当成麻烦啊。"

渡濑一副事到如今的语气开口道：

"不是被当成麻烦,就是麻烦。毕竟我们是为了调查青蛙男的案子来的,而八王子署这边是单独在处理有动小百合越狱的事情。天底下没几个人能在自己丢人现眼的现场,泰然自若地接待别处的刑警。"

"那……"

还是一如既往唯我独尊地行动吗——这句话被古手川硬生生吞了下去。

"不,这次得讲讲礼数。"

抓住一名警官打探究竟后得知,负责指挥现场的,是管理八王子署重案组的警部。古手川一直觉得,会在现场露脸的警部也就渡濑一个。不过仔细想想,也表明这起事件严重到需要警部级别的人亲自到现场督办。

二人一眼就认出了那位名叫神矢的警部。他正在小百合曾经居住的病房怒斥手下。

"埼玉县警搜一?"

神矢有些疑惑地看着二人。虽然渡濑解释了状况,但对方锐利的视线并未放松警惕,的确谈不上泰然自若。

"这件事不在你们的管辖范围吧。"

"我刚才说了,有动小百合是和我们手上的案子有关的人。"

"但她也不算嫌疑人吧。她根本和外界没有接触,连证人都谈不上。"

"之前的确是。"

"什么意思。"

"有动小百合出去之后存在和青蛙男接触的可能。这么一想,您不觉得我们手上的信息也有价值吗?"

古手川不禁腹诽这算什么讲礼数，不过他决定旁观，毕竟没人比渡濑更擅长这种交涉。果不其然，神矢着了道。

"……上面不会允许别的县的县警介入这个案子。"

"我们没打算介入调查，不过是信息交换罢了。我跟您说，这边这个年轻人，之前的案子里可是对有动小百合进行过贴身监视，调查资料里没有的东西，他都掌握得一清二楚。"

闻言，神矢看古手川的眼神瞬间就变了。

班长是打算把我当作交涉材料啊——

"顺便一提，在这次被袭击的护士之前，他就被有动小百合袭击过。只论关于她的经验，那小子相当丰富。"

"只论"这个词戳中了古手川的神经，不过也没反驳的必要。

"而你们能提供的信息，也就是鉴定科在现场东奔西走得来的成果，还有走访调查的结果。光靠那些，完全不足以锁定当事人行踪。所以您看，这个信息交换到底哪方获利更多呢？"

古手川仿佛看见了神矢心中功利主义和虚荣心的斗争。当然，渡濑也不是会放过这种细节的人。

"如果就这么放任不管，那个女人一定会引发大问题。退一万步说，即便她不惹事儿，也已经造成了警方掉以轻心放走精神病罪犯的后果。哪怕今天抓住她，也难逃被追责的结果。晚一天多一个，晚两天就多两个人被问责。作为现场指挥，最重要的难道不是抓紧眼下的时间吗？"

古手川听着这番话再次震惊，没想到渡濑不光是对嫌疑人，对同行也能理所当然地进行恐吓。

神矢举旗投降，只花了不到十秒。

"能请二位听完就立刻离开吗？"

"我们本来就是这么打算的。"

神矢是一个一旦做了决定就会迅速付诸行动的男人。

"被有动小百合袭击的护士在另一个房间。"

仿佛在用背影说"跟我来",神矢随即往别处走去。

"恢复意识了吗？"

"颈动脉和气管受到压迫,要是发现得再晚点估计就危险了。根据本人的证词,当时犯人说要教她弹钢琴,然后走到她身后,从后方勒住了她的脖子。因为被勒颈时身体是紧贴着的,她根本没办法反抗。有动小百合抢了她的衣服,假扮成护士走出住院楼,之后从置物柜取出私服换上,明目张胆地从正门离开了监狱。"

"不是规定诊疗的时候要狱警同行吗？"

"护士人数和狱警人数都远远不够,像有动小百合这样不怎么费事的犯人,基本都会放松警备。"

"不费事啊。"

古手川不禁讽刺了一句。对此,神矢有些羞惭地应声：

"你们此刻的想法,整个八王子署的人都明白。正如渡濑警部所言,不管事情最终走向如何,所长以下的部长都难辞其咎。"

"或许也不会变成那样。"

听到渡濑这句话,神矢挑了挑眉毛。

"何出此言？"

"有动小百合在一审判决后表现异常,随后被关押在了这里。可如果她的精神异常确凿无疑,那就应该被关到戒备更森严的小菅拘留所。"

"渡濑警部……难道您的意思是,有动小百合是装病？"

"当然,也可能是音乐疗法起了作用,让她的精神疾病症状得到了暂时的缓解。不过，最好不要轻视那个女人，她可能比大家想象的更狡诈。"

"决定送她进医疗监狱，可是根据精神科医生的诊断结果。"

"即便是同一个患者，不同的医生也可能得出不同的结论。精神科就是这么个领域。况且医生一定比病人聪明？也不过是一厢情愿的误会罢了。最好不要把成功越狱的对象简单看成一个精神病人，毕竟当事人外表那个样子，又会弹钢琴，难免给人一种天真烂漫的感觉，但有动小百合在上一起案子里，可杀了四个人，绝对不能忘记这一点。"

这番面对神矢的发言，同时也狠狠地刺向了古手川，或者说其实更像是给古手川的警告。

不能忘记有动小百合是一个变态杀手。

古手川对此再清楚不过。

他理应再清楚不过。

另一个房间里躺着的，正是那个名叫百合川的女护士。看上去她已经彻底恢复意识，正坐在床上。

"是我太大意了。"

百合川很是羞惭地垂着头。

"她说要教我弹钢琴的方法，她的诱导实在太自然了，我不小心就相信了她……不，这只不过是借口而已。全都是因为我疏忽大意。"

"被偷走的包里有什么？"

"化妆包、钱包、公交卡，还有手机。"

神矢找补似的插话补充道：

"现在正在从公交卡的信息入手，调查使用记录。"

带有 IC 卡片的公交卡,可以追溯使用记录。通过入场和出场的时间以及地点信息,某种程度上能锁定使用者所处位置。

"钱包里有多少现金?"

"应该有两万多一点吧。"

"那也可能通过出租车行动了。"

"JR 八王子站和京王片仓站自不必说,我们还在各个主要干线道路都布下了排查,也已经给各家出租车公司通报了信息。可以说布下了滴水不漏的信息网。"

"但包括我们在内的周边本部得到消息,可是在事情发生四个小时之后了。"

"说来惭愧,连所属辖区的八王子署接到通报也差不多过了那么久。"

神矢有些自嘲地笑了笑。

"八刑上报晚了,理由大概也不必我多说吧。"

掩盖丑闻——大概是先动员监狱内所有员工进行搜查,最后走投无路才通报给了八王子署。

垃圾。

神矢和百合川注意到了古手川的咋舌,但都没有开口说话。

"哪怕有紧急排兵布阵,都过去四个小时了,估计也没什么用了。四个小时,都够逃到神户一带了,况且要是在自动贩卖机买票,根本就没法追查。"

渡濑这番话,二人大概也早已意识到。只见神矢和百合川无比懊恼地咬紧了嘴唇。

当天下午,有动小百合越狱的消息公开。以八王子市为中心,民众陷入了不安。

各小学和幼儿园紧急决定临时停课,由八王子署的警察负责护送孩子们回家。

晚报刊发了小百合的照片和电视新闻也在不断地播放。即便是平日里对涉及加害者,尤其是精神障碍患者的刑事案件受害人等问题态度十分慎重的媒体,也举着唤起市民警惕心的正义大旗,解除平日的拘谨束缚。

对警方的不信任和抗议的气焰高涨,要求追责的声音如野火燎原般蔓延开去。

另一方面,小百合的行踪丝毫没有线索。

◎ 卷四 ◎

1

十二月三日。

结束看诊后,末松健三和值夜班的同事打了声招呼便离开了医院。

时间是晚上十点三十分。尽管地处车站门口,各家店铺还是已经关了灯,路上也几乎没有了行人。车站前大道旁,只有停车场特别显眼,完全是再开发失败的典型案例。在喜欢热闹和华丽的末松眼里,眼前的风景只让他感到压抑和不快。

每每走在大街上,末松总像是被降了咒似的,脑子里反复循环着"要是有资金,或者遇到有眼光的投资人,我就能在人流量更大的地方开一家自己的医院了"。只可惜,这个愿望至今未能实现。

接下来的时代,比起肉体的疾病,肯定是心理疾病更流行。末松心底打的这些算盘,其他精神科医生也都想到了。实际上,尽管到精神科就诊的患者越来越多,但精神科医生也一年比一年多,在激烈的竞争下,末松很难出人头地。

到底是从哪儿开始脱轨的呢?

末松反复想了很多,但他一开始就不愿意面对自己没有声望的现实,自然也不可能得出准确的判断。无人同情总把曾一度成为媒体焦点的过去挂在嘴边,既不谦虚也不诚实的末松,但他本人却执拗地认为，是周围人不理解自己、排挤自己。

时间已经将近夜里十一点，只剩居酒屋一类的店还开着。但末松的自尊不允许他混在上班族和学生群体里喝便宜的酒，所以虽然无趣，但他还是觉得要回房给自己斟上一杯白兰地。

浑蛋！他又一次在心里咒骂。

本来不该变成这样的！

在末松的想象中，自己应该在东京都内拥有一座被冠上自己名字的医院，娶一位美丽的妻子，住着带阳台的高级公寓，现实却是至今孤家寡人，不过是一名平庸的、替人打工的医生，并且还被困在乡下。

成为媒体关注焦点的时候，末松曾一度以为自己就要走大运了。他想，那些排成长龙的相机、无数伸向自己的话筒，就是未来有望的证据。然而转运一事，不过是他一厢情愿的误会，当时打在末松身上的聚光灯，很快就转移到了别的人身上。

命运的女神没有向末松展示她的笑容。

浑蛋！他再次咒骂。

根本不怪我！

绝不是因为我的诉求不够有力！

都怪卫藤独占了甜头。末松在法庭上明明全身心地投入表演，到头来却被那个人的辩论抢光了风头。

最终不知道是因为平日里作风太差，还是惹到了什么人，卫藤被极其残忍地杀死了。这让末松感到很愉快，憋在心里的不痛快舒服了不少。

真没办法。今晚不如就拿那人的死亡报道下酒好了——末松从大街拐入岔路，边走边想着。光源越来越少，加上众多停车场的阻碍，他走进了完全看不见行人的地带。

不，不对。

前方大约四米，有个人正弓着背坐在路缘上。

一开始，末松吓了一跳，不过仔细看了看，发现对方应该是一个流浪汉——夹克帽子挡住脸，破破烂烂的牛仔裤，还有前方豁口卷边的运动鞋。那人身旁甚至还有一辆装满空罐子的小型两轮手推车。

流浪汉并不稀奇，但在自己经常走的路上看到流浪汉，这令末松十分不快，他决定明天换条路走。

就在末松加快步伐，准备走过去时，意外发生了。流浪汉突然上半身向下扑去，直直倒在了地上。

不仅如此，流浪汉还突然伸出右手，抓住了末松的裤脚，末松不得不停下来。

"喂，放手。"

末松试着把被抓住的腿扯出来，流浪汉却丝毫不打算放手。

"叫你放开！"

末松甚至在想要不要一脚把他踢开。好在，所剩无几的职业素养阻止了他。

万一这人死在路边了，或者万一他又清醒过来，自己因视而不见却被记住了长相，那就麻烦了。到时候警方展开调查，发现见死不救的人是一个医生的话，不难想象大众会是什么反应，人们肯定会摆出大善人的姿态，而末松则会成为众矢之的。

末松心想：万一这人情况不太好，作为医生，自己还是能先做点最低限度的急救措施，之后再喊救护车就行了。这么一来，自己就不会被指责了。

转念之间权衡完利害的末松，躬下身去看流浪汉。流浪汉身上特有的、腐烂的臭毛巾般的气味扑鼻而来。

就在他准备开口询问对方是否还好时——

流浪汉突然窜到了末松背后。

末松反应慢了一拍，根本没反应过来发生了什么。

再之后，后脑勺受到冲击。

鼻腔随之涌起血腥味，呼吸停滞。

视野和思维迅速缩小。

很快，他便失去了意识。

远处传来声响。

冷冰冰的、粗暴的机械声。

末松缓缓睁开眼，头顶是繁星闪烁的夜空。青草蒸腾气味和润滑油的味道涌进鼻腔。

突然，后脑勺传来剧烈的疼痛，末松疼得差点叫出声。

然而他只能发出呜咽的声音。

口腔内异物感明显。他伸出舌头，够到一团粗糙得如同水泥的布料，还带着铁锈似的味道。

末松拼尽全力使自己保持清醒，终于感受到有风吹在双颊，看来应该身在户外。

全身上下正吱吱呀呀震个不停，他推测自己大概正被运往某个地方。由于地面状况直接传递到了身上，这趟旅程实在算不得惬意。

末松幅度轻微地转了转头，被塞在塑料袋里的空罐子映入他的眼帘。

203

那辆小型二轮手推车的样子慢慢浮现在他的脑海中。对了，一定是被塞进手推车正被拖着走。

他试图转身，但身体根本不听使唤，看样子还被裹了起来。难怪觉得处处都有阻力，想来应该是被用绳子一类的东西捆住了。外套和鞋子也被脱掉了。

末松忍耐着疼痛，费力地抬起头。余光里，他看到了正拖着手推车的人的脑袋。

到底要把我带到哪儿去？

到底想干什么？

末松想要大声质问对方，却被堵住嘴发不出任何声音。不过是微微甩了甩头，却瞬间激起一阵剧痛。

因为有风，可以判断出身在户外，又因为草木的气息，他知道自己正在荒地，但信息仅限于此，甚至无从得知自己失去意识的时间有多长。

后脑勺的冲击，大概是被殴打的结果。不管对方是空手，还是用了某种武器，毫无疑问都丝毫没有手下留情。加上搬运货物般野蛮的移动方式，更加可以肯定此人一点没有顾忌末松的感受。

末松不由得感到恐惧。尽管并不明确等待自己的会是什么，但毋庸置疑的是，自己不会毫发无损地回家。

末松立刻开始思考求饶的话。

如果是冲着钱来的，那就把钱包整个交出去。

如果对方只是心情不好想出气，那就乖乖地让他打一顿，毫不抵抗，任他拳打脚踢，只求给自己留条命。如果需要，末松甚至愿意脱光衣服给他下跪。做什么都行，只要不惹对方生气，哪怕让他舔他鞋底都不成问题。

末松尝试着叫了三次，都没能成功。由于唾液的积蓄，味觉苏醒，被塞到嘴里的布料的味道变得无比鲜明。掺杂在铁锈味道里的咸味，毫无疑问来自干掉的人类汗液。末松条件反射般涌起呕吐感，但由于害怕逆流的胃酸堵住鼻腔导致窒息，他在千钧一发之际压制住了自己的喉咙。酸味冲上食道，眼泪不由自主地流了出来。

突然，恐惧笼罩了他，他完全不清楚对方想干什么。说到底，他根本不明白自己怎么会无缘无故遇上这种事。是被盯上了，还是被随机选中的？

不安加剧了恐惧。要是嘴里没被塞上东西，他此刻牙齿一定在上下打战，根本合不拢。大量汗水正从额头和腋下往外流淌。

末松本以为流浪汉会很快对自己下手，但对方好一阵儿都没动静。

他再次抬起头，却被两轮车的铁板阻碍了视线，无法得知周边状况，只能听到锁链咔嚓咔嚓滑动的声响。

一阵门扉打开的声音后，啪嗒啪嗒毫无节奏的脚步声越来越近。末松脑海中瞬间浮现出那双卷边的运动鞋，身体不由得僵硬起来。即便如此，流浪汉依旧没有对末松下手，二轮车再次动了起来。

末松把视线移向正上方，发现载着自己的两轮车进入了一幢有屋顶的建筑内部。虽说是建筑物，但依然能感觉到风，这里似乎没有墙壁，草地的气息也依然浓郁。

这是哪里。

到底是什么地方。

恐怖和焦躁扰乱了五感，仅剩嗅觉勉强保持运转，此刻，他嗅到了木糠的气味。

是木材加工厂？还是建筑材料仓库？

两轮车又向前移动了一会儿，随后再次停下。

末松内心祈祷两轮车能继续前行。

至少在它移动时，自己的生命是有保障的。一旦它停下来，就是处刑的时刻了。

恐惧让他腹部发凉。末松第一次深刻认识到，原来恐惧会夺走人类的身体温度。

他的神经宛如被拉伸的丝线，高度紧绷。突然，一个低沉的声响传来，是某种大型机械被唤醒的启动音。

接下来的声音更令人毛骨悚然。

仿佛凶猛的肉食动物的低吼，缓慢而钝重的机器运作声，尔后是吱嘎作响的传送带的响动。

到底是什么机器。

到底打算对我做什么。

末松蜷缩着身子，流浪汉动作迟缓地出现在他的视野。末松开始准备组织求饶保命的话。

然而被布堵得严严实实的嘴，发不出任何声音，取而代之的是源源不断往外滚落的泪水。末松不甘心地费尽力气扭动身躯，却无法自如活动。

流浪汉对末松的垂死挣扎不屑一顾，径直将他扛到了肩上。

离开两轮车的末松，看清了自己所在的场所。眼前是堆得满满当当的废旧木材，以及铺满水泥地面的木糠。看样子的确是木材加工厂。不过此处不像是用来加工木料的，更像是堆放材料的地方，所以屋顶也很粗糙，仅仅立起几根柱子撑着，没有墙壁。

流浪汉前进的方向，正是声源所在。末松看到机器全貌的瞬间，瞠目结舌。

呈倒八字形态朝上大开的投入口。连接着排出口的长长的传送带，正吱吱呀呀运转着。

随着距离拉近，机器投入口的中央部位也进入了末松的视野，是左右两侧带有回转轴、能将放入其中的物体进行粉碎的装置。方才听到的，宛如肉食动物低吼的声音，正是回转轴转动的响声。

末松瞬间明白了流浪汉的意图，脑袋一片空白。

放过我吧！

大概是控制分泌的神经失去作用，尽管末松除了恐惧什么也感觉不到，眼泪和鼻涕却还是喷涌而出。无论他如何挣扎抵抗，流浪汉始终没有任何反应，只是一步一步，慢慢地向粉碎机走去。流浪汉之所以保持让末松头部朝前这个难以掌控的姿势，想必是想让他亲眼看见地狱的模样。

放过我吧！

愿望落空。

流浪汉把末松一百八十度翻了过来，从脚尖开始，将他投入了破碎机。

尽管转速很慢，但两条回转轴绝不会放过猎物。末松的左脚被咬得严严实实，慢慢被带往机器中央。

嘎嗒。

小拇指连带鞋子被咬碎，末松发出不成声的惨叫。

嘎达嘎达嘎达嘎达咔咔咔。

残存的意识，让末松一心祈祷自己能够早点晕过去，但脑袋能接收到的信息似乎也有限度，以至于濒死的五感始终断断续续发挥着作用。

　　拜托了。

　　杀了我吧。

　　嘎嗒嘎嗒嘎嗒嘎嗒咔咔咔。

　　杀了我吧,杀了我吧,求求你了,现在就杀了我吧,杀了我吧!

　　末松被扼杀的哀号一直持续了好几分钟。

2

十二月四号清晨五点四十八分，接到案件消息的古手川驱车，带着坐在副驾驶座上的渡濑奔向案发现场。案发地是埼玉市岩槻区岩槻大学位于元荒川沿岸的木材加工厂。

尸体被发现后的案情通报说，"似乎和青蛙男的案子有关"。渡濑班的人到达指定地点，是在凌晨四点十三分。古手川被从睡梦中喊醒很不痛快，但一听说受害人的名字以"ス"打头，他立刻就清醒了。

"我没记错的话，受害人是姓末松吧？不过仅凭这点，怎么就能认定是青蛙男干的呢？"

"听说这次现场也有那个犯罪声明。"

渡濑半睁着眼答道。旁观者视角看上去，此时的渡濑几乎要睡着了，但在长期和他相处的古手川眼里，渡濑更像是在拼命压抑自己的冲动。

尽管目前掌握的信息不多，但古手川明白，除非渡濑主动开口，不然自己再怎么问也是白费劲，于是古手川没有再追问，只是集中精神继续开车。

抵达案发现场时，天还没有亮，所辖的岩槻警署的调查人员已先一步到达。案发地虽说是木材加工厂，但不过是看上去像工厂模样的，在百来米开外的地方用蓝色防水布盖着的，在空地上简单支起来带简易屋顶的小屋而已。

　　岩槻署的人的动作慢得有点不正常。虽说现在是大清早，但光顾着围在一起讲话，可不像是警察该干的事情。不过渡濑没有表现出不快，径直向人群走去。

　　突然，一股夹杂在草木气息中的异臭钻进鼻腔，是木糠和血以及肉的臭味。古手川做好了即将面对血肉横飞、遍地血腥的现场的准备。

　　负责现场指挥的，是重案组姓鹭山的男人，看到渡濑，他神色紧张。

　　"渡濑警部，您要看尸体吗？"

　　古手川心想，这么显而易见的问题有必要问吗？

　　"现场尸检结束了吗？"

　　"算是吧……不过，这尸体实在有点……"

　　"我不看看也没法儿聊吧。"

　　"看了可就吃不下早饭了。"

　　鹭山很不情愿地揭开蓝色防水布，示意渡濑二人一窥究竟。

　　虽然是第一次见，但古手川还是认出了眼前的装置，是用来粉碎木材的。不过，目光移到倒八字形状的投入口的瞬间，他脑子一片空白。

　　投入口里，装着一个仅剩上半身的男人。

　　男人鸠尾以下部分，被两旁的回转轴包围着，看不真切，但可以肯定的是，已经不成形。

　　尚存的上半身被有些脏的布裹住，但布料绽开处，露出了尸体被绞碎的截断面。

　　毕竟不能当着渡濑的面转头不看，古手川只好忍着；结果胃液逆流，也只能在吐出来的前一秒强行咽下了去。

"最先发现死者并报警的，是木材加工厂的老板。"

瞥了一眼狼狈的古手川，鹭山开口说道。

"如二位所见，加工木材的工厂和住所隔得挺远。他说是后半夜四点左右，被粉碎机的声音吵醒，于是赶过来，就发现了尸体。"

渡濑一边听着鹭山的话，一边俯视着尸体，一动不动。古手川偶尔会想，这个男人的感觉神经是不是已经麻痹了。

"检尸官怎么说？从出血量看，不像是死后才受伤的样子。"

"切断面似乎存在生理反应，应该不是死后造成的。这个男人是被活生生绞碎的。"

古手川觉得渡濑眉间的皱纹更深了。不过他自己肯定也皱紧了眉头，在面部做出反应前，心理已经表示了拒绝。

再怎么迟钝的人，应该都不难想象一个人被活生生地，并且是从脚指头开始一点点慢慢打碎会有多恐怖绝望。

"既然还活着，那应该能呼救吧。"

"现在已经摘掉了，刚发现尸体的时候，嘴里塞着毛巾。先前我们一直在对传送带上的残骸进行分类，还从衣物里找到了明显是用来捆绑受害人的绳索。"

古手川试着想象了一下，从那可怕的残骸里提取绳索碎片的辖区警员们的心情，不禁对他们心生同情。

"还有别的发现吗？"

"目前就这个。被放在粉碎机底下。"

鹭山递过来的塑料袋中，装着一张纸条。

做到什么程度青蛙会死呢？

从指头开始慢慢捣烂全身会有答案吗？

我要拿槌子使劲碾碾看。

活物会慢慢变成颜料哦。

要不就拿它来画画吧。

尽管已经是再熟悉不过的字迹和行文，但这次，是属于最糟糕的级别。从内容来看，这铺满传送带的血腥曼陀罗纹样，大概就是青蛙男的创作了。

"这是转速很低的那种回转轴吧。"

听到鹭山的低语，渡濑做出了反应：

"这在二轴破碎机里也算扭矩比较强的。普通木材的话，咔嚓一下就能斩断，不过这台机器的卖点，是能处理夹带建筑金属材料的废弃建材，所以主要是用来折断和破碎物品的。这方面的功能，比起高速反倒是低转速更实用。"

一如既往的杂学展示时间。已经习惯了的古手川只是默默地点头，鹭山却有些震惊，直直盯着渡濑。

"虽然转速低，但也不可能逃得出来。不信你看，这两个回转轴的刃，都是螺旋状的。"

"啊。"

"螺旋形状能保证一旦被卷进去，就扯不出来。即便受害者两只手能活动，但除了把腿斩断以外，也没有别的脱身方法。而且因为是低转速，粉碎力度虽然强，机器声音却比较小，工厂又隔了那么远，不仔细听根本注意不到。"

"注意不到？"

"这种粉碎机想完整绞碎一个人，用不了五分钟。况且根本不用到最后，处理到腹部人估计就没了。凶手是在确认受害者死亡后，切断电源再慢悠悠离开的。入口就是那个金属门，对吧。"

"没错。那道门也没上锁，就拿铁丝绕了绕，基本等于没锁，任何人都可以随意进出。"

"这里除了粉碎机，就剩些掺杂着金属的薄片，也没什么值得偷的。而这台粉碎机，操作十分简单，只有电源开关和启动按钮，外行人也一看就懂。对凶手而言，条件再好不过了。"

"渡濑警部，您刚才说凶手确认受害人死亡后切断了电源？凶手为什么要做这么麻烦的事？他根本没必要特意关掉机器，直接走人也行呀。"

"理由就是纸条上的那句话：'做到什么程度青蛙会死呢？'"

顶着实验的名头，带着玩心，把活生生的人捣烂——

听到这里，古手川实在忍不住，跑到了蓝色防水布外。他穿过一片草地来到河边，尽情吐了一场。

他不是因为异臭和彻底变形的尸体而吐，而是这种把人当玩具玩弄的恶意，让他产生了生理性抗拒。

古手川有些不好意思地回到现场，和一名警员四目相对。对方的视线里饱含同情，大概也和他一样吐过。

渡濑和鹭山的对话还在继续。

"受害人的外套和鞋子，以及提包，都在被丢到场地外的两轮车里找到了。受害者是'胡桃泽医院'的医生，名叫末松健三，三十五岁。'胡桃泽医院'是一家位于东岩槻车站前的综合性医院，距此大约十公里。"

"十公里。推着两轮车的话，得走上五个小时左右吧。"

"您觉得受害者是被用两轮车推过来的？"

"最近一连串的事件，都有流浪汉的身影。如果是流浪汉的话，即便半夜推个两轮车被看到，也没人会觉得奇怪。只要多装点空瓶子，往里边藏个人可以说很容易。"

"从衣服来看，受害人很可能是在下班离开医院回住处的路上被袭击的。如果是事先准备好了两轮车，那么凶手应该一直埋伏在路边等着受害人。"

鹭山的声音低了下去。

"渡濑警部觉得刚才那个犯罪声明文是真迹吗？"

"八九不离十吧。"

古手川不禁感到疑惑，看上去粗野实则无比慎重的渡濑，竟然会说出这么肯定的话。

"因为受害人的姓氏是'ス'开头？"

"不是。更关键的是，末松医生和青蛙男案有间接关联。四年前，松户市曾经发生过一起母女被杀案，当时十七岁的古泽冬树被逮捕。后来在卫藤律师的要求下，对他实施了精神鉴定，而负责精神鉴定的，正是早就和卫藤律师相识的末松健三医生。"

古手川屏住了呼吸。

"这次一系列案件的开端，是位于松户市的御前崎教授家宅爆炸案，而那位教授，很可能在B5尺寸的大学笔记本上，留下了关于末松医生的信息。青蛙男的狩猎目标转移到'サ'行之后，末松健三很可能就成了作案目标。虽然事到如今，也无从得知受害人是否有相应的自觉了。"

渡濑完全无视脸色大变的鹭山，继续说道：

"可以让我看看那个被留下的两轮车吗？"

接着，渡濑和古手川被带到了厂区一角。装满了空罐子的两轮车，看上去有些年头了，破烂到几乎可以直接当作粗大垃圾扔掉。不过从轮胎和把手的修补的痕迹来看，它依然在被正常使用。

"这辆车和那个粉碎机，都会运回去进行鉴定。警部您有什么在意的地方吗？"

古手川有点惊讶，竟然要和粉碎机一起带走。不过仔细想想，尸体被回转轴卡得死死的，也不适合强行扯出来。虽然想想都觉得毛骨悚然，但的确有必要把机器进行拆解。至于粉碎机的主人，想必即便能把机器清理干净，他大概也不想再继续使用了。

渡濑观察了一会儿两轮车，随后了无兴趣般挪开了视线。

"没什么特别在意的。最关键的，可能就是根据轮胎上残留的泥土，找出它原本的保管场所了。不出意外的话，应该就是些流浪汉聚集的地方。"

"补充一点，很遗憾似乎找不到新的指纹。"

"能理解。毕竟这么冷的天，人们多半会戴手套。这车估计也是偷来的，能采集到凶手痕迹的概率肯定不高。"

看着眼前事不关己般侃侃而谈的渡濑，鹭山明显感到困惑。这种反应也正常，毕竟渡濑在一条条排除和凶手相关的线索，这在全方位信赖科学调查的人眼里，无疑太过粗暴。

"该走了。"

兴致怏怏的渡濑朝车的方向走去。

"就，就走了？"

"就什么就。县警本部的刑警丢了那么大个脸，还不赶紧问完就走？"

古手川脸红得像是烧起来了。

"你是还没适应那种级别的画面？"

"尸体本身我还是承受得住的。"

"哼，是想到当真胜雄本人的心理了？"

"这根本不是人类能干得出来的事。"

"都什么时候了，还说这种蠢话。"

渡濑甚至没看古手川一眼。

"就因为是人类，才会干这种事啊。"

末松健三的尸体被送往浦和医科大学法医学教室进行司法解剖，但新发现寥寥无几。顶多就是末松的血糖值偏高，以及他体内没有检测到安眠药以及类似药物的成分而已。死因方面，确认是由于出血量过多引起的休克死亡，除此之外再无其他。也就是说，仅仅证明了末松是被活生生搅死的。用负责解剖的光崎教授的话来讲，这是一次"无论解剖部位还是医学价值都不及格的解剖"。

不出所料，从两轮车上采集到了大量不明身份的指纹和毛发，鉴定科的报告显示，要对其进行分类和分析，还需要相当长的时间。用来捆绑末松的布料和绳索以及毛巾上，都采集到了黄花败酱草的花粉。黄花败酱草是多年生草本植物，花期八月到十月，在距离发现尸体现场不远的元荒川河岸就有着广泛分布，所以这辆二轮车很可能是从河岸附近捡回去再利用的。

元荒川河岸这个词，虽然听起来轻巧，涉及范围却相当广，要想缩小范围锁定地点，需要大量时间。

现场遗留的青蛙男犯罪声明文，也很快被送去进行笔迹鉴定。鉴定结果显示，和之前案发现场遗留物笔迹一致。

四号早晨，渡濑和古手川前往末松的工作地胡桃泽医院进行走访。负责接待的女性得知末松死亡的消息后,霎时面色苍白,立刻报告给了院长。

院长胡桃泽也同样惊慌失措。这名把白发服服帖帖梳在脑后的仪表堂堂的男性,极其仓皇地走进了接待室。

"末松健三医生今天早晨被发现死于他杀。"

渡濑的摊牌方式总是让古手川心服口服。在把允许透露的信息交出去的同时,不给对方思考的余地。不出所料,胡桃泽像是丢了魂似的,一屁股坐到沙发上。

"您刚才说,是他杀?已经确认了吗?"

"是的。可以说几乎不存在事故和自杀的可能。我就不绕弯子了,冒昧地问一下,末松在您的医院里,人际关系处理得如何?"

"您是说有没有恨末松医生的人?"

"可以这么理解。还是说末松医生人格高尚,大家都很敬重他?"

"我不想说有损死者名誉的话。"

话刚说出去,胡桃泽就皱起了眉头。虽然也怪渡濑的问题太狡猾,但毕竟已经上了当。

"向警方提供有关受害人的准确信息,算不得损害名誉。调查取得进展,也算告慰受害人在天之灵。"

"您这话听起来,像是在美化您的立场。"

"道理都一样,总会有利于某方。利于我们警方,也可以讲是对大众有益嘛。"

"……没有职员恨末松医生,也没人妒忌他。顺带一说,也没人羡慕他,毕竟没人会去嫉妒一个一无所有的人。"

"您这话我没明白。"

217

"四年前有段时间,末松医生曾经因为一桩审判备受关注。"

胡桃泽抬了抬眉毛。

"当时全日本都关注着那桩审判,所以末松医生本人,也顺带得到了相当多的宣传。理论上有了名气,客户增加之后,就能独立开诊所了。可到头来,末松医生却一直在这里工作。不知道是因为他清心寡欲呢,还是没有抓住机会的能力?又或者是没有足够筹集资金的人脉?"

渡濑的话虽然不好听,但相当于石蕊试纸。通过颜色,可以快速判断出对方的感情和态度。

"您这话说得,好像医生就必须独立开诊所一样。"

"哦?也就是说末松医生很满意替人打工的生活?我读过末松医生过去的采访,他可是一次也没提过这家医院的名字呢。硬要说的话,他一直都在积极表明自己的主张,很多时候,都赤裸裸地表明个人的现实诉求,又或者他其实是想继承这家医院。"

闻言,胡桃泽不快地撇了撇嘴。

"继承我的医院?哼,一来我没有女儿,哪怕有,也不可能交给末松医生。"

"末松医生有什么做得不够好的地方?"

"您先前说的那些全都不够。"

对方已经完全抛弃了对死者的顾虑。

"医者仁心这句话,现在依然不过时。没人会尊敬、信赖一个信奉功利主义、拜金主义的人。"

"您是说末松医生?"

"倒也不是针对他,不过是陈述普世观点罢了。"

"不过他的确没有受到尊敬和信赖。换句话说,他根本不值得被仇视？"

"医生里也有各种各样的人。"

"既然没有自己开诊所的打算，那想必工作态度还不错？"

胡桃泽依然很不愉快地撇嘴。

"要是他能认真工作，我们医院精神科的常客应该也会多点。"

"也就说他工作不认真？"

"归根究底，精神科也有精神科特有的问题。毕竟和肉体疾病以及外伤不同，心理问题不存在治愈。"

"有所耳闻，似乎只能称为宽解？"

闻言，胡桃泽流露出些许赞叹。

"我曾经听人说，精神疾病即便病症缓和，不会过分阻碍日常生活，也有再发的可能。所以不仅是接受治疗期间，治疗结束之后，也需要给予患者相应的照顾。"

"很高兴能得到警官您的理解。没错，精神科的诊疗其实说不上结束。但末松医生的治疗有些浮皮潦草，或者说不太细致，所以病人们大都持续不了多久就转到别的医院去了。"

古手川在一旁听着，也理解了胡桃泽不满的理由。无论什么时候，医生和病人之间的信赖关系都很重要，在精神疾病治疗中尤其关键。甚至可以说，失去患者信赖就等同于宣告不合格了。

"他本人倒主张就诊人数变多了，但这根本不是医生该有的态度。这又不是小钢珠店或者咖啡厅。"

"您二位是对立的关系吗？"

"谈不上对立，不过是意见相左罢了。"

古手川不禁想：倒也是，作为医院所有人兼院长的胡桃泽，和一个普通的医生之间，不管立场还是发言权都不在一个层级，在形成对立关系之前，院长就能单方面把他踢出局。

不过接下来，他反应过来渡濑在想的，其实是别的事。

"原来如此。那么尽管医院没人对末松医生心怀怨恨，过去的病人也可能恨他了。"

这句话似乎令胡桃泽颇感意外，只见他睁大眼睛，仿佛不敢相信自己的耳朵。

"你，你莫不是想让我把病历给你调查吧！"

胡桃泽像是即将大发雷霆，但渡濑根本不在意这点小风小浪，依然泰然自若地坐在沙发上，面不改色。

"我们没有下这种命令的权限。不过胡桃泽院长，想必很快您就会在报纸和电视上看到报道，末松医生，是被以根本难以言喻的方式残忍杀害的。说句冒犯的话，杀人手法甚至让人不得不怀疑凶手的精神状态。大众是不会嘴下留情的，即便没有证据，想必仅凭末松医生精神科医生的身份，就会有人戴上有色眼镜看待他曾经接诊过的病人。"

事态一旦发展到那个地步，现有的病人也会远离。都说流言会传七十五天，要是七十五天都没病人，医院经营就举步维艰了。

渡濑用词依然平和，却让语言发挥了最大功效。古手川不得不再次对他的狡猾老到心生佩服。

胡桃泽像是被突如其来的难题困住的学生，脸上写满了困惑和焦躁。

"现在还不到时候，不过或许有一天，我们会需要那样的资料。到时候如果能有幸得到您的协助的话，想必会对破案有相当大的帮助。那么今天就先告辞了。"

走出会客室,渡濑背对古手川,轻声说道:

"好像想说点什么?"

"被那么逼迫,谁都会是那种表情吧。"

"我不是说院长,我说你。"

古手川一时语塞。渡濑不仅忙着对付胡桃泽,甚至连古手川的一举一动都看在眼里。

"我大概知道你在想什么。不过我也不是什么都能顾及周全的。"

古手川怀疑自己是不是听错了。

眼前的男人,竟然难得一见地表露出了焦躁。

之后,渡濑和古手川到医院护士站确认了打卡记录。记录显示末松离开医院是在十二月三号晚上十点三十分,从医院到末松公寓,徒步大约需要十分钟。结合末松住处邮箱还残留着近三天的邮件来看,他应该是在回家路上遇袭的。关于这一点,岩槻署的调查人员也在进行实地取证,但目前还没有找到有价值的线索。

不过最让侦查本部头疼的,并非调查进展。

也不知道到底从哪里得到的信息,最先把末松案子和青蛙男案关联起来报道的,依然是地方报刊《埼玉日报》。明明曾经站在最前线的尾上还躺在医院病床上,却仍然能把这个报道送上头条,不可不谓好手腕。

古手川也读了那篇文章,虽然没有尾上特色鲜明,也没有刺激的解说词和煽情的内容,但引发的反响却十分强烈。

爆炸、溶解、轧断等一系列不同寻常的案件接连发生,甚至还发展到了粉碎的地步。报道中虽然没有详尽描写,但从尸体被

221

在木材粉碎机中发现这种记述里，具备想象力的读者不难脑补出相应画面。抢在所有媒体前打出"最新青蛙男第四案"介绍语的《埼玉日报》，再次成功地煽动了民众的不安，并借此销量大涨，不过这也仅仅是后续骚乱的前哨站罢了。

真正的恐惧，正一步一步，切切实实地逼近。

最开始，是渡濑班的某位成员在浏览网页时注意到的。随后，他向渡濑进行了细致的报告。古手川正好奇发生了什么，突然就听到渡濑的咒骂响彻了整个办公室。

"果不其然开始搞事了。混账。"

从渡濑的声调不难推测，肯定发生了不妙的事。古手川也不能装作无事发生，于是他走到渡濑身后。看到屏幕上的内容时，他差点摔倒。

这是什么？！

画面上是一个带着"青蛙男大活跃"标签的网站，网页上贴着四张照片。

NO.1 是御前崎家满是肉片的爆炸现场。

NO.2 是漂浮在装满淡黄色液体的水箱中的佐藤的上半身。

NO.3 是散落在铁轨上的衣服和血肉残骸。

NO.4 是正从投入口边缘往下滴血的破碎机特写。

仅仅看了一眼，实际场景就一一浮现在古手川脑海中，激起了他强烈的呕吐欲。

这些照片到底是谁拍的？！——无法言说的愤怒在心底翻涌。用语言煽动他人已经很令人不齿了，竟然还有人用公开图像的方式找存在感。

这四张照片的评论数，已经攀升至一千四百七十五条。照片被公开的时间,是三个小时前。从评论数量可见其引起的反响之大。至于评论内容,很容易就能想象,都不用去看。

"班长,得赶紧找到照片出处吧!"

听到背后传来的古手川的声音,渡濑转过身去。

"拍照的人肯定在现场。把这些内容泄露出去的,肯定是和案子相关的人。"

"动动脑子吧,笨蛋。"

渡濑反复指了指 NO.1 和 NO.4 两张画像。

"看仔细点。1 那个血肉横飞的房间,是用别的房子的图片合成的。至于 4,粉碎机的颜色和型号都对不上,滴落的血液也是拼贴的。"

被渡濑这么一说,古手川又仔细盯着图片瞧了瞧,的确和记忆中的景象不一致。认真观察会发现,加工拼贴的部分,和周围的画面并不完全贴合。

"2 的图片,拍到了佐藤的脑袋,所以应该是真的,估计是工厂员工在熊谷署的人到达现场前,拍了传到网上的。3 也一样,神田车站案发时,有几百个人亲眼看到过铁轨上的尸体,其中可能有几十个人掏出手机拍了照片放到网上。建立这个网站的人,大概是从别的地方盗取了 2 和 3,又合成了 1 和 4。"

渡濑怒气冲冲地不停用指甲敲着电脑屏幕。要是这个网站的管理员在这里,肯定也逃不过被他敲打的下场。

"不管用伪造信息妨害公务,还是违反轻犯罪法,反正一定要把上传 2 和 3,还有伪造 1 和 4 的网络愚民抓起来!"

"可是班长,现在不是把人力投到应付那种小喽啰的时候吧?"

"这群小喽啰干的事影响太恶劣了,杀鸡儆猴也好杀一儆百也好,这种垃圾必须趁早敲打以绝后患,趁不安和恐惧还没有大规模扩散。难不成你忘了饭能市发生过的事?!"

怎么可能忘记。深陷恐慌的市民引发暴动,导致警署厅舍被围困。不仅如此,古手川还受了不轻的伤。

"现在的氛围和当时是一样的。涉及的对象、场所以及人数变多,可能让人觉得没那么严重,但民众对青蛙男形象,而非犯罪本身的恐惧,会让局面变得复杂。人们的怀疑和妄想,很可能诱发别的大问题。"

"可是班长,那时候不是各种事情搅在一起了嘛……"

"你还记得我怎么跟桐岛说的吗?我坚决反对无条件信任这个国家的民众。的确,日本人基本上是很讲礼仪的,不会轻易暴动。但根本用不着拿饭能的事情举例,只要满足一定的条件,人们就会失去理性,失去判断能力,失去自制力。"

"话是这么讲,但您真觉得还会再次发生暴动?"

"局部地区的暴动还好说,只要县警本部认真对待,也能压住。但万一扩展到首都圈全域,甚至日本本土,你觉得会如何?"

这想象也太过了——古手川本打算笑着敷衍,但渡濑的表情不允许。

"人这种东西,一旦疯狂起来根本就没有自觉性。说日本有大和魂所以不会打败仗,土地和股票会永远涨,稍微有点脑子,都知道这根本不可能。但这些话却不知不觉就成了公认的真理。不管是开战前高举双手赞成的人,还是被泡沫经济冲昏了头脑的人,在说那些经不起推敲的话的时候,都是打心眼儿里深信不疑的。不是个人或者某个自治体如此,而是整个日本都相信了这些虚构的扭曲的理论。这种国家,要怎么保证青蛙男的事情不会重演？"

古手川暗自庆幸没有笑着打哈哈。

他突然想到，或许把正常人和残障者分隔开的墙，并没有想象得那么高大、厚实，谁都可以轻易地走到对面去，甚至或许根本不存在隔绝双方的墙。

不过古手川并不能完全理解渡濑的话。不明白他所谓的首都圈全域，乃至日本全国被异常统治，到底意味着什么。

渡濑的预言很快就得到了印证。

尽管那个网站的管理员在收到警告后，于翌日删除了网页，但曾被公开在网络上的信息，还是飞速传播开了。很快，又出现了不少类似的网页。网上充满不怀好意的好奇、猎奇，还有对姓氏以"セ"和"ソ"开头的人的挑衅。

"我说，'セ'和'ソ'开头的人不如集体搬走吧。或者给打包扔到老人村去。一举两得哦，'笑'（表情）。"

"话说青蛙男先生，能不能麻烦您帮忙杀掉一个叫濑川康则的家伙呀？他住在世田谷区……"

"因为你看不顺眼就替你杀人？我可比你惨多了。埼玉市伊藤开发区名叫仙藤光也的男人脚踏两只船！讲道理，要杀的话肯定要先杀他才行嘛。"

"确认。第四起案件中的凶器，应该是老虎公司生产的SXⅡ型二轴粉碎机。这个SXⅡ型机器的卖点是低速高马力，不仅能粉碎铁块，由于转速缓慢，生物出血量也能控制在较低范围，网上的图血腥度太过了。把人扔进去之后的模拟效果图我贴下边了,大家要是喜欢记得点赞哦。"

"关谷,你看见了吗?你害怕青蛙男吗?我马上把你的个人信息放上来,你乖乖洗干净脖子等着哈。"

"大家的关注重点都太偏向受害人了,难道该讨论的不是青蛙男吗?那家伙刚从那种医院出院对吧?轻易把这种人放出来,不相当于往城市里投了颗定时炸弹吗?"

"那个和他有关的,叫有动什么什么的疯子,不也从医疗监狱逃狱了吗?精神病院和医疗监狱之类机关到底在干什么?"

"这是司法系统漏洞。不管罪犯有多残暴,只要精神鉴定认定是精神病患者,就能无罪,还会有严密的保护,运气好的话还能被释放呢。啊,对了,你们大概不知道,以前关于精神病人的讨论可是相当自由的,电影、电视剧都经常提。现在大家都小心翼翼的,根本不敢碰这个话题。"

"希望大家能把我接下来说的话,当作个人,而不是社会学者的意见听一听。我觉得出于刑法第三十九条相关规定,被判强制入院的触法精神障碍患者,获得免罪和减刑之后,应该在司法机关的管理下长期住院。当然,那些自称人权派的人,可能会群起攻击这个观点,但这里边最大的问题,是宪法和法律的对立,也就是公和私的对立。宪法保护个人权利,而法律却倾向于限制私权优先公权。青蛙男案件中最应该被关注的,正是这个部分。更直白地讲,就是精神病患者个人的权利,和千万无辜民众的安全,是不是可以放在天平上衡量的问题。如果可以比较,那么到底哪方更重要?宪法第三十条对个人尊严和追求幸福权利做出了相关规定,不过作为补充,其中写着:前提条件是不违反公共福祉。也就是说,我们可以认为:重大案件发生,且尚未得到解决的状态下，限制曾经犯下罪行的精神病患者，以及有犯罪可能的患者的自由，属于对公共福祉的保护。"

对青蛙男的恐惧，以及对现存系统的不信任，正在以网络为中心不停发酵。很快，这些情绪就会蔓延到现实世界，野火燎原般扩散开去。在事态恶化之前，古手川和渡濑前往了小比类家。

二人来到小比类住宅兼平面设计工作室时，小比类说，自己一直在等他们。

"我看新闻说，被杀的是末松健三，就觉得你们一定会找我。你们肯定把我列为嫌疑人了吧。"

小比类不无讽刺地笑了笑。不过这个笑容里并没有挑衅，大概是因为某种意义上，他的心态已经近乎达观了吧。

"我们并没有那么想，不过既然您这么认为，那么还请协助我们洗清您的嫌疑。"

"我说渡濑先生，现在岳父也死了，恨末松的，就只剩我了。况且即便没有岳父的大学笔记本，我也掌握着古泽冬树的精神鉴定结果。那就说一下我不在场的证明吧。您需要证明的时间是什么时候到什么时候？"

"十二月三号晚上十点三十分，到翌日凌晨四点。"

"大半夜的啊。那我没办法证明了。那个时间我一直在家里，不过您也看到了，我一个人住，也没人能帮忙证明。"

即便有家人在，近亲的证词也不会被采信——不过这话不适合对小比类说，比起讽刺更像是语言暴力。

"所以我说渡濑先生，不管怎么找补，我都是嫌疑最大的人，对吧？不过说实话，我也很难过。"

"因为被当作嫌疑人?"

"不。因为我没能亲手惩罚末松健三。"

小比类很是懊恼地笑着。

"虽然我不会当着刑警的面说想杀他,但至少想亲手把他精神科医生的招牌砸烂。所以对于凶手把他连身份带人都整个儿消灭这件事,我还真有点意见。"

"仅仅毁了他名声就能让你满足?"

"从他在法庭上的表演,还有之后的言论就能看出来,末松和卫藤律师是一类人,满脑子都是功利主义和自我展示欲望,都是谎话连篇的无耻之徒。或许这就是俗话说的人以群分吧。这种人最害怕的,就是被剥夺名誉和地位。对他们来说,名誉地位就是一切。我之前一直在想,要给苟延残喘活下来的末松怎样的屈辱。这个问题都成我的下酒菜了,或者说毕生事业。"

"你知道他们的关系?"

"那当然,周刊报纸写得清清楚楚,说是某某大学的前后辈来着。能教出这么一群垃圾,想来也不是什么好学校。"

"你这是讨厌和尚恨袈裟?"

"不恨点什么,我也撑不下去啊……抱歉失陪一下。"

说完,小比类起身离开了一会儿。他回来时,手上多了瓶白兰地和三只酒杯。

"虽然很失礼,不过我得喝一杯,不然我接下来的发言,很可能被二位抓住把柄。二位也来一杯吗?"

古手川原以为渡濑会以工作时间为理由拒绝,没想到他却毫不客气地,从小比类手里拿走了白兰地。

"打算自斟自饮?我来帮你倒。"

"还是算了吧。酒精不会净化仇恨和痛苦,只会让体内毒素增加。"

"你又不是受害者遗属,别一副什么都知道的口气。"

"我这些年看过了无数遗属。"

被渡濑瞪了一眼,小比类也不好再伸手去拿酒瓶。

"你没有不在场证明,但也没有杀害末松健三的动机。这点通过你的描述,已经很清楚了。"

"就这么轻易地相信嫌疑人的话?"

"信不信之后再说,况且那是警方的事。你要做的,是放下扭曲的恶意。"

"我不知道你在说什么。"

"你最恨的古泽,不是还活着吗?"

小比类动了动眉毛。

"作为警察,只能说希望你谨言慎行。今天就到这里,告辞。"

渡濑起身,把酒瓶放到窗台上,快步走出房间。古手川好不容易才跟上了他的步伐。

坐进车,古手川立刻开始追问。

"刚才那算什么?我还以为您会问些更深刻的问题。"

"再问也问不出什么名堂了。他亲口承认知道末松的工作地点,也没有强行编造不在场证明。"

"小比类是清白的?"

渡濑没有回答。

"您说让他谨言慎行,是不要制造更多罪行的意思?"

"没必要在无关紧要的地方死缠烂打,就是字面意思而已。比起这个,不如想一想御前崎教授留下的笔记本在哪儿。"

被封印起来的场景再度浮现。

古手川想象着炸掉御前崎的家后,认真读起大学笔记本的胜雄。毕竟那位教授,肯定把爱女和孙女案仇人末松的工作地点信息记到了笔记本上。

不对,等一下。

自己刻意把某个人排除出了嫌疑人名单。

从医疗监狱逃走的有动小百合,难道就没有参与杀害末松的可能吗?二人过去可曾是师生关系,越狱后的小百合也很可能再次和胜雄相聚。

"快开车!"

被渡濑没好气地吼了一句,古手川连忙踩下油门。

古手川把最不希望面对,也是最可怕的可能性抛到脑后,握紧了方向盘。

3

距离发现末松尸体已经过去三天,调查却迟迟没有进展。虽然很快从现场采集到的脚印中,找到了犯罪嫌疑人的鞋印,但也只能推断出鞋子是一双磨损极其严重的运动鞋,以及它的主人身材中等这种信息。

岩槻署调查人员的实地取证也遇到了困难。案发时间和地点的特殊性,导致案发现场附近根本没人经过,所以没有目击证词。很难想象凶手是在作案当天,偶然发现木材加工厂的,所以肯定是事先踩过点,可这方面也没有目击证人。

走访问询一无所获,相应地,也能判断出凶手是一个能在深夜自如行动的人。岩槻署重案组全部出动,得到的信息却少之又少。

相对而言,用来搬运受害人的两轮车的主人,倒是很快就确定了。车主是在荒川综合运动公园帐篷村安营扎寨的流浪汉兵野舛助,外号兵叔,负责问询他的,是古手川。

"这台两轮车,确定是你的吗?"

古手川把保管在岩槻署的车子照片拿出来,兵叔瞬间眼睛发亮。

"没错。轮胎周边都是我亲手修补的呢。"

根本没细看就能说出车子特征,看来兵叔的证言可信度很高。

"这可是我很宝贝很宝贝的饭碗,被偷之后我可愁了。能找回来真是太好了。"

"车是什么时候被偷的？"

"二号夜里吧。三号早上我就找不到了。"

结合这台车在三号晚上十点三十分被用来搬运末松的事实，二号夜里被偷也是成立的。

"是在哪儿找到的？"

"东岩槻的河边。"

"哦？隔得好远啊。怕是有十公里多吧？这种东西也不可能带上电车，是推过去的？难怪我在附近找了好久都没找到。你们什么时候把车还我？"

"等警方调查结束就还，不过具体时间还没定。"

"麻烦你们快点嘛，没了它我没法儿收空罐啊。"

古手川在犹豫，是否应该在被允许的范围内，向兵叔说明一下情况。

"可能是我多管闲事，不过或许还是不要继续用这台车比较好。"

"为什么？"

或许因为过着和报纸电视以及网络无缘的生活，眼前的人似乎还不知道末松的案子。不过以后要是听说了，没准会怪警方没告知自己。

"东岩槻的木材加工厂，发生了一桩杀人案。这台两轮车被用来搬运受害人了。"

"啊？！"

兵叔发出一声惊叫，随即把手里的照片甩了出去。

"难不成它已经血淋淋的了？"

"受害人是被搬运后遭到杀害的，所以车上倒是没有血迹。"

"可是，可是被用来干这种事……人渣。刑警先生，这车我不要了，你们随便处置吧。我去想办法找找别的车子。"

"好找吗？"

"你们能给我买个新的吗？"

听到古手川说大概没预算，兵叔神色凝重。

"我知道。要是政府能好心给买新车，也就不会把我们赶出帐篷村了。"

"车子您以前放哪儿的？"

"就在我帐篷旁边。"

"都不上锁就放那儿，不明摆着等人偷吗？"

"您这就是对流浪汉有偏见了。没人会偷有主人的东西。就算偷走了，一来很打眼，二来回收空罐子也不是光有台两轮车就能干的事，还需要物色地方，以及和回收的人交涉。"

"那你知道车可能是谁偷的吗？"

闻言，兵叔似乎有点难以启齿地皱起了眉头。

"我不太想怀疑别人，尤其是过着这种日子就更……"

"那就是有怀疑对象？"

古手川可不想放过这个机会，步步紧逼。

"请告诉我。"

"我不想说。"

"不管你想不想，警方的工作就是怀疑别人。"

"喂，明明是等我回答吧，你拽什么？"

见对方反应很好，古手川安心不少。应付这种场面的方法，古手川看上司展示过很多遍，还是很有自信的。

"警方在追查的，是杀人犯，还是很危险的那种。要是不赶紧抓住凶手，一定还会有人遇害，到时候不配合提供证词的你，也要被问罪。"

"你什么意思？"

"包庇罪可不是非得包庇真凶才成立的罪名。现在天儿越来越冷，好多流浪汉都向往拘留所的暖气。不过眼下警方预算不足烦着呢，为了削减经费，已经把拘留所的暖气停了，估计待里边儿也很不舒服。"

虽然是信口雌黄，但作为威胁效果刚刚好。果然，听到这话，兵叔脸色大变。

"等一下，别急嘛。我是说不想讲，可没说不配合啊。我会把知道的都说出来，别吓我。就最近几个星期的事，有个没见过的家伙混进帐篷村。看他也是一个人，有点摸不清东南西北的样子，所以我煮乌冬的时候喊他一起吃过。不过自从两轮车被偷后，他就不见了。"

"他什么人？长什么样？"

"外表嘛，因为他一直戴着帽子，还拉得很低所以没看清脸。穿着一件很旧的夹克，脚上运动鞋都掉色了。身材中等，个子也中等，但总是驼着背，走路姿势特别糟糕。不过住在这里的人，基本没有昂首阔步的。"

一定就是这个人。和在常磐平袭击记者尾上的流浪汉一样的服装，一样的身材。

"他住在公园什么地方？"

"这我就不知道了。我又不是他的监护人。不过帐篷村有个不成文的规矩，先来先得，所以稍微舒服点的地方，应该都被占了。"

"你说请他吃过乌冬对吧？当时聊了些什么？"

"那人好像很不擅长和人讲话，不管我问什么，都只是啊、啦、嗯。大概不乐意被问出生地、家人之类的问题。"

根据兵叔的证词，警方开始在运动公园搜查那个流浪汉的住所。

然而这也如兵叔所说，公园内方便过夜的地方基本都已经被先来的人占据，关于那个男人的目击证词也少之又少。究其原因，一来是住在帐篷村的人一向不愿积极配合警方调查，二来则是因为那男人本身不惹眼。

运动公园本来就大，包括帐篷村居民在内，难以确认身份的人很多，想找出特定人物的遗留物品非常困难。

最终，古手川只得出了一个结论：在常磐平袭击尾上的男人，和绑架末松的男人，应该是同一人。

"简直像在追踪流浪猫。"

运动公园的调查迟迟没有进展，古手川内心窝火，不禁开始抱怨。

"既没有戴项圈，又不会老老实实待在一个地方，外表没特色不引人注意，还是一个只对名字感兴趣的杂食性动物。"

然而古手川选错了抱怨的对象，一旁的渡濑听不下去，打断了他：

"猫会吐毛留下证据。头脑简单的家伙，别乱打比方。"

不只是一线警员对不尽人意的调查进展感到不满。栗栖课长和里中本部长自不用说，被卷进青蛙男案的松户署神田署高层也十分焦躁。案件要是发生在自己辖区还好说，眼下涉案区域太广，根本没法自如行动，反而更憋屈。另一方面，民众的不满情绪也日益高涨，压力不可谓不大。

　　阻碍调查的因素不言自明：那就是各警署及各县警之间的不睦。虽然没有上升到明显妨碍对方业务的地步，但关于发生在各自辖区内案件信息的互通有无，至今仍不顺畅，甚至可以窥见先下手为强各自为营追踪当真胜雄的迹象。

　　类似各县警和所辖警署互不对付的状况，之前也发生过，而责任最大的是警视厅鹤崎管理官。这个男人热衷自我主张，甚至到了近乎偏执的地步。以前的调查会议如此，现在依然作风不改，甚至还多了独断专行。

　　"青蛙男的魔爪，终于还是伸向了名字以'ス'打头的民众。上次我不是再三强调，绝对不能再出现受害者吗？结果还是到了这个地步，办案警员都是草包吗？"

　　面对鹤崎对末松健三在埼玉市被杀一事的不满，埼玉县警代表脸上齐刷刷地失去了颜色。古手川在想，如果这人真的认为，批评案发辖区警员能激励侦查本部全员，头脑真是比自己还简单。于是古手川看了看说自己头脑简单的渡濑，只见他眉毛不停抽动。渡濑手下的人一眼就明白，这是渡濑怒不可遏却不得不强行忍耐时的小动作。

　　古手川看到上司在压抑怒火，内心积压的即将喷发的愤怒也迅速降了温。古手川见周围的县警人员也都是一样的反应，不禁想：如果挑眉也是渡濑有意为之，不得不说这位上司实在是狡猾周密。

　　"报告上说，本案嫌疑人和在常磐平袭击地方报刊记者的男人外貌很像。也就是说，青蛙男不仅在夜里如鱼得水，大白天也

◎　连续"杀人鬼"青蛙男·噩梦再临　◎

很逍遥。你们觉得这种情况，警方还有威严可讲吗？！"

鹤崎似乎很容易被自己的话搞得情绪激动，越说声音越尖锐，感情也越来越激烈。就连一旁听着的桐岛都皱起了眉头，或许他也对鹤崎感到不满，并且同情起了地方警署的人。

"话说回来，这个被袭击的记者，就是最开始把所有案子和青蛙男关联起来的人，落得这个下场，也可以说他自作自受。毕竟他的报道给调查本部添了不少麻烦。"

鹤崎的话，让古手川对毫无好感的尾上都生出了些许同情。

"四起连环杀人案的凶手还逍遥法外，就够让人不安了，报道还说凶手只靠五十音顺序，看名字选择下手对象，民众的恐惧更是成倍增长。在座各位也都知道，现在不仅网络，现实生活中民众也都在谈青蛙男。各位听好了，青蛙男的名字传播得有多广，警方的威严就下降得有多厉害。大家有点羞耻心好吗。"

这还用你说——这大概是包括前排的各辖区代表在内，所有与会人员共同的心声。鹤崎到了这地步，还丝毫不能理解警员们的心情，要么是太迟钝，要么就是有病态施虐欲。古手川实在想不明白，这个男人到底怎么当上的管理官。

另一方面，鹤崎的抱怨也的确有合理之处。最近的报道，导致对青蛙男心生恐惧的首都圈居民人数激增。一直以来，不少人对这桩跨越县界的连环杀人案感到害怕，而网上广为传播的发现末松尸体的现场照片，无疑是引爆了这些不安的炸弹。尽管警方也告知了民众，照片是伪造的，但当时照片早已传遍各处，警方呼吁为时已晚。换个角度讲，末松被从脚尖开始慢慢粉碎是既定事实，本来也会导致各种各样的想象。从死亡方式和残留遗体的样子来说，这可以称得上最恐怖的杀人手法。

平时，警方会巧妙地隐藏死亡信息。尸体照片会严加看管不外泄，尽可能不让人看到。因为人类在看到同类的尸体时，会感到厌恶和绝望。

即使伪造的图片没有真实反映现场状态，也足够让人想象出受损的尸体。毕竟哪怕是习惯了尸体的古手川，当时也没能顺利消化，不难想象这会给普通民众带来多大的不安。仿佛是要证明其效果，不安之下，部分名字以"セ"和"ソ"开头的民众，选择了和安保公司签订合约，或者就近跑到警署寻求保护。眼下饭能市骚动再现的苗头，让古手川感到不寒而栗。

警方高层自然不会对民众的恐慌坐视不管。据渡濑说，警察厅给警视厅下达了非同寻常的命令。警视厅高层被平日里就看不顺眼的对手刁难，一肚子火，而他们的发泄对象，自然就是鹤崎。

鹤崎的抱怨仍在继续。

"还有就是，八刑也干了大蠢事。难以想象，竟然能让在押的犯人大白天成功越狱。况且这个越狱犯还和青蛙男当真胜雄有密切关系，舆论直接炸了锅。"

有动小百合的越狱，和本次连环杀人案并没有直接关系，所以八王子署的人并未参与联合调查。要是八王子署的人在场，估计也是如坐针毡。

鹤崎毫不掩饰焦躁地看了看渡濑。

"负责前回案子的渡濑警部，此次越狱的有动小百合，有没有可能和当真胜雄发生接触？"

"不好说。"

渡濑看都没看鹤崎一眼，回答时不耐烦的语调，让古手川等人听得很舒服。

"不过个人认为,有动小百合在青蛙男再次登场的节骨眼上越狱,单纯把这当作偶然处理的话,会很危险。"

"有动小百合作为正在接受治疗的患者,理论上应该接收不到外部消息才对。"

古手川不禁屏住了呼吸。

在小百合病情时好时坏反反复复时,正是古手川问过她,是否知道胜雄所在地。并且稍早的时候,他还和偶然在病房遇到的御子柴谈及过本案。

如果越狱后的小百合,真的和胜雄接触了的话……

不对,如果小百合越狱就是为了去见胜雄,那么给了她这个理由的,就是自己。

难以置信,原本是为了平息事态而做的努力,却弄巧成拙成了火上浇油。

渡濑依然面不改色,也不知他是否察觉到古手川的自责。

"虽说配备了医疗设施,但到底还是一座监狱。警察在楼内来来往往,护士也都是狱警。所以她也可能是从内部得知了当真胜雄的消息。反正不管怎么说,问题关键在于接下来怎么办。一个当真胜雄就够难缠的了,万一再加上有动小百合,无疑会带来更大的混乱。考虑到有动小百合的行动范围,我认为这件事光靠八王子署是不够的。"

大概是渡濑板着脸的样子让鹤崎感到不快,他明显很不高兴地呛声:

"警部你到底为什么这么害怕有动小百合和当真胜雄这对组合?虽然二人的确都不是善茬儿,但说穿了,也不过是一个女人和二十岁出头的小孩罢了。"

"您口中的女人和小孩的搭档，可曾经让整座城市陷入恐慌。"

"那是因为当时案子发生在地方城市。警部你刚才的发言，我感觉对二人恐惧过头了。"

古手川差点脱口而出反驳鹤崎的话。

这和地方城市根本没关系，渡濑惧怕的，也不是那些精神疾病的问题，而是他们的行为会激发那些藏在普通民众心底的攻击性和暴虐。

"渡濑警部很优秀，就因为优秀，才会连精神病患者的深渊也要去凝视，对吗？"

深知渡濑燃点低特性的埼玉县警众人快坐不住了。虽说在联合调查会议上发生乱斗的概率很小，但渡濑会不会挑事真不好说。其他与会人员大概也察觉到了空气里的异样，齐齐屏住呼吸，盯着发言台上的二人。

渡濑一如既往保持着凶暴的表情，微微抬了抬嘴角。

"不愧是鹤崎管理官，慧眼如炬。您的忠告，我铭记于心。"

渡濑的语气很敷衍，但一脸随时要揍人的表情让这句话听上去更像是威胁。鹤崎似乎有些害怕，别过了脸。

会议结束，渡濑离开座位向出口走去，似乎是在思考什么问题。古手川追上去，被他完全无视。看来刚才和鹤崎的对话，果然让渡濑不开心了。

"那个，班长，刚才……"

"别烦我。忙着呢。"

"您为什么生气？是因为管理官？还是因为我当时向有动小百合提问的方式？"

"生气？谁生气？"

渡濑回头看了古手川一眼。

无论古手川如何试图善意地解释这个眼神，也只能觉得自己是被狠狠地瞪了。他做好了随时被骂，甚至被揍的准备。

然而等待他的，却是十分意外的话。

"你没听见吗？笨蛋。那个管理官给了相当精彩的建议。案子要是解决了，鹤崎管理官无疑是最大功臣。"

"您这是……讽刺？"

"你连讽刺和赞美都分不出来了？"

即使是敬重的上司，也有古手川无法理解的时候，比如眼下。

虽然小百合越狱这点并未作为议题在会议上展开讨论，但现实中，舆论被青蛙男案件相关报道中出现的新角色点燃。

这个新角色，就是成功越狱的有动小百合。

在小百合之前，也发生过囚犯越狱事件，但都在一两天内就被逮捕了。可这次小百合越狱，至今没有丝毫线索，这让八王子市民十分不安。小百合并非单纯的囚徒，而是被关押之前杀害了四个人的罪犯。平时对待加害者人权问题小心翼翼的媒体，这次也打着保护市民的旗号大肆滚动播报小百合的面部照片。然而从民众那边征集到的线索，要么是缺乏证据，要么纯粹是流言，对警方的调查毫无帮助。

关于小百合丈夫的调查有了进展。早在三年前，有动真一就离家，在外和别的女人同居，现在住在冲绳县。出人意料的是，法律文件显示，二人至今仍是夫妻关系。据说对此，真一在电话中做出了如下解释：

"我出轨的契机,是感觉到了小百合被压抑的犯罪心理,想离她远点。"

之后他和小百合的距离越来越远,并且最终选择了私奔,可小百合似乎始终不同意在离婚协议上签字。再后来发生了饭能市的案子,小百合被关进八王子医疗监狱,离婚协议一事就只能不了了之。因此综合判断,小百合几乎不可能跑去冲绳找已经断绝关系的真一。况且从本土到冲绳,要么坐飞机,要么搭轮船,无论机场还是码头,警方都已经部署了警力,一旦小百合现身,立即可以实施抓捕。侦查本部也已经向冲绳县警方面发出了协查令,要求对真一家在内的各个地方实施监控。

不安会诱发焦躁,而焦躁则会使人攻击他人。精神疾病和犯罪心理原本应当一分为二地看待、讨论,但有动小百合的特殊性,让二者的边界变得模糊。尽管也有犯罪心理及心理学专家站出来,通过媒体呼吁大家,不要将二者混为一谈,但人们根本听不进去,尤其是那些试图趁乱攻击他人,以达到释放自身压力的人。再加上逃亡中的当真胜雄也是精神病患者,舆论早已在不知不觉间,将二人进行了绑定。

最先做出反应的是八王子市内孩子尚且年幼的父母们。他们主张:孩子们独自上下学很危险,因此要求警方负责每天保护孩子们上学放学,直到小百合和胜雄被抓捕归案。

某种意义上,这算是正常诉求,但不止八王子市内学校,周边地区的中小学也开始提出同样的要求。为此,八王子署光是在保护学龄儿童上学方面,就投入了大量警力,根本没有多余的人力去追踪小百合的下落。

紧接着做出反应的是盘踞在网上的网民。包括一直在匿名的保护下讴歌自由的人、慎重地陈述己见的人、从法律角度批判警察医院相关人士对应策略的人，不一而足。他们立场、主张不尽相同，但对被关押在医疗监狱的囚犯态度出奇一致。

"我去了一趟八刑，感觉作为监狱，守卫力量很一般。不知道是不是因为里边儿住的犯人都是病人？"

"医疗刑务所警备很水这事儿，因为预算不够。不过说起这个，有点本末倒置的意思。罪犯真的值得花那么多钱去治吗？高墙外边儿还有那么多善良却靠吃低保生存的民众，为什么要把税钱浪费在那种地方呢？"

"俗话说得好，给神经病递刀，'笑'（表情）。"

"有这类毛病的人就应该关一辈子。都没治好，谁知道还会不会再发病。"

"说到这个，就得扯一扯刑法第三十九条了。凭什么因为精神不正常，就给减刑或者判无罪，还要配上细致的照顾？我知道日本司法体系采用责任主义，但这也不是给精神病人优待的理由吧？这不就是在用我们的血汗钱供养那群人？可以说是太重视加害者人权带来的弊端了吧。"

"坊间都在说，现在越来越多医院不让高龄患者长期住院了，医疗费也不断在涨。穷人根本不敢得病。可医疗刑务所这种医院，却在免费为有身体、心理疾病的罪犯提供治疗。要不万一我哪天也得病治不起了，就去犯犯罪，麻烦相关单位给我关进去。"

"各位好。我就住在饭能市，亲眼见过青蛙男案时饭能市民的反应。当时流传着一种说法，说饭能署有一份名单，记载着因为第三十九条被免于刑罚的潜在犯罪者信息。之后可能成为青蛙男目标的人为了自保,要求警方公开名单,而警方没有否认名单存在,最终导致一部分市民发起暴动,最后甚至袭击了警署。这就是当时的大概情况。我看很多外地人都说,不敢相信平时老老实实的民众会变成暴徒,也不奇怪,毕竟不是被恐惧逼得走投无路的当事人很难理解体会那种心情。作为一个名字是'エ'打头的大老爷们儿,我现在也还不太敢独自走夜路。很多人可能觉得,群体心理无意识之类的概念离我们很远,但其实跟凑热闹去听演奏会一个性质。所以就算哪天出现第二个饭能市,我也不会感到意外。"

把医疗刑务所视为禁忌的媒体,也借着小百合越狱的机会,开始触及相关问题。报纸、杂志、电视等媒体自不必说,就连日本律师协会发行的会员刊物,也刊登了关于受刑者人权和民众安全的特辑,相关讨论可以说百家争鸣。

所谓敏感问题,就是不方便摆上台面谈论的事。其中包含着政府能多大程度保障民众生命安全,以及拨给刑事机关和受刑者的预算是否合适等议题。

所有让国民感到恐惧不安的事,都能直接转化为攻击政府的材料。目光敏锐的在野党党首迅速做出反应,在国会上提及了这个问题。

"最近新闻媒体正广泛报道,八王子医疗刑务所囚犯越狱事件,犯人至今仍未被逮捕归案,民众彻夜难眠。随之而来的是国民对国家司法体系的质疑。民众普遍认为,现在太偏向加害者,即便是出于对人权的尊重,也让人难以接受。另外,促进罪犯复归社会机制的有效性也饱受非议。众所周知,患有身心疾病的受刑者，如今被分别关押在全国共计四座医疗刑务所。这些机构的运转费、人力费、医疗费、设备费用等，给社会保障带来的压迫日益严重。与此同时，被收押人员复归社会所需时间极长，尤其是精神障碍患者，部分人甚至认为他们根本不可能真正回归社会。我个人绝不赞成侵害加害者人权，但现状是，即便政府为治疗受刑者以及促进他们回归社会，提供了充足的预算和充分的设备，却收效甚微。在此背景下，我们有理由认为这是在浪费税金。事实上，光是浪费或许还情有可原，有报告显示，刑事机构已经成了接收警察官僚和医疗从事者的垃圾场。敢问公安委员长是如何看待，一直声称要节约预算，受刑者再次犯罪率却不断上升的现状的呢？对此，还请您回答一下。"

内阁特命担当大臣兼国家公安委员会委员长出面进行了回答：

"首先，对于发生在八王子医疗刑务所的囚犯越狱事件，我深表遗憾。眼下相关部门正在积极调查，还请大家耐心等待结果。关于您方才提到的医疗刑务所年度预算和复归社会机制有效性的问题，如果您认为，政府不该在没有显著成果的地方投入预算，我必须站在国际人权保护立场上反对您的观点。轻视犯罪者人权不给收押机构花钱，这完全是独裁国家才会有的态度。当然，各刑事机构必须提升罪犯复归程序的成效性，降低再犯率。不过这些都不是能立竿见影得到解决的问题，所以还请各位不要做出草率的论断。"

国会答辩可谓隔靴搔痒，加上公安委员长顾左右而言他的手段高明，论战并未深化。

比国会答辩更有影响力的是网络留言板和各种媒体的报道，

以及某位人气女演员的采访。数年前,这位女演员的长女被一名刚从医疗监狱出狱不久的男性残忍杀害。她在接受喜欢炒话题的网络新闻媒体采访时,毅然决然地说道:

"说到底,我不明白为什么要对那些杀了人,本就该接受有罪判决的人实施医疗救助和延命治疗。"

这位女演员直白地说出了这些或许谁都想过,但不方便在公众场合说的话。而有那般凄惨遭遇的她,毫无疑问有讲这话的权利。在她的知名度和话题正当性的加持下,很长一段时间内,这番话成了舆论关注的焦点。

一名标榜人权的律师,率先对她的言论提出了异议。该律师在社交媒体上发表了反对言论后,靠采访女演员取得了关注度的媒体又促成了二人的对谈。

"首先,对您失去爱女一事,我深表同情。虽然我单身,但也能想象失去孩子的痛苦。"

"感谢。"

"然而我们必须把个人感情和社会制度分开看待。罪犯再凶残也是人类,无论被害者还是加害者,作为人类,二者拥有的权利实际上同等。"

"你是说,我被杀害的孩子,和杀害她的男人的人权,是一样的?"

"日本宪法规定,禁止残暴的刑罚。这反映了无论罪犯还是普通人都应该被平等对待的宪法精神。法律的根本目的,是保障个人权利和自由不被国家权力剥夺,在此基础上,才能有根据地对各种犯罪行为施加惩罚。如果罪与罚交由个人感情或时代背景决定,法律就会沦为私刑。"

"我也反对私刑。"

"感谢您的理解。"

"不过，如果国家再怎么努力，去构筑包括医疗刑务所在内的刑事机构，去促进囚犯回归社会，也无法降低再次犯罪率的话，您不觉得保护罪犯人权的法律也有不足之处吗？"

"我理解您的观点。但因为再次犯罪率未能改善，便一味地煽动社会不安的话，会导致国家刑事裁判权的扩大，以及法院判罚严苛化。"

"为什么不能对罪行进行严厉判罚？"

"因为判罚严苛化，会加剧国家权力肥大。最终会限制个人自由言论，给正常生活留下阴影，这就是独裁政治的起源。所以我希望大家能暂时忘掉再次犯罪率没能降低这一点，把目光放长远些，思考一下如果不能保障人权的普世价值，那么社会制度将难以为继的问题。恐惧和憎恶，不过是感情的一部分。制度是建立在理论基础上的，而感情，需要被控制。"

"您是说，让我忘记家人被杀害的仇恨，把凶手看作和自己一样的人……是这个意思吧？"

"从结论来说，是的。"

"无意冒犯，不过我认为，一个人在杀害他人的瞬间，就已经是野兽了。野兽没什么人权可言。"

"这是因为您作为遗属，受个人感情影响……"

"的确，这不过是遗属的情绪。可律师您所说的，也不过是大道理罢了。虽然失礼，但您的话没有一句能进到我心里，这难道不是因为您的理论不合理吗？听起来和演技很差、毫无感情照本宣科读剧本的演员表演差不多。"

"我又不是演员。"

"其实问题的关键是，在理解剧本前没有去先理解人心。接下来我要说的话想必不好听，不过我还是要说。我想，除非您有一天有了自己的家庭，您的孩子也被从医疗刑务所放出来的人杀害，否则不管您的理论说得多么头头是道，都不具备任何说服力。"

二人针锋相对的视频被上传到网络，吸引了众多感兴趣的观众，点击量以惊人的趋势增长。

就这样，无论是在网络上还是现实中，当真胜雄和有动小百合的组合，都成了恐怖的象征。不过古手川感觉到，试图搭这趟热议顺风车闹事的人，在慢慢减少。

能袖手旁观谈笑打趣，是尚有余裕的象征。一旦恐惧突破临界点，仅剩的余裕也会消失。不管是哄笑还是嘲笑，笑声停止后，将会是连一根针落到地上都清晰可闻的寂静，以及吞噬一切光源的无尽黑暗。

四起杀人案和两个杀人犯在逃的消息被广泛报道，但除了有孩子的家庭，普通民众生活其实并无太大变化。

但有某种难以言喻的气氛，确确实实覆盖了首都圈。而这一切，和古手川在饭能市的案件中深切感受过的气氛极其相似。

4

女演员关于医疗刑务所现状的质疑，同时也起到了助长对侦查本部的攻击。因为部分人觉得，既然不方便直接反对拥护受刑者人权，那至少可以骂一骂无能的警察来消消气。

因为警察不敬业，致使现在都没抓到青蛙男，没找回越狱犯——打到搜查本部的抗议电话一天比一天多。虽然抗议不过是民众恐惧的表现，但这依然加剧了奔波在现场的调查人员的精神疲劳。

导致精神疲劳最重要的原因，还是调查陷入了胶着状态。从四起案件的犯罪现场采集到的证物，总数超过了一千件，却仍未找到可以确认当真胜雄行踪的关键证据。

用来选取受害人的名单也一样。搜查本部认为，御前崎家的B5尺寸大学笔记本就是受害人名单，但笔记本的内容和去向不明朗。下一个受害者名字以"セ"开头的可能性非常高，然而符合条件的人实在太多，根本找不到有效对策。能做的顶多就是对跑到警局寻求保护的潜在受害人家进行定期巡查而已。

此外，从医疗监狱越狱的有动小百合也去向不明，并且毫无线索。越狱后，她一次没有触发过警方布下的排查网，也没有任何相关目击信息。合理的推测，就是她用从百合川护士那里抢走的两万日元现金买了车票，现在已经离开首都圈。这么一来，她已经脱离了以首都圈为中心展开调查的本部控制范围，只能请求周边县警的协助调查。

无论胜雄和小百合是单独行动还是一起行动，都是很棘手的大问题。这对杀人犯师生如果组团行动，将会相当具有威胁性。即便分头行动，也会分割警方人力，简直像是在和游击队战斗。对于有组织架构的警方而言，二人非常难对付。

调查触礁的同时，来自外界的非难和中伤声音也越来越大。虽然大家嘴上不说，但疲惫不堪的精神状态已经写在脸上，士兵都泄了气，战况自然会恶化。而这，正是恶性循环的开始。

胶着状态下的组织，每遭受一次外界攻击，外壳硬度就会得到一次强化。与此同时，一旦被束缚在坚硬的外壳中，组织内部就会很快开始争斗、分裂。联合侦查本部这边，表现在警视厅和埼玉县警对立上。

"是要让我们的人去负责神田车站周边问询？"

听到联合侦查会议上鹤崎分配的工作内容，渡濑大发雷霆，立刻做出了反击。

"熊谷市和埼玉市两个现场，都是我们的管辖范围。本来人力就有限，拆成两部分都奄奄一息了，哪儿有多余的人手放到其他现场去。"

被当众唱反调，身为管理官的鹤崎自然也不可能善罢甘休，乖乖收回自己的决策。

"当真胜雄在众目睽睽之下大胆作案的现场，可就神田车站一个。"

"站台监控摄像头既没拍到当真胜雄，也没拍到受害者。他们都被周围的人遮住了。目睹受害者掉下站台的，也只有两个人，不是吗？"

"是站出来说自己看到的人只有两个。肯定有通勤乘客看到过当真胜雄把志保美纯推下站台后，从站台和站内逃走的样子。"

案发当时虽然已经过了上班高峰期，但站台和站内都挤满了人。监视摄像头拍到了这些画面，于是警视厅想通过记录，把乘客一个个找出来问话。

然而不难想象，相对投入的人力资源，这种调查性价比极低。即便得到了关于当真胜雄的目击证词，也没法推测出他的行动轨迹。不放过任何细节的调查方针，看似无懈可击，却仅限于对抓捕嫌疑人有用的场合，指望不上有价值线索的调查，大量投入人力就是一种浪费，说直白一点，就是想找借口推诿才会干的事。

渡濑是一个不管不顾的人，但并非不带脑子有勇无谋。他不过是在深谋远虑后表达意见时态度强硬而已。不管效率还是正确率，他都会考量。在渡濑眼里，毫无章法的调查没有价值，根本不可取。

"通勤乘客肯定会在相同的时间再到车站，那时候最适合问询。虽然很多人忙着去上班，但问话内容不复杂，不会浪费太多时间，想必大家都会配合。"

"管理官，我说的不是这个问题。嫌疑最大的流浪汉，在荒川综合运动公园河岸边的帐篷村被目睹，如果要展开地毯式搜查，当然要优先那边。"

"你说的我自然也考虑到了。"

面对反对意见，鹤崎似乎非常不满。怒气快要喷薄而出的他狠狠地瞪着渡濑。

"那边的调查，问询对象是住在帐篷村的人，以前政府强行要求他们搬离过，所以很多人心怀不满。这么一来，问询需要的时间也会变长。我会让我这边的人去负责这个工作。"

也就是说，他是把收集最新的，并且大概是最有用的信息的工作，交给了警视厅的人，其他近乎打杂的事，就推给埼玉县警和千叶县警。

埼玉县警管方面的人无一不对这露骨的方针感到不满。警视厅的人也有些坐立难安，皱起眉头。

"你有什么意见吗？渡濑警部。"

"我想请教一下，您这么分配工作的理由。"

"这还用说吗？当然是根据大家的破案率分的。"

正中渡濑下怀。埼玉县警，尤其是渡濑班的人都不怀好意地笑了。警视厅的平均破案率是八成，而渡濑班则超过了九成。要说破案率，渡濑班占据绝对上风。渡濑似乎也这么想，因此面对鹤崎不无挑衅意味的话面不改色。

"原来如此，适材适所啊。那关于追捕有动小百合的问题，您是怎么打算的呢？"

"她父母已经双双去世，能说得上亲人的，只有住在冲绳的丈夫。冲绳的机场和轮船停靠点，以及她丈夫的住处，我们都已经派了人监视。她基本上没有朋友，这方面可以无视。身上的钱，也就袭击护士得来的两万日元，所以逃亡生活肯定维持不了太久。等钱用完了，她就会用公交卡去买东西，一旦她用了卡，抓捕的时机也就到了。"

鹤崎所说的是百合川护士被盗的兼具乘坐公交和移动支付功能的公交卡。一旦使用，就会在各个铁路公司和移动支付加盟店的机器、电脑上留下记录。也就是说，坐等那个记录被上传，然后搜查本部再伺机行动。

"要是一切都能按警方的想象发展,就不用费这么大力气了。"

闻言,渡濑怒目圆睁。

"你是在讽刺当真胜雄身上没钱但一直成功逃亡的事?"

"不是。我只是想说,不能小瞧那两个人的行动能力。"

"看来渡濑警部你还真是很看得起那两个杀人魔啊。"

是你太看轻他们了——听着二人的对话,古手川心里沉寂已久的反抗心久违地再次苏醒。

"且不论我是不是太高看他们,我还是认为这样的人力配置有失平衡。"

"没成效的话,再适时调整不就行了。"

"侦查员可不是棋子。"

二人的对话让会议室的空气一下子紧张起来。似乎没人想到,县警警部竟然会当众跟警视厅管理官叫板,警视厅的人也大气不敢出,静观事态变化。

"士兵不服从上级指挥,要怎么继续调查?!"

"没说不服从指挥,只是希望您能慎重考虑一下效率问题。"

"这是我觉得最有效率的人员配置。被指派来负责案子的是我,我不接受你的指手画脚。"

"我不是在指手画脚,是在提建议。"

"我怎么不觉得你的语气是在提建议呢?"

联合调查本部的指挥权,属于调查本部所在地警方。本次案件,调查本部设立在埼玉县警本部,所以虽然鹤崎被指派为责任人,但实际上拥有官方指挥权的,是里中本部长。

因此,众人目光自然都汇聚到了坐在发言台末端的里中身上。里中似乎也感觉到大家在期待他出来调停，满脸困扰地看了看渡濑和鹤崎，尔后不情不愿地开口道：

"我说渡濑警部，这件事就全权交给管理官安排嘛。不管再怎么凶残，也不过是二十来岁的年轻人和中年女人而已。眼下他们走运，但好运肯定不会持续下去。没准儿很容易就把他们抓捕归案了呢？"

当初在饭能的事里栽了那么大个跟头，怎么还说得出这种话——

古手川复苏的反抗心理战胜了他的自制力，没等反应过来，他已经开了口。

"还是不要小瞧那两人为妙哦。"

面对古手川几乎是无意识脱口而出的话，包括发言席上的渡濑在内，所有在场的人都看了过去。虽然古手川也想打个混混糊弄过去，但另一个自己没有同意。

"在座各位有人和他们正面交锋过吗？我有过，并且两次都差点死了。"

话音刚落，古手川感觉左腿隐隐作痛。明明早就拆掉了绷带，那时受的伤也已经愈合，但记忆总会在某些时刻被唤醒，就如同此刻。

"当真胜雄虽然看上去不怎么样，实际上力气大得惊人。一对一的肉搏战，估计在座各位都占不了便宜。有动小百合也是。她看起来是一个柔弱的普通家庭主妇，可一旦发疯，就跟猫一样敏捷。小瞧他们会很惨，没准儿小命不保，所以还请各位千万不要掉以轻心。"

说完，感到些许痛快的同时，后悔海啸般涌上心头。鹤崎一副要杀人的表情盯着他。

古手川心想：算了不管了，被警视厅管理官瞪了又能如何呢。

不过古手川忘了一件事，那位视线最有杀伤力的上司也在场。

出乎古手川预想的是，渡濑竟然没什么反应。渡濑一直都满脸不高兴，然而此刻他看向古手川的眼神里，竟然有种近乎放弃的神色。

这份寂静令古手川头皮发麻。

会议结束后，古手川坐在刑警办公室等待着。果不其然，渡濑一脸凶恶地向他走去。

"有什么指令吗？"

"课长下了命令。你被踢出局了。"

"啊？"

"刚下的命令：即刻起，古手川和也巡查部长不再参与青蛙男一案调查，让他去负责别的案件。"

古手川大惊，立刻站了起来。

"理由呢？"

"你问问你自己。你刚才可是在公然反抗侦查本部的责任者和掌握指挥权的人。难不成你觉得还会受表扬？"

"我不接受。栗栖课长应该知道我有多熟悉那两个人。把最了解犯人的刑警踢出去，这也太蠢了。"

"你才蠢。还不明白吗？要求你出局的是鹤崎管理官。"

"那我就更不懂了。警视厅的管理官和我有什么关系。"

渡濑似乎气不打一处来，一屁股坐到了桌子上。

"好像是警视总监给压力了。毕竟这起案子已经闹到了国会，被拎出来当靶子的可是国家公安委员长。你应该也能想象到给警察厅长官、警视厅总监压力吧。鹤崎肯定被要求争分夺秒尽早破案了。人一旦被逼到绝路，就会疑神疑鬼。看到对自己有所不满的人，自然会想把对方排除出局，所以里中本部长站出来了。你小子可能觉得，熟悉那俩人是你的优势，但反过来讲，没准儿你会对他们产生同情呢？鹤崎当然不会允许这么个危险分子继续留在本部，万一被你反将一军怎么办。所以踢你出局理所当然。"

"命都差点没了，我还抱有同情？这是什么新型笑话吗？"

太不合理的逻辑让古手川不禁失笑。

"不管是什么形式，一旦和嫌疑人有密切联系，万一出事就可能被问责。有动小百合越狱的事已经饱受舆论关注了，再有个三长两短，本部长以下课长级别的人都可能被追究责任。"

"所以把我赶走，说到底不就是为了自保吗？"

"毕竟对他来说，有比青蛙男和有动小百合更可怕的东西。"

"我这就去申请撤销命令。"

转身离去的古手川背后响起怒吼。

"不行！你是不是觉得你自己就能解决问题？"

古手川似乎被一双无形的手紧紧抓住了双肩，动弹不得。

"已经决定了。"

他慢慢转过身，却没看到想象中愤怒的渡濑。

"你已经和这起案子无关了。关于这件事，我没什么可命令你的了。你懂我的意思吧？你小子就按照自己的方式，去结束这一切吧。"

卷五

1

古手川以前和渡濑一起去过御子柴的事务所，知道地点在虎之门，于是他径直开车向都内驶去。

今天的副驾驶座上，没有了渡濑的身影。自从上次青蛙男案以来，古手川还是第一次单独行动，并且那时是为了私事，他甚至没意识到自己的行动坏了规矩。

不过这次不一样。古手川无视调查需要两名警员搭档的原则，独自一人开始了调查。

"所以关于这件事，我没什么可命令你的了。你懂我的意思吧？你小子就按照自己的方式，好好结束这一切吧。"——渡濑这番话，正是他此次单独行动的契机。自己和案子打了这么久的交道，怎么能如此轻易就退出。更重要的是，古手川已经被这是属于自己的案子的观念，牢牢地束缚住了。

古手川听闻被调离调查组时，差点马上跑去找课长申诉。渡濑拦下他，并说了那一番话，肯定有其深意。

虽然古手川不敢期望渡濑会温柔到替自己收拾残局，但随着案情发展，渡濑已经在暗示古手川：与其干着急，不如行动起来，要不要遵守课长命令，决定权在你自己。

古手川在想，没准儿这是渡濑扔过来的试金石。试探他是选择放过机会，还是咬紧不放。做出选择，将会决定他是否有作为刑警的资格。

抵达目的地所在大楼，古手川乘电梯上了三楼。这次会面，他没有提前预约。一来是因为在单独行动，二来是他有种预感，出其不意反而会套出真话。

御子柴法律事务所在出电梯左拐的位置。上次来的时候，写有事务所名字的牌子正中央有道裂缝，这次则有了两道伤痕，还用胶带修补了一下。每次挂上牌子都会被恶作剧，看来是相当不受待见了。

古手川敲了敲门，随后走入室内，一名女性工作人员从椅子上起身。没记错的话，她叫日下部洋子。能在这个臭名昭著的律师的事务所长期工作，要么是收入丰厚，要么这位女性也不是善茬儿。

洋子似乎也认出了古手川，并想起了什么，而古手川则一心寻找御子柴的身影，视线四处游走间，他察觉到了异样。

房间里纸箱堆积成山，柜子却与之相反，空空荡荡。不难看出这是在打包东西准备搬家。

挡板对面，隐约可见一个人影在活动。

"御子柴先生。"

古手川有些抗拒称呼他为律师。洋子慌忙起身阻拦，但那个人影反应更快一步。

"哦？是你啊。你应该没预约吧？"

御子柴从隔板后探出头，有些惊讶地看着古手川。古手川则完全无视洋子的阻拦，朝御子柴走去。

"我想，要是预约，你不一定愿意见我。"

"这强硬的作风是跟那位上司学的吧？"

259

"近朱者赤嘛。"

"也是。不过你还是比渡濑警部嫩了点。"

虽然不知道他所说的嫩具体指什么，但绝对不是表扬。

"哪方面嫩？"

"你看不出来对方没空搭理你？"

御子柴拉开办公桌抽屉，给走到跟前的古手川看。

"是要搬家？"

"至少不是连夜逃跑。"

"这里不是离东京地方裁判所很近的好位置吗？"

"离委托人近的位置更方便。"

听到这里，古手川反应了过来。御子柴的顾客，要么是身份可疑的人，要么是刑事案件的被告人。

"是小菅附近？"

没回应，估计猜得八九不离十。

古手川想起曾听渡濑提过，大约半年前，御子柴在某次庭审中出庭辩护，结果在法庭上被揭了老底。不管御子柴多有能力，被称作"尸体配送员"不光彩的过去，还是会让客户避之不及。御子柴法律事务所的收入，主要是来自大公司的顾问费，被顾客解除顾问合约，自然会给事务所经营带来毁灭性打击。也就是说，现在他或许连支付虎之门办公室的租金都付不起了。

这个曾经被吹捧为最糟糕也最强大的律师的男人，就这样从荣华富贵的宝座上跌落了？古手川被开始对御子柴萌生亲近感的自己吓了一跳。

"事务所搬家有那么稀奇吗？你站那儿很碍事，可以请你回去了吗？"

"我有事想问你。"

"协助警察办案我又得不到半毛钱好处。赶紧走人。"

"有动小百合去哪儿了？"

这句话宛如咒语。

"我不知道你在说什么。"

"别装傻。她从八刑越狱的事，你肯定也看过报道了。你不是她的辩护律师兼身份保证人吗？"

"你想说我把她藏起来了？"

"这种事没准儿你真能干得出来。为了保护委托人的利益，你甚至不介意犯一两桩罪，不是吗？"

"无聊。"御子柴不屑地说。

"不知道你怎么得出这种结论的。看来不管是旁若无人的态度，还是思维逻辑，你果然远远都赶不上渡濑警部。我是有动小百合辩护律师兼身份保证人的事，八王子署早就知道了。她越狱当天，这家事务所和我的住处就都被查过了。"

"你怎么可能把人藏在明显会被警方查到的地方。"

"你的意思是我找了个别院藏了个女人？听起来很厉害嘛，那你觉得这么有钱的律师为什么要从虎之门搬到偏僻的地儿去？"

"你也有可能卖了自己的住处给她提供藏身地。"

"你脑子到底怎么长的？那已经大大超出律师和委托人的关系了。"

"就是这么回事。你和有动小百合，绝对不是单纯的律师和委托人的关系。就像我和她，不只是警察和嫌疑人的关系一样。"

御子柴的脸上似乎闪过一道阴影。

见他紧锁的心房露出了一丝破绽,古手川自然不能放过机会,他想把那丝空隙扯得更大。

"当时在八刑,她弹起《热情》的时候,你根本无法保持平静,我在旁边看得很清楚。我猜你的表情肯定和我一样。"

"你在胡说什么。"

"不,你很清楚我在说什么。作为有动小百合的听众,你和我是同类。虽然这个事实让人不爽。"

御子柴看着古手川,眼神很难读懂。古手川抬眼看去,愣了一下。这个臭名昭著的律师的瞳孔,仿佛是无光的无底深渊。

御子柴缓缓起身,给洋子递了个眼神。大概是事先约定好的信号,洋子了然于心的样子转身离开,走进了别的房间。

"在那儿傻站着太碍眼了。"

古手川觉得这句话是在让自己坐下,于是从御子柴面前拉了把椅子,坐了下去。

"你说我们是同一类听众?我不知道你这话什么意思。她的技巧当然不算烂,但也就是普通钢琴教师的水准而已,又不是能开演奏会的钢琴家。"

"可是,我被她的击键吸引了。不管是什么钢琴,有动小百合的琴声总能紧紧抓住我的心。"

古手川边说边对自己的愚蠢感到生气,他居然在寻求眼前这个犯下不止一桩罪行的男人的同感,还真是幼稚得可以。

不过即便如此,他也不打算轻视自己和御子柴唯一的共同点。因为他毫不怀疑,最清楚小百合行动心理的人,就是御子柴。

"不是技巧的问题,也不是作曲者贝多芬的原因。倒不是因为我知道她的过去,所以刻意这么讲。那是罪人的音乐,是用沾满别人鲜血的手演奏的音乐,所以我才会被深深吸引。"

古手川想起遥远的往昔,对全身心信赖自己的亲友坐视不管,使他一直饱受负罪感的折磨。那段记忆一直烙印在他心底,不曾消失。每当他看到右手掌心平行的两条伤痕,就会想起自己的罪孽。

尽管不是亲自动手,但自己的确杀死了一个人。自己的袖手旁观,杀死了本该保护的人。正因为没有亲自动手,所以并未受到惩罚,与之相对地,罪恶感也格外深重。

御子柴也同样是罪人。他杀害了身边的五岁小孩,并因未成年人保护法免于刑罚。现在,他摇身一变成了律师,好像什么都没发生过,但他也是逃脱了责罚的罪人。

"我杀过人。"

听到古手川的话,御子柴眉毛动了动。

"那时我才十岁,有一个很信赖我的朋友。当时他遇到校园暴力,而我不想惹麻烦,就和他拉开了距离。最后他从学校房顶上跳了下去,当场死亡。"

"那又不算你杀的。"

"但他自杀的导火索是我,所以没什么区别。"

"哼。你是想说,你杀人的负罪感被她的琴声放大了?话说回来,她也在少女时期残忍杀害过一个比她小的幼女,看来杀过人的人的琴声,的确会引发犯下同样罪恶的人的共鸣了。"

御子柴嘴角扯出一个夸张的弧度。

"这种事情,平庸的心理学者估计会鼓掌叫好。不过不好意思,我既不会感到罪恶也不会厌弃自己,我可不懂别人的痛。"

"所以也不会感受到自己的痛?"

"随便你怎么给我扣帽子,反正我会被有动小百合的钢琴吸引,完全是类似洗脑的结果。毕竟我住院之后第一次认真听完现场演奏,听的就是她弹的《热情》。也就是所谓的重要原初记忆,没什么特别的。你不是我,我也不是你,所以你也别摆出门外汉讲大道理跟我说教了,滑稽得可笑。"

御子柴摆了摆手,似乎觉得眼下的对话很蠢。

"我当她的辩护律师和身份保证人,仅仅因为和她是老相识。你要指望我和她之间发生过什么浪漫故事的话,只怕会被有动小百合钻了空子。"

"是吗?老相识也没关系,告诉我她在哪里。要是她和当真胜雄接上头,噩梦会再次上演。"

"现在不已经是噩梦了吗?对那些无罪的善男善女们来说。"

"会有更可怕的噩梦。"

"你不是刑警吗?怎么还有被害妄想症?"

"我好歹也差点被弄死,这不是被害妄想,是有理有据的亲身经验。况且这也不是我个人或者民众会如何的问题。"

"什么意思?"

古手川直直地盯着对方的双眼。

"我想救有动小百合和当真胜雄。"

"……你认真的?他们可都是专业医生都治不好的精神病。"

御子柴的眼神昏暗又冰冷,一如既往地令人感到不舒服,但对古手川来说,还是比渡濑容易对付,于是他把脸凑得更近了。

"对手可是侦查本部,他们也动了真格了。要是他们中有人持有武器,本部肯定会下令射杀。她死于这种方式你也无所谓吗?你就不想再听一次有动小百合的钢琴吗?"

已经没有组织语言的余地，古手川直接想到什么说什么。论交涉和辩论，他完全不觉得自己能赢过眼前的男人，所以只能选择毫无保留地用感情做武器，试图击溃对方的防御。

"精神病基本上治不好，但我听说可能宽解。他们还有恢复平稳的机会。"

"我也知道宽解的概念，但那不过是片刻休息罢了。盘踞在人心底的野兽，哪怕短暂睡过去，也随时可能醒来继续吃人。"

"那就算有动小百合被杀死，你也无所谓吗？"

"古手川君呀，你还太年轻，还不懂。大概因为你一直跟着那个直率的警部，所以没注意到吧，这个世界上，有些生命就该葬送。有些人，既没必要救赎，也没必要同情。"

御子柴用嘲讽哀怜参半的眼神看着古手川。

好像把犯罪特权化说成无法救赎也是一种名誉一样。

"混账律师你装什么酷。"

古手川扬起下巴怒骂道。

"那可不是由你决定的！总之快告诉我有动小百合在哪儿！之后的事之后再说。"

"率性而为加横冲直撞，看来警部的劳苦都白费了。"

"放心吧，我的调查和警部没关系。一切都是我个人的独断专行。"

"万一发生什么意外，你打算一个人扛下所有责任？"

"谁知道呢。顶多就是没法儿往上升了呗。"

"哼。你是打算和他们殉情？"

"如果只剩这一条路，那也行。"

"你认真的？"

"如果靠牺牲我一个人能阻止这场噩梦，那折断我一两条腿也没关系。上一次我没了半条命，不也一样站起来了吗？"

"没救了。"

"没错。要救的话，救那两个人就够了。"

"……跟讲不到一起去的人聊天真累。"

御子柴抬头，长叹了一口气。

"虽然你可能不信，不过我的确没包庇有动小百合。"

"比起已经分手的丈夫，难道不是你和她距离更近吗？"

"你错了。哪怕是在八刑探监的时候，她也不怎么听我说的话，要么是单方面倾诉，要么是弹琴给我听。跟一起来独奏会的听众打招呼似的，根本谈不上亲不亲近。"

"那你多少会有点头绪吧？"

"我也稍微夸夸你吧。你也就死缠烂打方面和警部有一拼了。不过这死缠烂打的精神，不放在其他地方的话，只是瞎忙活而已。麻烦你稍微动动脑子。且不说已经被列为嫌疑人的当真胜雄，小百合目前还只是越狱，我到底是包庇藏匿她更好呢？还是把她交给警察更有利？"

御子柴说得没错。考虑到小百合将要面临的处分，趁现在把她抓起来，后果最轻。

"别忘了，我是她的辩护律师。从最大限度地保障委托人利益方面讲，让她被警方监管起来才是我的最佳选择。我可不会蠢到让她罪上加罪。所以，如果我能知道她会去的地方，早就找到她了。"

"……你没骗我吧。"

"律师只会在对委托人有利的情况下撒谎。话说到这个份儿上你要还怀疑我，那只能随你便了。"

御子柴的话不无道理。光靠表情无法判断他是否在说谎，但至少语言逻辑方面毫无破绽。

古手川突然失去了力气。御子柴是他能想到的唯一突破口，连他这里都找不到线索，也就无法找出小百合的行踪了。

"怎么了？看你好像一头雾水的样子。难不成你把我当成最后的希望了？"

"废话多。"

"渡濑警部也失手了啊。"

"什么？"

"我说他教育手下的方法。还是说，该教的他都教了，怪只怪学生脑子太不灵光？"

面对御子柴赤裸裸的语言挑衅，古手川也没蠢到上钩。

"你见过正常生活的有动小百合，对吧？"

"我从她给当真胜雄实施音乐疗法的时候就认识她了。"

"那时候的她，没什么异常表现吗？"

"没什么特别的吧。"

"也就是说，她表面上和正常人一样。"

"当时和她独处，我开始怀疑她有嫌疑的时候，她突然跟变了个人似的。"

"也就是说，即便在疯狂状态，她依然可以根据需要做个正常人，或者说装得像个正常人。那么在我们面前弹奏《热情》时的她，精神状态到底正不正常呢？她难道不是一边默默盘算着逃跑，一边若无其事地演奏？"

"那又如何？"

"你说过以前差点被她弄死,对吧?她那时是怎么行动的?是像头完全丧失理性的野兽一样袭击你?还是哪怕是野兽,也是捕猎一样,观察着猎物的举动,切切实实地准备着攻击?"

古手川回想着当时的状况,想起在完全隔音没有光源的黑暗中,小百合不断用武器攻击自己的样子。

"毫无疑问,她是先观察我的位置,再发动的攻击。"

"哼。也就是说,即使是在行凶时,她也能冷静做出判断。她的大多数行动,都基于这个原理。"

"你是说,你能看透她的行动原理?"

"我刚说过,我很久没和她见过面了,哪怕是最近的探监,也几乎没有算得上对话的交流。如果说有人能看穿她的行动原理,那肯定是和她有过长期接触,并且差点被她夺走性命的你。只可惜你思考得太少。"

随着对话深入,古手川有点明白了。这个男人看上去像是在挑衅他,但实际上是在进行说明,并试图提出忠告。

"虽然也属于医疗机构,但八刑毫无疑问是刑事机关。能从那里逃走,小百合不可能一无所知。突然袭击负责自己的护士,当场换了衣服从正面玄关光明正大地离开。这种大胆的举动,无疑是经过了缜密的计划。"

"你想说什么?"

"我想说,如果把她的行为按照精神病人方向去理解,肯定会倒大霉。她能顺利从八刑逃走,应该归功于计划。换句话说,她不是一时冲动越狱,背后肯定有更深刻的动机。她是为了实现某种目的才选择越狱。"

说到这里,御子柴的意图已经很明显了。

比起漫无目地地四处找寻，找出她的动机更重要。只要能明确小百合的动机，自然也能找到她的去向。

"有人说，人是不会变的。"

突然，御子柴话锋一转。

"不是有句谚语吗，三岁看老，我觉得这句话某种意义上是对的。不过也有人并非如此。有些人即便被仇恨和绝望牢牢困住，也依然想改变自己的人生，坚持挣扎。有动小百合属于哪种呢？太久没见，我也判断不了了。"

"你希望她改变吗？"

"无所谓，又不关我的事。"

你希望自己的人生改变吗？你的人生改变了吗？——这两个疑问瞬间浮现在古手川脑海，但他没有问出口。

"面谈时间很短的辩护律师能说的就这些了，不管你满不满意，赶紧走人。这是第三次警告了。你要是还不走，我就告你非法停留。"

"……感谢合作。"

"不需要。"

古手川被驱逐离开了办公室。随后他开始思考小百合越狱的动机。

事到如今也没必要继续逞强否认了，他对小百合怀抱的思慕之情，就是对母亲的感情。对于幼年时期便失去了正常家庭的古手川来说，小百合就像是母亲的替身。而古手川之所以对小百合的亲生儿子以及胜雄产生伙伴意识，多半也是因为这个。

承认这一点，他花了整整一年时间。究其原因，不仅是他不愿意承认自己的幼稚，还因为他拒绝承认自己憧憬的对象，竟然是一个丧失了人性的女人。

事已至此,他也没工夫再去纠缠琐事了。毕竟就连那个御子柴,也没有提供关于小百合的线索,剩下的必须要靠自己想办法解决。

钻进车内,古手川一边转动钥匙一边沉思。

御子柴让他思考小百合的动机。小百合冒着犯下重罪的风险也要离开八刑的原因,到底是什么呢?

不能通过书信传递的信息。

不能通过探监实现的,或者说无法去探监的人有关的事。

思来想去,理由都指向了一点,那就是胜雄。

胜雄虽然曾是她随意摆布的道具,但同时也是她倾注了感情,视如己出的人。如今胜雄作为新青蛙男,被列为嫌疑人,被警方和媒体追逐着,有动小百合一定是为了见胜雄,才选择了从八刑逃走。

那么假如她见到了胜雄,又打算做些什么呢?

古手川告诫自己,千万不能被常识蒙蔽,不管再难,也要贴近小百合的心理去思考。

小百合患有人格分裂症。尽管于他而言,光是想象病症本身已经非常困难,但这是当下必须要做的事。古手川发动所有的想象力,试图接近小百合的心理。

小百合幼年曾遭受亲生父亲性虐待,只能屈从于对方。之后作为补偿,为了自我肯定,她开始杀害小动物,后来行为渐渐升级,最终出现了人格分裂症状。两个人格在日常生活中不断分离又融合,导致小百合的精神平衡岌岌可危,钢琴成了她唯一维持平衡的砝码。

她对胜雄实施的音乐疗法,或许不仅在胜雄身上起效,在自己身上也有效果——这是小百合被关进八刑后,渡濑自言自语时说过的话,如今古手川终于理解了。小百合一方面把音乐当精神镇静剂喂给胜雄;另一方面,她也通过音乐维持着自身的精神平衡。

被音乐联系起来的师生,以及近似家人的关系。

失去了亲生儿子,胜雄就是小百合的孩子。如果这个孩子继承了御前崎教授的遗志,选择在黑暗中跳梁跋扈,那么作为母亲,她会采取的态度无非两种:

要么阻止他,要么帮助他。

无论选择哪种,小百合都需要先和胜雄碰面。而实现这一点最快捷的方式,就是比胜雄先抵达他的目的地。

胜雄按照御前崎教授留下的笔记,持续着杀戮行动。也就是说,胜雄的目标,就是御前崎教授的目标。

发生在松户的御前崎爱女和外孙女惨遭杀害的案件,杀人凶手虽然是古泽冬树,但为他争取到无罪判决的人,是狼狈为奸的律师和精神鉴定者。后来,筹划了整个计划的卫藤律师,以及伪造了鉴定结果的末松健三都惨遭杀害,现在只剩下还在医疗刑务所里的古泽冬树了。

这下线索连起来了。在松户市古泽家周围徘徊的尾上会被疑似胜雄的男人袭击的原因虽然还不明朗,但肯定是因为对方认为尾上会阻碍犯罪行动。

胜雄下一个目标,是古泽。

2

"起床。"

和其他监狱一样,冈崎医疗监狱的一天也从早上七点开始。蜷缩在多人间角落被子里的古泽冬树听到狱警的声音后,慢悠悠地坐起身。

刚开始他嫌狱警声音刺耳,渐渐习惯后就不觉得有什么了。听说新建的监狱起床和就寝以及其他号令,都将通过安装在各个房间的扩音器播报,相比之下,这边或许还更人性化些。

在他完全清醒前,一股异臭钻进了鼻子,像是要粘在黏膜上一般的屎尿臭。四五九二号,那个姓岩谷的垃圾男人肯定又睡觉流口水了。古泽用毛毯盖住鼻子。不能选择狱友,算是多人间的缺点之一。

冈崎医疗监狱原本是少管所,所以单人间极少。作为收容患有精神障碍的犯人的刑事设施,多少有点不够格,低到仅有百分之五十三的在押率,也说明了这个问题。有精神病的犯人,一开始是需要关在单独牢房确认病情是否缓和,但现实却不允许这么做。这所监狱原本打算多关些犯人,但碍于建筑和设施已有四十八年历史,不得不限制人数,以避免犯人间发生冲突。

医疗监狱如此垃圾的原因还有一个,那就是不能在未经患有精神病的本人许可的情况下,强制对其实施医学治疗。虽然似乎是顾及囚犯人权的考量，但对先关进来的人来说，非常麻烦。就因为这个规矩，导致他被迫和这些根本没怎么接受治疗的犯人共处一室，甚至不得不和岩谷这种人睡一间房。

每天都待在这种地方，没病也得逼出精神病来——古泽很想大声控诉，但毕竟自己就是以患有精神病为由得以从轻处罚的，也没什么资格抱怨。

早上七点二十五分，早餐。

混合了四成大麦的米饭和煎蛋以及泡菜，配饭佐料和放了葱的汤汁。也不知道算不算健康，反正全都口味淡到让人怀疑在吃医院食堂。古泽心里盘算，等出去了，首先要去吃顿重口味的饭。说医疗监狱照顾到囚犯的健康，听上去倒是好听，实际上却勾起了他对花花世界的乡愁。

不过因为食物卡路里很低，吃了不会发胖，这算监狱食堂为数不多的优点。古泽住进来以后，已经成功减重五公斤。健康的作息，适度的运动，以及低卡路里的食物，精神方面另当别论，就健康层面来讲还是很有益处的。古泽甚至在想，要是出去以后闲得没事做，不如写本书，就叫《你也可以实践起来的监狱减肥》。

不过吃早饭时也有很烦人的事。或许是心智退化成了幼儿，总有人吃饭像狗啃食，吃得到处都是。饭点就该安安静静吃饭，却有人不停自言自语，嘟囔着诸如"我讨厌鸡蛋""红味噌更好"之类的废话，还有人把配饭佐料全倒进汤里。每每看到、听到这些，古泽都怒火中烧，于是他决定视而不见，只可惜没法做到充耳不闻。

古泽忍耐着各种噪声默默动着筷子，突然有飞沫溅到了他的右脸。他转过头去，只见坐在一旁的四五六零号滨田正用手指戳汤玩。

"嘿嘿嘿嘿嘿。"

大概是觉得自己的恶作剧被人看到了，滨田有点不好意思地对古泽笑。古泽很想揍他，但自制力阻止了他。他现在的人设是：原本患有精神障碍，但经过集体生活和有效治疗，病情得到了缓解，要是在这个节骨眼儿上挑事，那迄今为止的辛苦就都要打水漂了。

早上七点五十分，离开房间。古泽一行人朝第二作业疗法中心走去。

进监狱后，首先是在单人间等待病情稳定，然后进入生活疗法中心。生活疗法中心会播放音乐，让囚犯做些负荷很轻的工作，环境也最舒适。每周一、三、四、五下午一点开始，还有一个小时的卡拉OK、套圈儿、打保龄球、画画时间。这些娱乐活动能被批准，是出于其维持精神障碍患者内心平静的名义。

如果病情得到进一步稳定，就会进入第一作业疗法中心，而后是第二作业疗法中心。越往上，工作内容自然也越接近普通监狱。这里的工作某种意义上也可以看作职业训练。

上午八点，开始工作。

毕竟是一座医疗监狱，这里不会有使用加工车床、钻孔机、电锯等工具的工作。古泽被分配到的是西洋兰花培植。从播种到育成的整整一年里，他都在亲近土壤和草木。尽管古泽觉得，提出这个方案，认为多看花能净化升华人类感情的人未免太不懂人心，但的确也有满含深情盯着花瓣的犯人，所以或许那人也没错。

被分派到第二作业疗法中心的人大都话少，古泽也一样。或许是觉得说得越多对自己越不利,于是他只是一味地和西洋兰花进行无声对话。在旁人眼里,他们大概像是一群被豢养的家猫。

不过在古泽看来,这里面不乏正磨砺爪子的山猫。事实上,这群人里面有好几个都是在扮演"处于宽解状态的精神病患者"。或许是为了得到减刑,又或许只是想减轻工作负担,反正有好些明明比其他犯人更极端的人,伪装成了被家养的猫。所谓装乖大概就是这个意思。

建议古泽装成精神病的是主动要求替他辩护的律师,名叫卫藤和义。

"你知道刑法第三十九条吗?"

"知道。是心神丧失……来着?就是患有严重精神病的人可以免罪那玩意儿对吧。"

"准确说对心神丧失者的行为不予处罚。心神耗弱者的行为则相应减轻刑罚。"

"哈哈,我知道了,你是想让我装成精神病人?可是律师先生,那种把戏,职业医生一眼就能看穿吧。"

"这个你放心。会有这方面的专家手把手教你在法庭上该怎么做,你只要按照那个医生的指示去做就行。"

"这种事我没准儿还挺擅长。读书的时候我可是戏剧部成员呢。"

"那太好了。总之要在法官面前表现得不像正常人。比如,被动画角色教唆杀人啦,相信人即使被杀也能立刻复活啦,或者大喊些谁听了都觉得不合理的内容也可以。这可是能左右你一生命运的重要舞台,可千万别演砸了哦。"

负责精神鉴定的是一个姓末松的医生。事前他就通过卫藤告知了古泽，面对什么问题该怎么回答，所以他一点也不慌。在看守所里，他就始终按照说好的方式行动，根据指示说话。

之后被带到地检精神鉴定室，在检察官见证下进行了精神鉴定。那时候出现在古泽面前的医生，正是末松。

重头戏来了。古泽把过去在学生社团培养起来的演技发挥到最大限度，在他们面前扮演了一个精神病人。

可惜毕竟外行，没能用演技一次就征服检察官。之后的三个月里，又接受了多次鉴定的古泽，最终还是被按照杀人罪提起诉讼。

"毕竟第一次，你的演技已经很不错了，不过要让检察官信服还是有点难度的。"

"不好意思。"

"没事的。我们也没想过能轻易成功，真正的大戏还是法庭。"

随后迎来开庭，被告人陈述被安排在最后一天。当天，古泽全身心投入到表演，在法官、检察官，以及众多旁听者面前，表现得十分疯狂。

古泽至今仍能记起许多当时的场景。他大叫着动画角色的名字，说："我奉她的命令杀死了那两个人。她们本来在最不幸的地方，但被我杀死后，她们获得了全世界最好的幸福。"

"我侵犯死去的小比类女士，是因为觉得她像妈妈一样，这好像叫回归子宫的愿望。"

"我念了复活咒语，她们却没有复活。我觉得肯定是因为恶灵还在她们身体里，所以我就不停摇她们，想把恶灵赶出来，可惜还是失败了。想到复活仪式没成功，我很害怕，就逃走了。然后在逃跑路上碰到巡警先生，被绑住双手抓了起来。"

演得太过投入,古泽都怀疑自己的精神是不是受影响了。法官和旁听的人都目瞪口呆,只有一个人,那个似乎是受害者丈夫的男人,用尖刀般的眼神直直地盯着他。

最终结果很理想。据说原本检察院很担心公开审判能不能正常进行,但最后法院认为古泽满足刑法第三十九条适用条件,宣告他无罪。不过古泽将被送往冈崎医疗监狱,需要在那里度过至少四年时间。

"你所犯下的罪行,在检察官看很凶恶。一来最近有加重判决的倾向,二来死者是包括主妇和婴儿在内的两个人,所以很可能被处以极刑。最后只需要去轻松的地方服刑,可以说很理想了。进了医疗监狱千万别忘记,至少初期得像个精神病。之后慢慢变回正常人的话,就会被当作是宽解状态,然后就能提前出狱了。"

说实话,古泽对于一直坚持那种走火入魔的表演,一开始很不安。不过好在医疗监狱的定期面谈不像起诉前鉴定那么严格,他得以蒙混过关。毕竟治愈犯下触法行为的精神病患者,并促使其回归社会,符合精神保健福祉法理念,或许精神科主治医生也因此被蒙蔽了理智。

住进监狱后,古泽一直表现得很温和。不管同住的人给自己带来多大的麻烦,他也只会很装乖和狱警随便说一句就了事。他对待刑务工作也很认真,日常生活中则始终面带笑容。在一群要么笑得肆无忌惮,要么笑得呆傻的人中间,古泽的假笑让观者安心。

这些努力都没有白费,终于在一个月前,他获得了假释的内定资格。

从主管狱警那里得知这个消息时,古泽很想高呼万岁,但他压抑住了内心的狂喜,只是低调地道谢表达喜悦。他看上去没有自信,又惹人亲近,这就是监狱方面希望看到的态度。

大概因为这个,最近园艺工作期间他也会无意识地发自内心地笑起来。

他出狱后想做的事有很多。首先是喝啤酒。虽然比起普通监狱,这里管理还算温和,但摄取酒精仍然被禁止。自从被逮捕以来,古泽已经快五年没喝过酒了。等恢复自由,必须马上过过瘾让喉咙爽一爽。

接下来是吃。要开怀大吃一顿油脂充足有辣有盐的食物。古泽甚至开始担心长期被投喂这种病人食物,味蕾会不会都退化了。监狱虽然也会在正月和圣诞节提供杂煮和蛋包饭,但味道之难吃甚至比不上普通的家常菜,肉菜和鸡蛋料理以及色泽鲜艳的沙拉想都别想。他想,对味觉的虐待,必定也是监狱惩罚囚犯的方式之一。

古泽喜欢的食物并不奢侈。他就想大口吃塞满了蒜泥的、热腾腾的饺子,再来上一口冰镇啤酒,一起吞下去,那感觉真是棒极了。

"四五八七号,手别停。"

狱警的声音把古泽带回了现实。他连忙继续手上的工作。见状,狱警微微一笑。

"听说你要被假释了?"

"是的。"

"心情可以理解,不过千万自重,别玩过火。确定假释以后惹出麻烦被取消资格的家伙可不少哦。"

"我明白了。感谢您的教导。"

"不客气。毕竟你这家伙特别省心,也算帮我大忙了。"

那是自然。为了给监狱方面的人留下好印象,他可是费尽了力气。

他克制住想喊叫的心,掩藏起愤怒和抱怨,忍耐着嘲笑和蔑视,装成一个连虫子都舍不得杀的好人,像一个只会服从的玩偶,而这一切,都是为了假释。

古泽心想:哪怕杀死了两个人,只要稍微聪明点儿,忍耐一下监视比较严密的住院生活,就能恢复自由,这种尝试可太有魅力了。当然,也不是随便什么人都有资格享受,一切都因为自己是被上天选中的人,才能享有这般恩惠。

这狱警竟然说自己省心帮了大忙,难道是想让自己继续留下?开什么玩笑!

"啊,对了。午饭过后,下午工作开始前,你去找一下比婆医生,他好像有事找你。"

比婆是古泽的主治医师。从时间上看,应该要是在假释前跟自己说说注意事项之类的话。

会面没什么,问题在于时间有限。正午后的三十分钟,是吃午饭和休息的时间。午后十二点半,又要重新开始工作,所以必须比平时更快吃完饭,不然来不及。

监狱这种地方,即使是有精神病的犯人,也不会多给哪怕五分钟。说得好听是作息规律,难听点就是压根儿不把犯人当人看。

哼,算了。屈服于这种毫无人性的管理的日子,也只剩几天或者几周了。

"明白了。四五八七号,吃过饭去见比婆医生。"

花了八分钟左右解决掉午餐后，古泽在狱警陪同下前往医务室。

"四五八七号，可以进去吗？"

"请进。"

房间里只有比婆和一名男性护士。

"关于你的假释，正式日期已经决定了。十二月二十三号上午十点。"

二十三号，也就是两天后？

古泽按捺住雀跃的心情，保持着直立不动的姿势。

"谢谢您，比婆医生。"

"没事，放轻松。"

比婆指了指近处的椅子，示意古泽坐下。

"你的定期面试结果很好，作为主治医师，我也没什么要特意写进意见书的内容。"

"谢谢您。"

"啊，不过有一点要说一下。"

比婆像是半梦半醒的眼睛看向古泽。

"如果你是装成胆小鬼的，那出去后最好也继续保持。"

古泽不禁屏住了呼吸。

"不好意思，我不明白您在说什么。"

"不明白就当我没说吧。刚才的话，不过是常见的主治医师忠告而已。"

比婆有些忧虑地摆弄起自己的头发。

"没有精神病的人很难装成精神病，这不过是大众的误解。事实上，一旦被诊断为心神丧失，后面的定期诊断就相当于走过场。毕竟起诉前鉴定阶段会耗费三个月到半年进行检查，相比之下几个月一次，一次不过三十分钟的定期面谈就是小儿科。"

古泽暗自用力，努力维持面部表情，稍有松懈就可能暴露不安。虽然不清楚比婆是什么居心，但他必须维持住正面形象。

"哪怕只有三十分钟的面谈，也还是能看出些东西的。我就不说具体内容了，总之说谎是会被看出来的。为了不被滥用，我不展开说。反正撒谎一定会被表情暴露，虽然存在个体差异，但一些小动作，比方说目光躲闪、拿手遮脸等，无疑都是条件反射性举动，除非经过训练，否则很难伪装、抑制。"

古泽差点伸手摸脸。

危险，危险。

万一是陷阱可怎么办。

"想掩饰自身性格中不好的部分的心理，人皆有之，也不用太在意。反正既然要做，就做到最后，你明白了吗？"

"嗯？不明白。"

"慎重和胆小绝不是坏事。一般只有这类人，才能在战场上生存下去。其实不只战场，现实社会也是同样的道理。毕竟异常勇敢的人和不管不顾的人容易被卷进是非中。你出去了也要像在这里一样，把讨厌的自己藏好。本来进过监狱的人就会被人戴上有色眼镜对待，越慎重越好。"

"好的，我记住了。"

听完这番话，古泽的心放了下来。看来比婆并不是想套古泽的话，只不过是给了些建议。

不对，等一下。不能掉以轻心。迄今为止已经和比婆面谈过不少次，他从来没读懂过这个男人。比婆总是一副云淡风轻的样子,实际上相当刻意。隐藏起讨厌的自己,这话说的不就是比婆本人吗?

"释放当天不会安排工作。吃完早饭就去换衣服,记得去拿进来时候存放的私服。最后会有狱长致辞,然后就可以离开了。"

"谢谢您。"

"不过对你,有件事我比较在意。你最近看新闻了吗?"

"没有。"

"你家是在松户市常磐平吧?"

"是的。"

"也不知道是谁走漏了风声,媒体好像已经知道你要出狱了。"

原来如此。古泽像是在听一件和自己无关的事。虽然没有断绝关系,但最近四年,父母从没来探监过。自己的儿子杀害了一对母女,还被官方认定患有精神病,任谁都不会想来探监吧。事到如今,古泽对父母已经不抱期望,所以即便给他们添了麻烦,他内心也并无波澜。

"还有一件事,有个记者在离你家不远的地方遭遇了袭击。遇袭记者至今都没恢复意识,袭击他的人也还没被抓住。你有什么头绪吗?"

"没有。"

这是真话。

如果遇袭的是自己的父亲,他还能想象。可为什么会是跑到自己家的记者?

"哪怕你已经是宽解状态,普通民众也不一定会认可。松户市的悲剧,至今仍然让人记忆犹新,大家都还记得,所以才会有媒体一窝蜂跑到你家去。这话听上去可能有点残酷,但对你来说,或许监狱外面比这里更残酷艰难。刚才我用了战场打比方，也是因为这个。"

竟然是因为这种无聊的原因吗——古泽一下没了兴致。

古泽很清楚，民众对被释放的有前科且患有精神疾病的人关注度很高。究其原因，因为他们是适合围观的、没有良心的人的敌人，是不管怎么咒骂都不为过、不可碰触的贱民。

古泽没打算回那地方，毕竟那无异于飞蛾扑火。

"现在民众对出狱的人的批判力度还很强，社会接纳体制也还不够充分。你的身份保证人定下来了吗？"

"定下来了。是一位在松户的教堂工作的神父。"

"神父？你准备皈依基督教？"

"我打算和神父聊聊再决定。希望能为逝去的二位祈祷，让她们获得安宁。"

古泽内心不禁吐舌。宗教之流，无一不是被过度粉饰的赝品。古泽不过是打算暂时住在教堂，等找到合适的工作就立马离开。

"原来你出狱后准备去教堂啊。这是好事。暂时不能回家肯定很辛苦，不过现在还是等热度降下去再回比较合适。再过些时间，人们会忘记当时的事的。"

这点古泽倒很赞成。

不管再怎么残忍的案件，民众也大概率会因为事不关己很快就忘得一干二净。仅靠脑袋记忆的东西很难长期留存。

能留下的是自己动手时的记忆。

勒住尚且年轻的人妻纤细的脖子时的触感，拿铁棍敲碎不停哭闹的烦人的小孩脑袋时的感觉，阴茎插入渐渐失去体温的女人生殖器时的快感。一切都仍然历历在目。

"哪怕人们不会忘记,也没关系。"

古泽迅速切换到温和的口吻。这点演技对他而言根本不在话下。

"为了能够坚持面对自己的罪行,为了不让自己忘记,我也希望大家能一直记得。"

"你的态度很积极啊。难怪能获得假释。"

比婆半睁的双眼再次看向古泽。

"说实话,我对批准你的假释是持怀疑态度的,不过都已经决定了,我也就不刻意阻拦了。祈祷你出狱后能成功摆脱周遭的恶意。"

这话听起来很刺耳,但古泽决定不去深究。反正再也不会和这个男人见面了。

3

古手川接着来到了松户市常磐平八丁目，古泽冬树家所在的地方。

之前，这户人家门口聚集了很多媒体。距离当时在远处观察的尾上善二被不知什么人袭击，已经过去快一个月了，如今尾上依然昏迷病重。古手川原本觉得，受此影响古泽家应该不会有太多媒体人了，结果证明他还是太天真。

眼下聚集在古泽家附近的人，比先前还多。

难道这些人为了拿到古泽回家的照片，甚至不顾性命安危？——古手川再次被媒体人的固执震惊。跟他们比起来，那些因为惜命冲进饭能署的民众反而像正常人了。

不过他们的热情倒是比之前逊色不少。既没有争先恐后去按门铃的人，也没有堵在人家门前一脸凝重的直播记者。大家都保持着不会妨碍同行的距离，安静地等待着来访者。

不过这也不奇怪。他们这会儿的低沉，不过是在留存体力，以便在关键时刻迅速启动运转。

在一干媒体的注视下，古手川按响了门铃。

"我是埼玉县警古手川。请问古泽冬树的父母在家吗？"

等了一会儿，没反应。是没人在家，还是假装家里没人呢？——就在古手川打算去后门看看时，一个沙哑的声音透过对讲机传了出来。

"请您回去吧。"

"我真的是县警。有重要的事要向二位传达,才特意登门拜访。请至少让我把话说完,可以吗?"

"别管我们了。"

对方声音听上去非常疲惫,古手川的决心也有所动摇。不过他立刻斥责自己,必须坚持说服古泽父母。

"放任不管?无论您儿子遇到什么事,您都无所谓吗?我没打算抓住已经赎罪被释放的人不放。"

没有回应。

"我是为了阻止新的犯罪,您儿子很有可能成为受害人。拜托请听我说……"

"您说的是真的吗?"

"我没有宗教信仰,不过我敢向任何神明起誓。"

玄关的门吱嘎一声,开了个缝。

"门我已经开了。我们不想出去露脸,就麻烦您直接从玄关进来吧。"

古手川听从指引,走入室内。一名看上去五十多岁的女性,正等在玄关处。

"我是冬树的妈妈。"

古手川事前调查过古泽家相关记录。这是一个普通工薪家庭,父亲名叫俊彦,母亲名叫久仁子。根据报道,久仁子年纪应该在四十五岁左右,实际上看上去却苍老得多,大概是太过心碎。

"非常抱歉,我丈夫还没回来。"

"能和古泽太太您说上话已经足够了。"

"您刚才说冬树可能成为受害者，可我儿子早就受到迫害了。"

久仁子指了指门的方向。

"您看过那些人写的报道吗？冬树生病了，然后被扔到半座监狱一样的地方，待了足足四年多，现在终于结束治疗能回来了，他们却说他还没痊愈，说他很危险。今天也如您所见，他们围在我家附近，就这么一直盯着，等着冬树出现。"

古手川明白这是母亲特有的思维方式，但他内心无法认同。在古手川看来，自私且心理扭曲的古泽，杀害了一位母亲和她年幼的孩子，仅仅被关了四年就回到花花世界，并且还是被关在实际上属于医疗机构的地方，根本谈不上刑罚，然而在久仁子眼里，那却是古泽受尽苦难的四年。

另一方面，古手川也能理解以媒体为代表的民众的感情。媒体嗅到刑法第三十九条适用的可疑之处，感知到了古泽本人的危险气息，而他们之所以监视此处，也是因为怀疑他有再次作案的可能。

被迫站在保护古泽立场上的古手川心情复杂。

"外面那群人，顶多就是破坏一下当事人的名声，还算不得什么了不起的伤害。警方担心的是更严重的事情。"

"我想象不出有什么比我们这四年遭受的打击更严峻的事了。真的太过分了。就因为那些嘴里不积德的人，我丈夫被迫换了两次工作。我也不得不等天黑了才能出门买东西。"

久仁子想说的话，古手川能猜个大概。反正就是那些无论何时何地，加害者家属都需要面对的，来自民众的肃清活动。

"最近倒是好不容易消停了点。但冬树刚被逮捕那阵，真是想起来都难受。我们家门上墙上，被乱涂乱写，用的还是很难清理的涂料。还有源源不绝的骚扰电话，说我们生下了怪物，要我们负责，还让我们去受害者家门口跪下道歉。还有好多好多更过分的话，最后我们被逼得只能停了固定电话。进入审判阶段，那位了不起的卫藤律师开始辩护后，甚至有人往家里扔动物尸体和粪便。"

　　古手川心想，这也是恶意引发的连锁反应。

　　如果是一桩普通的命案、正常的庭审，大家的恶意估计也不会如此集中。虽然自己的想法或许不合适，但他还是觉得古泽夫妇受的虐待，只不过是民众对冬树的犯罪行为，以及卫藤的辩护方针的回应罢了。

　　沉默的恶意和似是而非的正义，一定会指向事态明显的犯罪。饱受乏味生活折磨的"善良的民众"们，把自己平日积攒的郁愤也一并扔到了罪犯及其家人身上。

　　这些行为当然称不上正义。并且外界对加害者家庭的恶意，又会加深加害者家庭自身的恶意。

　　"刚才您说最近消停了？"

　　"毕竟都五年了，估计那些人恶作剧也玩腻了吧。门上和墙上的涂鸦没了，媒体上门次数也少了。虽然周围的人还是不给好脸色看，但相对而言也算回归平静了。"

　　久仁子语气尖锐起来。

　　"不过也不知道这些人从哪儿听说冬树快出来了，就又围了上来。没日没夜地举着相机对着我们，直播报道的记者们还自顾自地站在家门口说些有的没的，涂鸦又回来了，上网一看，发现大放厥词的人比以前打骚扰电话的人还多几倍。"

"网络世界既看不到脸也听不到声音,内容自然也会更毒辣。"

"我也觉得。本来也想过攒够钱赶紧搬家,但我们要是搬走了,那孩子就没地方可回了。每天都过得像噩梦似的,我真的想象不到比这更糟糕的事了。"

"夫人您知道青蛙男的案子吗?"

"在电视上看到过,就是那个按五十音顺序杀人的变态吧。听说现在轮到'サ'行了。不过我们家姓古泽,短期内应该没事吧。"

"这可不一定。这次凶手的目标里,有和您儿子当年犯下的案子相关的人。所以我今天才会上门打扰。"

"我儿子犯下的案子?"

久仁子表情突然严肃起来。

"您也把冬树当魔鬼吗?那不是案子,是事故。渴望母爱的冬树精神受到压迫,不小心导致了不幸的事故。死去的母亲和女儿当然很可怜,可法院都证明冬树无罪了,那孩子依然是干干净净的。"

虽然不清楚这是真心话,还是作为母亲的想法,但无论如何,古手川无法认同。

渡濑曾经告诉古手川,这种时候要试着换位思考。那么,如果古泽冬树是被患有精神病的人杀害,而凶手因为刑法第三十九条被判无罪,久仁子还能说出这种话吗?

古手川觉得答案是否定的。母亲的判断往往基于对孩子盲目的爱,并不一定符合社会伦理。如果受害者是古泽,哪怕对方是出于正当防卫,这位母亲肯定也会对罪犯破口大骂。

"刑警先生您听我说,冬树他从小就是个好孩子。"

久仁子似乎完全没有察觉到古手川的焦躁，开始怀旧，眯起眼睛自顾自地讲了起来。

"我们夫妇盼孩子盼了很久。他出生的时候，我们高兴得不得了。最后只生了一个，所以对他倾注了所有的爱。我们尽力满足他所有要求，只要经济条件允许，什么都给他买。直到小学六年级，他都和我们一起泡澡、一起睡觉。"

"小学六年级？"

"母亲对孩子的爱是没有年龄限制的。"

久仁子像是教训没记性的小孩似的嗔怪道。

"冬树也承载着我们的希望，长成了一个温柔的小孩。每年我生日，他都会给我买朵花做礼物。我和丈夫的抱怨，他也都会认认真真地陪伴倾听。要是没有冬树，我和丈夫的婚姻生活大概不会维持下去。"

古手川的视线游走在玄关一带。鞋架上摆着尚且三十多岁的久仁子和小学生模样男孩的合照。墙的另一边，则挂满了按时间顺序排列的久仁子和冬树的照片。

这些照片有种难以言喻的怪异。他想了一会儿，终于明白了缘由。

父亲的缺席。

如果是父亲专门负责按快门，那照片里没有俊彦的身影也不足为奇。可无论是照片还是这个家，都没有父亲的气息。

"那么温柔的孩子，怎么可能毫无理由地杀人呢？当时冬树在为升学烦恼，虽然他脑子很好，但学校没能好好把知识教给他，所以理想大学的判定一直是C。然而即便如此，我丈夫也不许他复读，他就崩溃了……总之就是各种各样的事叠加在一起，才让冬树变得奇怪。所以冬树不需要负任何责任，如果说有人该负责的话，那应该是我们这些在他身边的人。"

久仁子的双眼散发着奇怪的光，古手川见过这样的眼神。那些不管外界怎么说，始终坚信自身正确的狂热之徒的眼睛就是这样的。

"既然如此，请务必协助警方工作。警察一定要抓住盯上了您儿子的人，而母亲必须保护好孩子，您觉得呢？"

"您是叫古手川先生吧？虽然我很讨厌逮捕了冬树的巡警，但您似乎是一位明事理的巡警。我知道了，为了孩子，只要我能做的一定会全力以赴。"

看来她终于认可了古手川，允许他更进一步了。古手川穿过走廊，来到客厅，父亲缺席的气息愈加浓烈。某个瞬间，古手川甚至感觉嗅到了婴幼儿家庭特有的奶味。

"我能做些什么呢？"

"告诉我您儿子要去的地方。"

古手川看着久仁子的眼睛说道。这双眼睛到底会告诉他真相，还是会编造谎言呢？无法求助渡濑的此刻，古手川不得不靠自己独立判断。

"我想知道您儿子从冈崎医疗监狱出来后，到底会去哪里。"

"去处……您说什么胡话呢。那孩子能去的，当然是这个家。"

"可是您看，现在您家周围挤满了新闻媒体，到这里来无异于飞蛾扑火。您儿子肯定也能想到这个问题。即便这样，您也觉得他会回到这里吗？"

不同的问法，会引导出不同的答案。让她觉得那个"脑子很好"的儿子绝不会做这么愚蠢的事，接下来就能得到只有母亲才知道的信息了。

"您说得没错。那孩子本来就很慎重细心……"

"是的。有没有什么自家以外的地方，或者是能联系到父母的方式？"

久仁子沉默了一会儿，沉思起来。

古手川感觉，久仁子是一个离不开孩子的母亲。或许在她的世界里，古泽冬树还停留在小学六年级的状态，并未成长。过度的爱扭曲了她的感情，甚至扭曲了她看待儿子的目光。

一般来说，出狱后不能回自己家的人，多半会去公司同事、学生时代的朋友或者狐朋狗友的住处。然而古泽情况特殊，去昔日友人家的概率很小，医疗监狱狱友的可能性也不大，毕竟不是普通监狱，犯人和狱友接触应该很少。

面对迟迟没有反应的久仁子，古手川有些失去耐心地追问：

"您和儿子通过信吗？"

"当然，每个月都写。"

"那他的信里提过什么亲近的朋友、熟人之类的吗？比如上学时的好朋友、在医疗监狱认识的人。"

久仁子似乎正在搜寻记忆，但脸上的表情始终充满疑惑。

"应该没提过。"

古手川再次盯着久仁子的眼睛，她似乎没有说谎。

古手川很失望。但反过来讲，要查的地方也变少了。几乎没有朋友和熟人的古泽，似乎除了自家没地方可去。剩下的就是想办法躲过家门口成群结队的媒体了。

"为了保护您儿子的安全，我打算在您家附近进行监视。"

"那可真是太感谢了。"

久仁子坦率地低头道谢。这个举动让她看上去就像是一位普通的母亲。

古手川突然想到，久仁子说的那些充满对儿子盲目爱意的话，会不会是在演戏？作为母亲，她很清楚儿子犯下的罪行，但又无法面对这一事实，于是选择了逃避现实。

"可是古手川先生，虽然很感激您，但这样一来，您不也得像那些围在门口的人一样，搭帐篷过日子吗？很抱歉不能让您住我家里……"

"我只需要当天在这儿守着就好。您应该已经接到您儿子的出狱通知了吧。"

"我们并没有接到通知呀。"

久仁子有些意外地说。

"我每天都会确认信箱，从来没收到过监狱的通知。所以我也不知道冬树到底什么时候回来。"

离开古泽家，古手川被疑惑和焦躁搞得头都要炸了。

据渡濑说，古泽冬树假释的日期已经定在了十二月二十三号上午十点。理论上，至少两周前古泽家就应该接到通知了才对。然而他妈妈却说没有接到消息。这么一来，只有两种可能：

第一个，法务局出了差错，没有发送通知。

第二个，寄到古泽家的通知，被不知什么人夺走了。

古手川觉得后者的可能性更高。并且这样就能解释尾上被袭击了。

尾上的取材方式，是在离现场一定距离的地方俯瞰全局。就在尾上遇袭前，他曾在大街上跟踪过什么人。对方似乎是一个流浪汉，穿着脏兮兮的连帽夹克和破旧牛仔裤，脚上踩着前端卷边的运动鞋，和末松健三的案子里出现过的人很相似。

接下来的内容不过是古手川毫无根据的想象。他猜测那个流浪汉打扮的男人，也就是当真胜雄，曾在古泽家附近转悠，并拿走了古泽的出狱通知。目睹了一切的尾上尾随胜雄，结果遭到了袭击。

虽然没有证据，但非常合情合理。如果古手川的推论正确，那么胜雄已经知道了古泽的出狱时间。换句话说，只要二十三号上午十点之后守在这里，就一定能碰到古泽。

对古泽而言不是好事，但对古手川来说，是个抓捕胜雄的好机会。他只需要跟随胜雄的步伐行动就够了。

那么自己该埋伏在哪里等胜雄呢——古手川正想着，突然听见有人和自己打招呼。

"这不是古手川君吗？"

古手川回头，是松户署的带刀。

"您辛苦了。"

古手川慌忙微微鞠了一躬。

大意了。仔细想想袭击尾上的人还没被逮捕，古泽即将出狱，带刀和其他松户署警员自然会到现场做警备工作。

"今天没和渡濑警部一起呀？"

不出所料，带刀问出了古手川最不想被问的问题。要是他知道古手川已经被驱逐出了侦查本部，肯定会赶他走。

"渡濑班长有别的事忙。"

"哦？竟然派你单独过来，渡濑警部可真信任你。"

话语间的讽刺意味刺激着古手川的耳膜。带刀像是已经看穿古手川在独自行动。

既然如此,那必须从带刀身上尽可能多地获取信息才行。

"尾上那边,还是没法进行询问吗?"

"还不行。医生说虽然没有感染风险了,但他还没恢复意识。"

"班长曾经断定他肯定能醒过来,祈祷他的预言应验。"

"不过我很怀疑尾上能给出多少线索。他这里受伤了。"

带刀敲了敲自己的后脑勺。

"被人从身后袭击,估计他都没看到犯人的脸。"

"但他也是唯一近距离看见过青蛙男的目击者了。"

"嗯。所以我也没打算不管他。都内好像因为出现新的受害人都乱成一锅粥了,松户署的人却要因为这些浑蛋记者不得不在这儿守着。"

"什么?!"

"你不知道吗?今天上午,国民党濑川了辅议员家里,收到了一封不明身份的人寄的信。听说里面又是乱七八糟,把青蛙这样那样的内容。议员家人看到过青蛙男的新闻,所以向世田谷署报了警。经过简单的鉴定,证明那就是青蛙男的笔迹。"

事件的详细经过据说是这样:

整理位于世田谷区等等力的濑川家信箱,是公设秘书的工作。本日上午十一点的投递结束后,邮箱里有信件和明信片共七封。其中混入了一封寄信人信息不明的信件,既没有邮票,也没有邮戳,估计是夜里投进去的。秘书十分警戒地拆开信封,然后就看到了那熟悉的内容。

今天我骑自行车碾青蛙。

碾了一下青蛙就内脏破裂一动不动了。

　　不过很有趣所以我又碾了好多次。

　　青蛙越来越扁，最后变得像一面镜子。

　　接到秘书报案，世田谷署警员赶到现场，对笔迹进行简单的鉴定后确认，和之前的一系列犯罪声明文笔迹一致。已确认濑川本人还活着。得知消息后，侦查本部的鹤崎管理官立刻安排人守在濑川家附近，并派人进行实地走访调查，投入了大约四十名警员。听说为此还从埼玉县警和千叶县警抽调人员到濑川家现场支援，导致双方都暂时陷入了人手不足的局面。

　　"就是这么个情况。不光警视厅，我们的人和埼玉县警都被喊到濑川家去了。渡濑警部竟然会单独把你派到这儿来，我还好奇他打什么算盘呢。不过没想到侦查本部的刑警，居然没被告知这件事。"

　　带刀仿佛在观察自己的反应找乐子，但脑子一片混乱的古手川根本无暇顾及。

　　名字是"セ"打头的，新的受害者？

　　那自己关于胜雄盯上了古泽的推断是错的？

　　就在古手川感到茫然时，一只手突然搭上了他的肩膀。

　　"回答我，古手川君。"

　　带刀的握力大得惊人，死死卡住古手川肩膀的手，丝毫没有要放开的意思。

　　"你就那么想抓住青蛙男吗？那可是不止埼玉县警、千叶县警，连警视厅都使出全身解数想要逮捕的重案的凶手。你真的觉得，光凭你一个被排除出了调查队伍的毛头小子孤军奋战，就能抓住他?"

果然带刀已经知道了。

"他,当真胜雄,必须由我抓捕归案。"

没有任何道理,但古手川只能给出这个回答。

"我参与了之前的案件,而这次和之前的案件关联着。那起案子我必须亲手了结,不然我……"

"渡濑警部也是够辛苦的,有你这种不成熟的部下。"

带刀一脸嫌弃地移开了放在古手川肩上的手。

"作为刑警,执着于一桩案子也正常,但一直放不下的话,不会有好果子吃。"

"以前也有人跟我说过类似的话。"

"那当然。我这儿有句渡濑警部给你的口信:别头脑也发热。"

"口信……"

"包括你会到这儿来,也都在他的预料之中。你呀,还是渡濑警部掌心里的孙悟空哦。"

4

十二月二十三日，冈崎医疗监狱。

监狱周围绿树成荫，没什么高层建筑。围墙虽然很高，但看上去不像监狱，更像医疗机构，在这一点上，和八王子医疗监狱一样。

时间正好是上午十点。

刑事机构对时间总是十分严格，先前一点动静都没有的正面玄关门被打开，古泽冬树走了出来。

走出监狱，古泽四下看了看。冈崎医疗监狱门前十分寂寥，连家便利店都没有。没人等着迎接自己，古泽独自向东边走去。走过跨越两座池子的大谷桥，前方就是名铁名古屋本线的轨道，看来古泽准备前往名铁车站。他不时从胸前取出画有周边地图的纸片确认位置，应该是有想去的地方。

天空阴沉沉地低垂着，阳光被厚厚的云层阻挡，山上吹来的风无情地卷起路上的落叶，天色看上去随时可能下雨，甚至可能会降雪。

只穿着一件衬衫瑟瑟发抖的古泽，抱住了自己的双肩。按规定，出狱时会把私人物品悉数归还，看样子他入狱时，还没到需要防寒保暖的季节。

古泽像是第一次出门散步的小狗，边走边四处张望。这里没有高楼，在高高的围墙遮挡下，内部只能看到森林。大概是在围墙里看了四年森林之后，对外部世界感到新鲜。

两名女高中生从桥的反方向走来，两个人都盯着智能手机，丝毫没注意到古泽。似乎是看手机看得太专注，就连和古泽擦肩而过时也没抬头。

古泽被二人手里的手机壳吸引了注意，站在原地久久未动。也不奇怪，毕竟古泽进医疗监狱时，智能手机还不算普及。此刻的古泽，或许多少有些浦岛太郎的感觉。

能看见桥对面小钢珠店和便利店的招牌了。想必太久没有接触外部世界的服刑者们见此十分怀念，古泽也不自觉加快了步伐。

突然，他注意到桥畔有一个奇怪的东西。

不，不是东西，虽然很容易错看成物品，但实际上是一个穿着脏兮兮的夹克和破烂牛仔裤的人。他正蹲在人行道边上，由于夹克帽子盖得很深，远远看过去不像人形。

古泽瞥了一眼流浪汉造型的人，兴趣寥寥地准备走过去。

就在这时，流浪汉慢慢站了起来。

"是古泽冬树吗？"

夹克内侧，传来一个细微的声音。

本已经走了过去的古泽惊讶地回过头，没有别人。

紧接着，流浪汉突然扑向古泽。毫无准备的古泽猝不及防，被压倒在路面上。

不明所以的古泽试图反抗，却被流浪汉骑在身上限制了行动。

"你是谁？为什么这么做？"

古泽想和对方沟通，但那人却并不打算回应。

代替语言回应他的，是流浪汉从胸前取出的一支小型注射器。里面不知道装着什么，但不难想象，肯定不是什么有益健康的药剂。古泽也联想到了不好的东西，瞬间脸色大变。

"注射器？你想干吗？放开我！"

流浪汉用左膝压住古泽左手手腕，尔后用左手抓住他的另一只手，接着找准位置把注射器靠了上去。

就在这时，一直保持十米距离跟着古泽的古手川喊了出来。

"住手！当真胜雄。"

流浪汉回头看去。虽然帽子遮住了脸，但从他快速做出的反应来看，应该很意外。

古手川迅速朝二人奔去。自从古泽走出冈崎医疗监狱，古手川就一直跟着他，等的就是这个时刻。

离开古泽家后，古手川想了很久，如果自己是青蛙男，想要袭击从医疗监狱出狱的人，会埋伏在什么地方。

目标家门口一如既往地挤满了媒体，哪怕是胜雄，肯定也会本能地避开在众人注目里袭击目标。况且，万一目标不打算回家，那一切就都落空了。

一番思索后，他得出了一个单纯的结论：比起不一定会回去的家，还是在监狱门口等更保险。于是古手川一大早便来到名古屋，潜伏在医疗监狱门口，也不知道是不是和胜雄太合拍，就这样很快相见了。

绝不能让他逃了。

八米、五米，距离渐渐缩短，流浪汉却没有要放开古泽的意思，依然握着注射器。

"胜雄，放开古泽！"

还剩三米的时候，流浪汉依然一动不动。古手川一个横跳，朝流浪汉扑了过去。

势头太猛，二人双双摔倒在路边。被解除束缚的古泽弹簧般跃起，靠在栏杆上。

"好久不见。"

古手川一边和对方在路上扭打，一边问候道。胜雄的腕力他再清楚不过，接近战对自己不利这点他也深刻体会，所以最佳选择，无疑是直接说服他。

"别再犯更多罪了。"

然而对方力度却丝毫不减，再次举起的注射器的针尖，对准了古手川。远看不觉得，近距离下的针头看上去异常可怕。

"你忘记了吗？是我，古手川啊。我们一起听过小百合的钢琴呀。"

本以为小百合的名字会让对方露出破绽，但并未如愿。就在古手川说话、注意力被打断的间隙，针头刺进了他的左手。

刹那间，脑海里记起了过去经历过的种种来自胜雄的暴力。那时他被胜雄毫不费力地抓住手腕吊在空中，又被随意地扔到一边，还被狠踢腹部，简直像是给肚子开了一个洞。鼻子也被打到骨折，最后还被踩碎了肋骨和左脚。被攻击的过程中，古手川开了三枪以示抵抗，胜雄却根本不打算停手。那时他无数次觉得自己会被胜雄杀死。

记忆唤醒了他内心最原始的恐惧："啊啊啊啊啊啊啊啊啊啊！"

紧要关头，古手川用力推开了对方的右手，注射器飞了出去。

武器解除了——然而他的判断出了错。

仅仅数秒后，左手的知觉迟钝起来。想发力却使不上力气，身体变得似乎不属于自己。

浑蛋，给我注射了什么！

古手川心乱如麻，对方却已经准备好了另一件凶器：手术刀。约四厘米长的刀刃，具备了足够的杀伤力。

"住手！"

不顾古手川的呼号，刀子毫不留情地插进了他的侧腹部。或许是由于刀刃太过锋利，古手川甚至没有太强的痛感，但腹部的血管和组织无疑被划破了。握着手术刀的手，已经沾满了血。意识到那是自己的血液时，古手川被恐惧包围。

再这样下去，自己会被杀死。

在原先的案子留下的濒死的记忆再度苏醒，古手川很后悔这次又是单独行动。

恐惧唤醒了古手川自己都没意识到的力量。他抬起尚未麻痹的双腿，从后方夹住对方脖子，再利用下半身的重量，试图把对方从自己身上扯下去。

不过他很清楚，每一次发力，都伴随着侧腹部的出血。

"喊，人。"

古手川对古泽说道。然而当事人面色铁青靠在栏杆上，丝毫派不上用场。

勉强唤起的蛮力也有限。古手川的双腿没能把对手从自己身上剥离，右侧大腿却迎来了第二刀。

咔嚓。

大概是某根比较粗的血管被切断了。手术刀足够锋利，比起痛觉，视觉反倒先受到刺激。古手川眼前，大片血迹飞溅。

力气随着大量喷射的血液流失。

大概是被注射的药物的作用，不仅左手完全丧失了功能，麻痹逐渐蔓延到全身。

双腿失去力气后，对方转了个身，解除了对古手川的束缚。随后高高举起刀子，准备进行第三次攻击。

很明显，这次是冲着胸腔来的。

古手川把仅存的力气集中到了一起。对方正看着古泽，没有注意到背后的动作。

古手川右脚脚尖踢向他的风府穴。风府穴对应的延髓，是头部最致命的位置。

看样子这一踢起了作用，对方突然翻身倒地。然而古手川也无力再抵抗，如果对手再爬起来，那么他就逃不过被杀的命运了。

古手川甚至无法撑起上半身。就在他苦恼身体不听使唤动弹不得时，对手已经慢慢站了起来。

就在他视线开始模糊的时候——

对手背后出现了人影。

"到此为止！"

绝不会认错的低音。

渡濑用与年龄不相符的敏捷，打掉了那人手里的刀，并迅速制服了他。

"抓住了。"

随后，数名迟渡濑一步的警员围了上来。

你们也太慢了！

渡濑的脸出现在古手川视野。

"来人，给他止血。不愧是平时就热血沸腾的男人，出血量真够吓人的。"

一名警员应渡濑命令，跑来实施紧急救治。

"看样子起不来了。"

"好像被注射了什么东西。"

"从他口袋里找到的。"

渡濑把空空如也的安瓿瓶举到眼前。

"是肌肉松弛剂。注射量不大，但短期内估计动不了了。还好医疗监狱就在眼前。这家伙真够走运。"

"什么时候开始跟着我们的呢？"

"你到医疗监狱前一个小时。毕竟人多，就分散在四周，和你也保持了距离。"

听到一半，古手川感到十分羞惭。冷静想想，古手川能想到的，渡濑怎么可能想不到。

"……可以发发牢骚吗？"

"你和青蛙男的战斗，就几十秒而已。"

竟然这么短。

"毕竟是这么个对手，不难猜测他肯定带了武器。我们之所以保持距离，也是因为这个。"

完全没有进行预判，一时冲动就开始贴身肉搏的自己实在太蠢了。渡濑板着脸，看上去也像是在责备自己的轻率。

"请带我去见见胜雄吧。"

渡濑皱起眉头。

"不见不行？"

"这是我的案子。"

渡濑哼了一声，抱起古手川，把他带到了被抓起来的青蛙男身边。青蛙男仍然戴着帽子，垂着头，感觉到古手川等人的靠近后，慢慢抬头看了过来。

"给他把帽子摘了。"

渡濑一声令下，一名警员抬起了青蛙男的帽子。

古手川失去了语言。

让众人恐惧的，被称为第二个青蛙男的人，似乎很不满。

"真是够野蛮。"

说完，御前崎宗孝教授瞪了一眼古手川。

古手川再次见到青蛙男御前崎,是在县警本部的审讯室。

幸好有恰当的紧急救治,又被及时送进医疗监狱,古手川腹部和右侧大腿的伤没有危及生命,被注射进体内的肌肉松弛剂不久后也失去了效力。接诊的医生似乎被古手川堪比马匹的生命力惊呆了。

如今,古手川和渡濑一起,站到了御前崎面前。想问的太多,审讯交给了渡濑负责。

"没想到会以这样的方式再次见面。"

大概是因为在拘留所待了一晚,御前崎有些放松,稀松平常地打起招呼来。渡濑则依然板着脸相待。

"你想过自己会被逮捕吗?"

"一直顶着青蛙男的名号作案,我知道你一定会出马。毕竟你的卓越我最清楚。"

"没想过逃跑?"

"古泽冬树就是我最后的目标。"

御前崎似乎有些骄傲。

"我也跟你说过,女儿和外孙女被杀以后,我是如何心痛。通过之前的案子,成功解决了卫藤律师,但还不够告慰她们。只要能杀死古泽冬树,其他的我都无所谓。反正我已经是个死人了。"

"我们起先就是被那个骗了。"

渡濑丝毫不掩饰厌恶。

"你家被炸掉了一半,经检验,附着在墙壁和天花板上的肉片、骨片以及采集到的血液毛发的 DNA,都和在你家找到的指纹毛发一致,也和从你研究室找到的一致,并且还和城北大学附属医院保存的血液样本完全一致。现场咖啡杯上残留的,也无疑是你和胜雄的指纹。面对这么多确凿的物证，任谁都会认为，是胜雄炸死了御前崎教授并逃离了现场。发现没有脸的尸体时，警方最先要做的就是确认身份。而你正是利用了科学刑侦技术的特点，成功让自己从案发舞台上消失了。"

"你知道我是怎么做到的？"

"用不着说。你找了替身。"

渡濑眼神突然透露着虚无。

"有个名叫干元丙七郎的老人，原本在城北大学附属医院住院治疗，你是他的主治医师。他病情好转后就出院了，是一个年龄外形都和你很像的老人。"

"哦？你竟然注意到他了。"

"没有亲人的老人，对你来说是再好不过的目标。干元老人出院后，没有回自己家，而是住进了你家。邀请老人的借口，对你来说并不难找。比如你平时都住在研究室，可以随意把你家当自己家，又比如万一身体出什么状况，住在你家能随时得到治疗。而你的条件只有一个，那就是对方不能出门，不能让附近的人看到……对于没有亲人的老人来说，你的邀请大概宛如福音吧。就这样住了一段时间以后，那栋房子自然也就充满了干元老人的毛发和指纹。附属医院里的血液样本，也被你轻而易举地换成了干元老人的。你还隔三岔五把带着他毛发和指纹的物品带到研究室。当然，在此之前，你已经清理掉了自己的私人物品，处理起来并不困难。就这样，你的研究室和住处，都布满了干元老人的痕迹。所以御前崎家发生爆炸，屋内到处都是肉片的时候，没人怀疑过死的不是御前崎教授。这一切都被从干元老人家采集到的血液和毛发证实了。"

渡濑这段完整的推理，古手川也是第一次听，他被吓得不轻。

御前崎竟然从那么久以前，就开始筹划准备了。

"不只是千元老人。你还毫无愧意地利用了当真胜雄。他去你家，应该是在十一月十六号爆炸发生之前的事。你不能在实现终极目的，也就是杀死古泽之前被逮捕。所以抹除御前崎宗孝存在的同时，你需要让当真胜雄作为青蛙男活跃起来。把沾着他指纹的咖啡杯留在屋里，也是你众多伪装工作之一。"

"你有什么证据？留在案发现场的犯罪声明文，都是胜雄君的笔迹没错吧？"

"当真胜雄的尸体，今天早上已经被找到了。"

渡濑的声音变得更低了。

"警方把经历过爆炸的御前崎家挖了个遍。尸体是在没被爆炸波及的卧室下面找到的。没有外伤，估计是毒杀吧。谁能想到杀人现场地下竟然还掩埋着另一具尸体呢？这的确是一个盲点。"

古手川无意识地攥紧了拳头。愤怒和丧失感，以及某种类似安心的情绪一起涌上心头，让他一时间说不出话来。

"的确，我最大限度地利用了盲点。不过能看透这些，你可真是厉害。"

"我是从中途开始怀疑你的。当我换个角度，站在并非胜雄，而是御前崎教授的立场去想问题的时候，推测出了你很可能会做出的判断。"

"噢。那么之后的案子，你也一样推理出来了？"

"除了最后的末松案以外，都不是杀人案。屋岛印刷的佐藤尚久被溶解一案，不过是一起事故而已。神田车站志保美纯的卧轨，也是单纯的自杀。你利用了单纯的事故和自杀。方法很简单，你只不过是在发现尸体的现场，留下青蛙男的犯罪声明文而已。

但这就足够让警察和大众认为，案子是青蛙男犯下的了。"

"我为什么要做那么麻烦的事？"

"因为末松和古泽的案子有关，杀了他立刻就会暴露身份。对那起案件抱有遗恨的，只有被古泽杀害了妻女的小比类和你。万一被盯上，你可能无法完成最终目标。所以你模仿之前的手法，假装按五十音顺序连环杀人，用来隐藏真实的动机。顺带一提，给国民党濑川了辅议员寄恐吓犯罪声明文，也是其中一环。目的当然是分散警方注意，以便袭击古泽冬树。当真胜雄的日记原本在你手上，之后关于技术的事都是我的想象。我猜你扫描了胜雄日记的全部内容，然后通过电脑程序，做出了由他的字迹构成的犯罪声明文。现场留下的纸条，是先打印后再复印的，所以笔迹属于胜雄，并且看上去不像是电脑加工的。虽然你藏在衣服口袋里的 USB 数据还在解析中，但我猜里面肯定满满都是宝藏。"

"都被拿到证据了，我也没什么好隐瞒的了。渡濑先生讲得没错。做出他的笔迹的声明文实在太简单了，最近适合完成这类操作的便利店也越来越多，只要换身整洁的衣服，走进店里也没人会怀疑。"

"佐藤尚久和志保美纯死亡的案子里，犯罪声明文都是在事件被报道后才出现。光东京都内，每天就有无数事故和自杀。你只需要搜索死者名字以'サ'和'シ'打头的信息，然后在现场留下犯罪声明文就行了，非常简单。用最少的力气换得最大效果，这种方法，很符合你的作风。"

"能不能让我听听你是怎么推理出来的？"

"末松健三只可能是他杀。但其他两起事件，可能是单纯的事故和自杀。扰乱视听的，只有现场的犯罪声明文。换句话说，如果犯罪声明文是胜雄以外的人伪造的,那就可以不受它约束了。"

"的确如此。不过渡濑先生,那时候胜雄君也可能还活着吧。"

"我一开始就怀疑御前崎家爆炸案中,被炸死的会不会另有其人。这个疑惑解开之前,对我来说没有证据表明当真胜雄还活着。"

御前崎脸上第一次出现了怀疑的神色。

"为什么一开始就对我的伪装起了疑心?"

"你忘了吗?御前崎教授。两年前你在饭能市演讲的时候,突发牙疼去了泽井牙科医院。正是在那里,你偶然遇到了卫藤律师。当时你接受了植牙治疗,泽井牙科医院的病历上写得很清楚。所以我觉得很奇怪,因为爆炸现场,根本没有找到植入物体的碎片。"

御前崎叹了口气。

"还有一点,末松是被木材粉碎机碾碎的。一般来讲,那种机器为了避免发生事故,都会配备安全锁。当然,这些都在机器上的警示语里写得很清楚。不过当真胜雄可不认识汉字。哪怕是只有电源开关和启动按钮,外行都能明白的构造,读不懂警示语也是没法正常启动破碎机的。"

"……揭秘结束了吗?"

"告一段落了。"

"我给一百分,渡濑先生。作为外行的我,自诩这个计划还算缜密,不过看来破绽不少。我心甘情愿认输。虽然很遗憾最后没能杀死古泽冬树,但反正他是个残忍杀害了一对母女的畜生,我很期待他被释放后也不被社会接纳的样子。"

御前崎不无嘲讽地笑着说。古手川听了,只觉得他并未服输,而这大概是这个曾经拥有地位和名誉的男人，最低限度的虚张声势。

"我本来还打算杀了做出无罪判决的三个法官，那样我的复仇就算完结了。"

"你是打算把所有让古泽无罪的相关人员，都摆上祭坛吗？"

"当然。用空洞的法理，让残忍杀害了无辜母女的怪物的生命得到延续，还一副崇高圣人嘴脸的他们，都该受到相应的惩罚。"

御前崎毅然决然地说。古手川不禁觉得，即便和日本法律以及无数法官意见相悖，这个老人心中的正义也绝不会变。

"话说回来渡濑先生，我还想再问问，你到底是从什么时候开始怀疑我的呢？"

"当你凝视深渊的时候，深渊也在凝视你。"

"什么意思？"

"一个能力很差的警察无意间说的一句话。正是这句话给了我启发。"

"听不明白。"

"御前崎教授，你似乎坚信这次的案子全都是你亲手计划的。但真是这样吗？"

"还以为你想说什么呢……"

"教授，你再仔细想想。之前那起利用有动小百合的案子，你从头到尾都没有亲自动手。不得不说虽然令人发指，但手段了得。虽然棋子小百合被关进了八刑，但你完全可以再利用胜雄做棋子，可你却选择了弄脏自己的手。这种做法很不符合你过去的作风。那么你为什么会换了作案方式呢？"

面对这个问题，御前崎似乎陷入了深深的疑惑。

"御前崎教授，你以前利用外伤再体验疗法，唤醒了有动小百合的疯狂。让她在被催眠的状态下，再次经历导致她精神分裂的事态，这种疗法极其危险。但正因为危险，小百合完美地变回了那个享乐杀人狂……当时实施治疗的教授本人，难道就没有受到小百合的影响吗？这种持续时间长、次数多的治疗，很容易让患者和医生产生相同的幻觉。医学上是不是叫逆向转移来着？所谓转移，就是治疗过程中，发生在患者过去的事情和人际关系等，在当下得到再现。而患者身上的转移，又会影响实施治疗的人，让他的人际关系得以再现。这就是逆向转移，你看我说得对吗？"

御前崎脸色大变。

"怎、怎么可能！"

"没什么不可能。你在发表于二十年前的《外伤再体验疗法批判》里就写过，有相关真实案例的记载，不是吗？你不认为，在有动小百合内心的怪物苏醒的瞬间，同样的怪物可能也入侵了你的内心世界吗？"

御前崎脸色依然惨白，似乎在搜寻记忆。

"看来你想到了点什么。"

"……我想起实施治疗的时候，她一直反复念叨：完成原本的目标，杀死自己的孩子以后如何如何，如果计划被中断要如何如何。"

"沉睡在有动小百合心底的杀人冲动，被你强行唤醒了。当时，杀人冲动也转移到了你的精神世界。虽然这些都是我一个外行的猜测，不过除此之外，找不到任何能关于你嗜血举动的合理解释。换句话说，在你操纵有动小百合的同时，有动小百合也操纵着你。"

突然，御前崎爆发一阵哄笑。

"这可真是杰作啊。我被操纵？被她？我好像说过吧？上了年纪的警察的夸张妄想，根本不值一提。哈哈哈哈，愉快，实在令人愉快。"

"这些的确可能只是我的妄想。不过你的双手沾满了血，是不争的事实。"

渡濑仿佛能扼住别人脖子的声音响起。渐渐地，御前崎停止了嗤笑。

"起诉前，教授你可能会接受精神鉴定。不过在接受不成熟的鉴定医生询问前，不如教授你先自行诊断一下。这里边时间多得是，也能打发一下无聊。"

这就是传说中的因果报应——来回看着二人的古手川心底，痛快感和无法排遣的悲伤交织。这次可以说是渡濑的绝对胜利。

不久后，御前崎眼神昏暗地盯着渡濑。

"刚才，我突然想到一个问题。"

"什么问题。"

"在实施外伤再体验疗法的时候，我也在她的潜意识里埋下了，关于杀死卫藤律师之后的案子的信息。但因为她被逮捕，被迫中断。现在既然她已经翻越围墙，想必接下来就会付诸行动了吧。"

看着面色凝重的渡濑，御前崎开始咻咻低笑。

审讯室里，充满了御前崎的笑声。

5

"老板，再来一杯。"

古泽点完单，酒杯立刻再次被倒满。四年里一滴酒精都没沾过的身体，仅仅一小杯下肚就几乎陷入了轻微的酒醉状态。再加上今天是圣诞节，古泽躁动的心情更是不受控制。名古屋市中区锦三丁目。这家店他虽然是第一次来，但只花了不到三分钟，就完全融入了店内的气氛中。

被御前崎宗孝袭击的时候，他吓得够呛。还好有尾随的刑警们在，捡了条命回来。不管是杀死那对母女的事，还是这次的事，日本司法似乎始终在竭力为古泽服务。

总之是踏上新征程了，还是平安夜。那个救了自己，姓古手川的刑警，一定是圣诞老人给的礼物。

为古泽冬树的未来干杯。

为古手川刑警的奋斗干杯。

古泽拿起眼前的酒杯，一饮而尽。温热的液体恰到好处地流过喉咙。

眼下他也有生活资金。母亲探监时送的钱，他都存了起来。

帮助假释的人实现自力更生的保护司，也已经定好了。尽管大多数人都知道松户市母女的案子，但应该都不知道当时才十七岁的古泽的名字。再发挥一下在医疗刑务所学会的讲礼貌的优势，想必找份工作也不难。这世界的一切,对古泽来说都刚刚好。

"老板,这边也再来一杯。"

一个悦耳的女音响起。声音的主人就坐在他旁边。

古泽近距离盯着女人的侧脸看了看。女人眼睛、鼻子都很立体,很有魅力。虽然肯定比自己年纪大,但依然在古泽可接受范围内。

无意间,古泽和女人对上了视线。

"小哥你,是本地人?"

"不是。怎么了?"

"听你说话没口音。"

"啊,我是关东人。"

"关东哪里?"

"千叶。"

"啊,我是埼玉的,老家挨着呢。我叫小百合,请多指教。"

眼前的女人比起美丽,更适合用可爱来形容,还爱讲话,并且明显在引诱自己。古泽被关进监狱前,一个前辈曾经告诉他:送到嘴边的肉都不吃,就不配叫男人。

锦三丁目,是一个很适合充满欲望的男性的地方。酒馆街过条马路,就是大片风俗店。古泽觉得二人已达成共识,于是拉起小百合的手往风俗店走去,小百合也没有抗拒。

古泽竭力控制情绪,随后走进情侣酒店。与此同时,他的心和下半身一样活跃起来。

美酒和美女,没有比这更好的出狱纪念了。

古泽半梦半醒地走进房间,遐想着今晚小百合会带给自己怎样的愉悦。

"我先去洗澡。"

古泽并没有立刻动手动脚。他盯着开始脱衣服的小百合，结果被委婉地训斥了。

"还没到时候，你先转过去。"

反正再过几分钟，她就会在自己面前裸露全部。想到这里，古泽开心地背过了身。

"就这样别动，听我说。你选哪边？"

"选什么？"

"你喜欢地狱？还是天堂？"

"那当然是天堂啦。"

"刚好今天平安夜呢，那我来帮你实现愿望吧。"

色心大起的古泽回过头。

小百合高高举起的小刀，反射着室内照明灯，闪着寒光。